여행, 혹은 여행처럼

여행, 혹은 여행처럼

인생이 여행에게 배워야 할 것들 · 정혜윤

ㄴㄴ 〉 〈 ㄷㄴ

차례

prologue

—

왜 인생을 여행이라 하는가

나에겐 이런 여행 이야기가 있다.

파리의 페르 라 셰즈 묘지에 갔을 때 특별한 부부를 만났다. 남편은
아일랜드 사람이고, 부인은 내 느낌이 맞다면 유럽 어느 나라에 입양된
한국인일 것 같았다. 그날은 비가 가늘게 내리고 있었다. 두 사람은
팔짱을 낀 채 우산 하나를 나눠 쓰고 있었다. 부인은 손에 해바라기 한
송이를 들고 있었다. 그들이 찾아온 사람이 살아 있을 당시 단춧구멍에
해바라기를 꽂고 다녔다는 멋쟁이 오스카 와일드였기 때문이었다.
그들은 나에게 오스카 와일드 무덤이 어디냐고 물어보았다. 우리는
우산 속에서 묘지의 지도를 들여다보면서 무덤까지 함께 걸었다.

남편은 부인이 오스카 와일드를 좋아해서 오로지 그의 무덤을 보기
위해 더블린에서부터 파리까지 왔다고 대답했다. 그들은 더블린에서
파리까지 오는 동안의 긴 여정과 그들이 그 여행을 위해 몇 년 동안
어찌어찌 돈을 모았는지를 내게 설명했다. 돈이 생기면 은행에 넣지
않고 어린아이들처럼 선물 박스에 넣어서 침대 밑에 두고 거의 매일

세어봤다고 했다. 하루는 남편이 세고 하루는 아내가 세고. 나는 왜
그렇게 오스카 와일드를 좋아하느냐고 부인에게 물었다.

"어려서 오스카 와일드의『행복한 왕자』동화를 읽었어요. 최고급
보석으로 장식된 왕자 동상은 그 도시 사람들의 슬픔 때문에 눈물을
흘려요. 그 슬픔은 왕자가 아직 인간일 때는 느껴보지 못했던 거예요.
그 슬픔은 죽어서 동상이 되고 높은 곳에 서서 온갖 비참한 일들을
내려다볼 수 있게 된 후에 생긴 거예요. 왕자가 하루는 제비에게
부탁해요. 제비야, 제비야, 내 발은 기둥에 붙어서 움직이질 못하니
네가 내 칼자루에 박혀 있는 루비를 빼서 저 가난한 여인에게 가져다줘.
왕자는 매일 제비에게 이런 부탁을 해요. 제비는 날씨가 추워지는데도
왕자의 심부름을 하느라 그 도시를 떠나지 못해요. 그 이야기 혹시
알아요?"

오스카 와일드의『행복한 왕자』라면 나도 아는 동화였다. 나는 우리
도시에서도 어려서 그 동화를 읽는 아이들이 많다고 말해줬다. 그녀는
아, 한국에서도요? 라고 말했다.

"제비는 그런 왕자를 너무 사랑했어요. 그런데 보석을 받은 가난한
사람들은 너무 기뻐했지만 결국 왕자에겐 남은 게 없게 되죠. 왕자
눈알의 보석까지 빼주고 모든 걸 다 나눠줬을 때 제비가 먼저 왕자에게
입을 맞추고 죽어요. 그리고 왕자도 곧 납으로 된 심장이 쩍 반으로
갈라져 죽고 말죠. 사람들은 초라한 왕자 동상이 흉하다고 용광로에

넣고 녹여버려요. 그런데 이야기는 여기서 끝나지 않아요. 너무나 다행이죠. 이야기가 거기서 끝났다면 난 오스카 와일드를 만나러 여기까지 오지 않았을 거예요. 하느님이 천사를 불러서 저 도시에게 가장 귀한 것 두 가지를 골라 오거라 하고 말해요. 그러자 천사는 납으로 된 심장과 죽은 제비를 가져오죠. 사실 어려서 난 그 동화에 나오는 죽은 제비나 다름없었어요. 내 검은 머리가 싫었었죠. 꼭 죽어 축 늘어진 제비 날개 같았어요. 내가 갈 따뜻한 나라는 어디 다른 곳에 있다고 생각했지요. 돌아갈 나라를 잃어버리긴 그 제비나 나나 마찬가지였어요. 하지만 그 동화를 보고 나니 좋은 일 한 번 못 해보고 죽으면 안 되는데, 그런 생각이 들었어요. 저는 행복한 왕자와 제비의 사랑이 좋았어요. 내가 누군가를 위해서 날아다닐 수 있다니요!

여자애들은 어려서 왕자를 기다린다고 하죠. 나도 왕자를 기다리긴 했는데 내가 기다린 왕자는 신데렐라의 백마 탄 왕자가 아니라 오스카 와일드의 움직이지 못하는 행복한 왕자였어요. 그런데 난 죽은 제비였잖아요. 그러니 왕자를 만나기 위해선 우선 부활해야 했어요. 그래서 열심히 살았고, 그리고 바로 그런 왕자를 만났어요. 슬픔을 아는 왕자요. 동화책에서 왕자는 작은 제비에게 이렇게 말하죠. 제비야, 제비야, 세상에서 가장 신기한 것은 사람들이 겪는 고통이란다. 세상에 온갖 이야기가 다 있지만 가장 신기한 것은 비참함이란다. 저는 고통에 귀를 기울이는 왕자라면 평생을 같이할 수 있겠다고 생각했어요. 그래서 기다렸지요. 내 고통도 세상의 고통의 하나쯤으로 여겨줄 왕자를요. 전 지금 바로 그런 사람을 만났기 때문에 여기 해바라기 한

송이 들고 오스카 와일드를 찾아온 거예요. 우리가 결혼한 지는 벌써 몇 년 되었지만 이게 우리의 신혼여행이에요. 그리고 이제 난 검은 제비인 게 좋습니다. 나는 날아다니는 작은 검은 제비입니다."

이 이야기가 끝날 때쯤 우리는 오스카 와일드 무덤에 도착했다. 난 그 둘만의 시간을 위해 자리를 비켜주었다. 내가 에디트 피아프와 쇼팽과 또 이름 없는 사람들의 무덤, 죽은 왕녀의 무덤, 오래되어 거미줄로 덮인 무덤, 이제 막 죽어 생생한 꽃다발이 놓여 있는 무덤들을 돌아보고 다시 오스카 와일드 무덤에 가보니 그 부부는 떠나고 없었다. 대신 해바라기 한 송이가 놓여 있었다. 그렇지만 그들은 해바라기만 두고 간 것은 아니었다.

일단 우리 마음속에서 열정이 분출하기 시작하면, 환상은 이 세상에 영혼의 불을 지펴 작은 것들을 크게, 추한 것들을 고결하게 만든다. 마치 보름달의 빛이 들판으로 번져 나갈 때처럼 말이다. 이처럼 우리 영혼 속에는 지상에 존재하는 것들을 압도하는 무언가가 있다.

— 로르카, 『인상과 풍경』에서

그날 내가 해바라기와 함께 본 것은 그들의 강하고 따뜻한 영혼이었을 것이다. 나는 로르카가 글에서 말한 "지상에 존재하는 풍경을 압도하는" 바로 그런 '영혼'을 본 것이다. 그 파리 무덤 여행은 아마도 그들의 인생을 닮았을 것이다.

이 부부를 생각하면 이런 생각들이 든다. 모든 장소는 이야기를 품고 있다고. 모든 목소리와 기억과 영혼들은 그 자신이 머무를 육체를 동경하는 것처럼 모든 이야기는 그 자신이 머무를 장소를 동경한다고. 우리가 사로잡힌 어떤 여행지는 우리 자신의 삶에 대해, 그 시절 우리의 정신 상태와 우리가 빠져 있던 고민과 관심사에 대해 말해주는 우회로일 거라고. 그래서 세상천지 어디를 가더라도 결국은 장소가 아니라 그 자신이 세상에 유일한 여행지인 순간이 우리에겐 있을 거라고.

그리고 또다른 생각들도 들었다. 해바라기 한 송이를 들고 갈 여행지가 내겐 있는가? 나의 여행은 내 인생의 어떤 점을 닮았는가? 그리고 우리 인간들은 왜 모두 여행자라 불리는가? 인생은 왜 여행이라 불리는가? 인생은 왜 '관광'이라고 불리지 않고 '여행'이라 불리는가?

나의 여행과 나의 인생은, 나의 삶은 어떤 관계일까? 나는 여행을 일상의 탈출로 생각하고 싶지 않다. 아니, 여행을 일상의 탈출로 보는 의견에 반대한다. 그보단 차라리 매 순간 여행자의 태도로 살고 싶다. 왜냐하면 나는 여행지에서 기꺼이 할 수 있는 것들을 삶 속에선 실천하지 못하기 때문이다.

이를테면,

나는 누군가 나 대신 여행을 하는 것을 상상도 못 한다.
그런데 삶 속에선 누군가 나 대신 뭐라도 해주길 꿈꾼다.

여행지에서 나는 누군가 나 대신 내 짐을 드는 것을 상상도 못 한다.
그런데 삶 속에선 누군가 나 대신 내 짐을 들어주길 원한다.

여행지에서 나는 길을 잃어도 당황하지 않는다.
그런데 삶 속에선 길을 잃으면 낙담한다.

여행지에서 나는 세상 만물을, 차창 밖을 지나가는 여인의 뒷모습
하나라도 놓치지 않으려 한다.
그런데 삶 속에선 많은 것에 애써 눈감으려 한다.

여행지에서 나는 곧 다시 만나요, 손을 흔들고 헤어질 때 슬픔을
느낀다.
그런데 삶 속에선 작별 인사를 나눌 때 내가 예의에 어긋나 보이지
않았나를 생각한다.

여행지에선 내가 누구인지가 전혀 중요하지 않다.
그런데 삶 속에선 제발 나 좀 알아봐달라고 부질없는 말을 할 때가
있다.

여행지에서 나는 그 고장에서 가장 좋은 것을 찾아낼 줄 안다.

왜 인생을 여행이라 하던가?

그런데 삶 속에선 내 고장에서 가장 좋은 것을 눈앞에 두고도 몰라본다.

여행지에서 나는 나 자신이 이방인임을 당연시한다.
그런데 삶 속에서 나는 행여라도 이방인이 될까봐 두려워한다.

여행지에서 나는 낯선 사람에게 포기하지 않고 친절을 베푼다.
여행지에서 나는 거리의 악사들과 가장 자유로운 이들과 가장 슬퍼
보이는 이들과 이제 막 도시에 도착한 여행객들과 같은 소망을 갖는다.
그런데 삶 속에서 나는 친절함을 기대하는 손길을 뿌리치고 타인과
소망을 나누지 않는다.

여행지에서 나는 내가 걷고 있는 길을 오래전 누군가 걸었다는
이유만으로, 내가 앉았던 식당에서 누군가 다른 사람이 커피를
마셨다는 이유 하나만으로도 나의 존재와 남의 존재가 연결됨을
느낀다.
그런데 삶 속에서 나는 연결이 아니라 나와 남의 분리에 대해서만
생각한다.

여행지에서 나는 목표 따위는 생각하지 않고 더 알고 더 느끼는 데서
단순한 기쁨을 느낀다.
그런데 삶 속에서 나는 수많은 것들을 오로지 수단으로 삼는다.

여행지에서 나는 확실한 길만 찾아가지는 않는다. 불확실함이 많은 데

불평하지 않는다.
그런데 삶 속에서 나는 확실한 것만 찾는다.

여행지에서 나는 가장 용기 있는 자들과 가장 말이 잘 통하는 자들과
가장 정이 많은 자들과 가장 고통 받는 자들과 친구가 된다.
그런데 삶 속에서 나는 가장 득이 되는 자들과 친구가 된다.

여행지에서 나는 외로울 때 해나 달이나 한 점 불빛과도 친구가 될 수
있다.
그런데 삶 속에서 나는 외로울까봐 자주 타협을 한다.

여행지에서 나는 쉼 없이 많은 질문을 던진다.
그런데 삶 속에서 나는 곧잘 지루한 답변만 늘어놓는다.

여행지에서 나는 얼마나 자주 설레고 얼마나 자주 탄성을 지르던가?
그런데 삶 속에서 나는 기쁨에도 슬픔에도 고통에도 얼마나 자주
무감각하던가?

여행지에서 나는 해의 뜨고 짐 같은 가장 단순한 풍경에서도 위대한
지구의 운동 법칙을 느낀다.

그런데 삶 속에서 나는 눈앞의 일에 급급하느라 어떤 법칙에도
진리에도 이르지 못하고 있지 않은가?

왜 인생을 여행이라 하던가?

그러니 나는 이제 여행에서 삶을 배우고 싶다. 여행자의 태도로 살아보고 싶다. 나의 도시가 이베리아 반도의 도시들보다 더 낯선 순간이 있기 때문이다. 나의 집 불빛이 별똥별보다 더 아득하게 느껴질 때가 있기 때문이다. 우리는 맘속 환상에서 나온 것과 현실에서 나온 것을 통일시켜야 할 줄 알고, 내가 왜 거기 있지 않고 여기 있는가에 답할 줄 알아야 하고, 어떻게 해야 내가 더 앞으로 나아갈 수 있는지 그러면서도 아직 어린아이의 마음 같았던 그 꿈결 같은 시절로 돌아갈 수 있는지 길을 찾아야만 하기 때문이다. 그리고 그 답을 알기 위해 우리가 할 수 있는 일은 결코 멈추지 않고 계속 걷는 것뿐이다. 그러니 나는 여행자의 태도로 인생을 살아보고 싶다.

우리는 여행에서 어떤 삶의 지혜를 배울 수 있을까? 이 글은 여행을 주제로 한 인터뷰집이기도 하다. 한 번도 고향을 떠나지 못한 그러나 모두가 잠든 깊은 밤마다 어디론가 여행을 떠나는 할머니들, 해마다 캄보디아로 떠나는 사진작가, 어느 새벽 고향을 떠나 서울로 온 외국인 노동자, 시를 쓰러 서울에 올라온 시인, 나무를 보러 다니는 나무 박사, 우리의 눈에는 결코 보이지 않는 진딧물을 보러 여행을 다니는 진딧물 박사, 지도를 그리러 여행을 다니는 지도 제작자, 라틴어를 읽는 시간 여행자. 나는 이들과 대화를 나눴다.

이들은 의심할 나위 없이 훌륭한 여행자들이다. 다른 많은 여행자들처럼 이들의 공통점은 뭔가 추구하기를 멈추지 않는다는 것이다. 이들은 다른 많은 훌륭한 여행자들이 그러하듯 자신에게 일어난 일을

17

과장하지도 않고 과오나 성취 양쪽 모두에 야단법석을 떨지도 않는다. 이들은 아직 일어나지 않은 일에 두려움을 갖지 않고 이미 일어난 일을 절망이나 도저히 어찌해볼 수 없는 근본적인 불행으로 받아들이는 게 아니라 하나의 '조건' 정도로만 받아들인다. 그들은 영감으로 가득 찬 신묘한 말을 하는 현인이 아니라 자신의 손과 발과 눈과 머리를, 몸을 움직이는 사람들이다. 그들은 자기 자신에게도 세계에게도 냉담하지 않았다. 일정 변경이 없는 여행이 없는 것처럼 매끄럽기만 한 인생은 존재하지 않는다는 것을 인정함에서, 낯선 지방에서 우리는 서로서로 기댈 수밖에 없는 처지란 점을 알고 있음에서 그들의 여유, 그들의 강함, 그들의 미소, 그들의 자유, 그들의 관대함이 나왔다. 그리고 가장 결정적으로 그들은 자신을 계속 걷게 하는 그 무엇인가를 찾아낸 사람들이다. 그러나 그들조차도 원래부터 알던 것은 아니다. 어느 순간 그들은 발견한 것이다. 도대체 어떻게 그들은 뭔가를 발견한 것일까?

나는 그들에게 지금까지 가본 최고의 여행지 혹은 잊을 수 없는 여행지, 추천 여행지가 어디냐고 묻지 않았다. 다만 이렇게 물었다. "당신 여행은 어떻게 시작되었지요? 어떤 방법과 생각으로 그 여행을 계속했지요? 그 이야기를 들려주세요."

프랑수아 사강은 말년의 장 폴 사르트르와 자주 만난다. 당시 사르트르는 시력을 잃어 글을 쓰지 못하게 되었다. 사르트르는 그 만남에 대해서 "우리는 마치 기차역의 플랫폼에 서 있는 여행자처럼 서로 이야기를 나누었지……"라고 적고 있다. 기차역의 플랫폼에 서

있는 여행자, 오랫동안 만나지 못할 두 여행자, 어쩌면 두 번 다시
만나지 못할 여행자들은 어떤 이야기를 할 것인가? 쇼핑 리스트나
작성하고 스타들의 가십만을 입에 올리며 다른 사람의 흉이나 보고
있진 않을 것이다. 나 역시 기차역 플랫폼으로 곧 들어올 기차의 굉음에
쫓겨가며, 중요한 말은 이제 두 번 다시 나눌 기회가 없다는 듯, 꼭 전할
말로 마지막 악수를 나누듯 이야기를 나눴다.

지금 돌이켜 생각하니 이 이야기들은 내겐 오스카 와일드 무덤 위
선량한 영혼에 둘러싸여 빛나던 해바라기같이도 느껴진다. 그리고
그 해바라기 꽃들을 몇 겹 영혼으로 둘둘 싸서 이제 이 글 위에
올려놓는다. 이것들은 인생이 여행에서 배워야 할 것들이고 인생과
여행의 공통점이고 인생이 왜 여행인가, 말해주는 단서들이다.

내가 아는 사람이건 모르는 사람이건 당신이 누구든 당신은 내 여행길에
뛰어든 여행자들이다. 나 또한 당신이란 여행지에 뛰어든 여행자이다.
이 여행길에 우연히 만난 나를 내치지 말아달라. 당신 앞의 난 우연이
아닐 수도 있다. 영혼은 자기를 닮은 영혼을 알아본다. 여행자는 자신을
닮은 여행자를 알아본다. 당신이 길을 잃어본 사람이라면, 당신이
무사히 집에 돌아가길 빌어본 사람이라면, 당신이 많은 실패와 실수와
불편과 부당함 뒤에도 뜻밖의 환대를 경험해본 사람이라면, 마음속에
풀리지 않는 의문과 근심을 가지고 걸어본 사람이라면, 내 곁을
스쳐간 사람의 뒷모습을 기억하며 자꾸 뒤돌아보는 사람이라면, 낯선
여행자에게 그렇게 하지 않듯 나에게도 면전에서 문을 닫지 말아달라.

시원한 물 한 잔을 달라. 나는 조금만 편히 앉아서 저물어가는 빛을 받아가며 저녁 바람에 흔들려가며 내가 아는 이야기들, 내가 거쳐온 도시들의 이야기를 당신의 식탁 위에 내려놓고 싶다.

여행이 끝이 있듯이 인생도 끝이 있다. 끝이 있기 때문에 한 번뿐인 이 인생 여행은 너무나 소중하다. 우리도 언젠가 우리의 유일한 여행을 누군가에게 말할 수 있을 것이다. 끝없이 이어지는 이야기로, 두 갈래로 갈라지는 길을 수도 없이 만나던 이야기로, 가지 않은 길도 간 길만큼이나 중요하게 등장하는 이야기로, 가장 중요한 것은 맨 마지막에야 겨우 말할 수 있다는 투로 끝나는 이야기로.

『인상과 풍경』, 페데리코 가르시아 로르카, 엄지영 옮김, 펭귄클래식코리아, 2007

01
—
나의 여행 이야기는
이렇게 시작된다

옛날옛날 한 시골 마을에 오동통하고 귀엽게 생긴 한 처녀가 있었다.
그녀는 명문여고를 우수한 성적으로 마치고 고향의 동사무소에 당당히
취직을 했다. 그녀가 살던 동네 이름은 솔뫼 마을이었다. 마을 입구에
작은 언덕이 있었고 그 언덕 위에는 우아하게 휘어진 열 그루 소나무가
있었다. 그 소나무에서 나는 향기가 그녀의 너른 집 마당까지 솔솔
날아왔다.

그녀가 살던 마을 건너편에는 전쟁 직후 양공주들이 살던 낮고 어두운
집들이 줄줄이 버려진 채 있어서 음험한 느낌을 주기도 했지만, 그래도
그녀는 언덕배기 소나무 냄새를 맡으면 이내 기분이 안정되곤 했다.
달이 휘영차게 떠오르면 그녀는 소나무 옆에 자전거를 세워놓고 가벼운
한숨을 쉬며 앞날을 꿈꿨다.

그녀의 집에 젊은 남자 손님들이 들락거리기 시작했다. 핑계는 직장
상사인 그녀의 오빠를 만난다는 거였지만 모두들 가슴을 설레게 하는
그녀를 흘깃흘깃 훔쳐보았다. 그녀는 웃음이 많았고 특히 눈웃음을 잘

첬고 손이 컸고 요리를 잘했고 꽃을 좋아했고 눈썰미가 좋았고 머리가
좋았고 정이 많았다.

그래도 최고의 매력은 생명력이었다. 그녀 옆에 있으면 아픈 환자도
입맛이 쫙쫙 돌았고 우울한 사람도 콧노래를 흥얼거리는 자신을
발견하게 되었다. 그녀는 환상을 현실로 만드는 재주도 있었다. 그녀는
마른 오징어를 가위로 오려서 장미꽃을 만들고 닭 다리에 리본을
달아주었고 우물 안에 물이끼를 길렀고 두레박과 바가지에 시를 썼고
배추를 뽑으며 「남으로 창을 내겠소」를 외웠다. 그렇게 그녀에게
빠져들던 사람 중에 한 늙다리 청년이 있었다. 그는 말수가 적었고
웃음이 적었고 재주라곤 눈 씻고 찾아봐야 하나도 없었다. 그저 점잖고
성실하고 고요했다. 어느 날 생명력 처녀의 눈에 그의 발이 들어왔다.
양말에 구멍이 나 있었다.

두번째 봤을 때도 양말에 구멍이 나 있었다. 세번째 양말 구멍을 봤을
때 늙다리 청년은 생명력 처녀에게 데이트를 신청했다. 그날도 양말에
구멍이 나 있었기 때문에 생명력 처녀는 장에 가서 양말 한 켤레를 사고
데이트 신청에 응했다. 그 둘의 첫 데이트 날 눈이 내렸다. 그 둘은 작은
산에 올라갔다. 몸이 닿으면 즉사하는 전염병 환자들처럼 벤치의 끝에
떨어져 앉은 그 둘은 말없이 내리는 눈을 바라보았다. 생명력 처녀가
지루함을 견디다 못해 이젠 양말을 전해주고 집에 가야지 생각하는
순간, 늙다리 청년이 갑자기 이렇게 말했다.

"우리 결혼합시다."

생명력 처녀는 너무나 기가 막혔지만 시적이고 울림이 깊은 말로
거절하기 위해 시간을 좀 끌었다. 그러다 늙다리 청년을 살짝
훔쳐봤는데 하늘을 올려다보던 그의 눈에 눈물이 가득한 것 아닌가?
그 눈물은 마치 눈의 결정체가 빛나듯 그렇게 투명했고 그렇게도
빛났다. 생명력 처녀는 말로는 도저히 표현 못할 깊은 사랑과 어떤
진정성을 보았다. 눈의 결정체들이 하늘 위에서 쟁그렁 쟁그렁 부딪혀
소리가 나는 것처럼 그녀의 심장도 쨍그렁 쨍그렁 종소리를 내기
시작했다. 이제 그녀의 심장은 그녀 한 사람만을 위해 뛰는 것이
아니었다. 그래, 작은 눈 결정 하나가 눈송이로 변하는 기적을 나도
이루자! 그래서 그녀는 이렇게 외쳤다.

"좋아요. 우리 결혼해요. 저 눈이 우리 사랑의 증인이 되게 해야 해요!"

그 순간 성미 급한 꿩 한 마리가 기운차게 날아올랐던가? 그 푸드덕
소리에 놀란 생명력 처녀가 "무서워요!" 소리치고 둘은 와락
끌어안았던가?
그렇게 그 둘은 결혼했다. 몇 년 뒤 한 여자 아기가 태어났다.
바로 나다.

이것은 우리 엄마 아빠의 이야기이다. 그런데 사건의 어두운 진실이
하나 있다. 그날 우리 아빠는 울지 않았다. 그렇다면 그 찬란하게

빛났던, 한 순진한 처녀의 가슴을 찢어지게 했던 눈물은 과연 하품의
증거였을까?

그날 우리 아빠는 어떤 거절의 말이라도 참아내기 위해 눈 한 번
깜빡이지 않고 하늘을 올려다보았다. 눈이 내리는 날 눈 한 번 깜빡이지
않고 하늘을 올려다보는 것은 결코 쉬운 일이 아닐 것이다. 무념무상
혹은 돈오돈수 혹은 초인적인 일이라고도 할 수 있다. 어쨌든 눈에
눈이 닿자 눈물이 되었다. 그래도 우리 아빠가 녹아버린 눈처럼 변하는
마음을 우리 엄마에게 보인 일은 일평생 없었다.

생명력 처녀와 늙다리 총각의 기묘한 여행 이야기는 해가 갈수록
진실이 애매해지고 부부싸움이 있을 때는 누가 먼저 유혹했는지,
양말에 과연 구멍이 있었는지 등에 대해 첨예하게 의견이 갈렸지만
그래도 내가 태어난 진실만은 확고부동했다. 나는 이렇게 시작되었다.

이런 일들을 생각하면 나는 가끔 내가 절반은 살고 태어난 것도 같고,
나의 몸이 다른 몸으로 변하는 오비디우스의 변신 이야기를 살고 있는
것도 같고, 내 이야기의 절반 혹은 더 많은 부분은 이미 쓰인 책을 들고
있는 독자인 것도 같다. 동시에 이런 생각도 든다. 내가 겪은 행복도
불행도 내 것이 아닐 수 있었고, 내가 지금의 내가 아닌 완전히 다른
사람, 혹은 진드기나 해파리가 될 수도 있었다. 내가 어떻게 나인지
나로선 알 수 없다. 그렇다면 남은 길은 신비주의자가 되는 것뿐일까?

나의 여행 이야기는 이렇게 시작된다

이것은 커다란 행운.
우리 스스로가 어떤 세상에 살고 있는지
정확히 알지 못하는 건.

깨달음을 얻기 위해선 누군가가 아주 긴 세월 동안
적어도 이 세상보다는 더 오래된
까마득한 옛날의 그 시점으로 돌아가
항구히 존재해야만 하리.

아니면 비교를 통한 인지가 가능하도록
다른 세상을 경험해야만 하리.

한계투성이에다
말썽을 일으키는 데는
타의 추종을 불허하는
육신 따위는 훌쩍 벗어던질 수 있어야 하리.
(⋯⋯)

— 쉼보르스카, 「이것은 커다란 행운」에서

나의 존재와 부재 사이의, 현실과 비현실 사이의 거리가 너무나 가깝기 때문에, 그리고 가능성과 필연성 사이에 무한 우주처럼 너무나 많은 이야기가 존재하기 때문에, 아니, 차라리 나는 가능성과 필연성 사이의 어떤 한 점에 간신히 어슴푸레하게 존재하기 때문에, 내 존재 자체가 당혹감과 경이로움으로 다가온다. 나는 내 삶을, 나를 에워싼 모든 것을 '억지로라도' 사랑하려 애쓰기로 맘먹었다. 나의 선택이 아니었던 모든 것들, 쓸모없게 된 계획들, 머릿속에만 있던 생각들, 내가 걸은 길, 내가 본 하늘과 달, 나를 채우는 모든 것들이 결국은 태어나던 밤 꿈에서 깨어 울던 최초의 내 위에 뭔가 낯설고 새로운 것들이 더해지는 과정이라고 생각하게 되었다. 최초의 나에 더하기 더하기 더하기, 그 무한한 더하기가 나의 삶이다.

어느 해 나는 포르투갈 리스본 근처의 해변을 산책하고 있었다. 그 옛날 바스코 다가마가 희망봉을 찾아 떠나던 날을 기억하는 대서양 바다는 콧대 높고 쌀쌀맞아 보였다. 파도는 높았다. 멀리 수평선의 한 중심은 찬란하게 빛났다. 수십 마리의 갈매기가 종교 회의에 참석중인 장로들처럼 근엄한 표정으로 무리를 지어, 나처럼 수평선의 빛무리를 바라보며 모래사장에 앉아 있었다. 갈매기가 기다리는 계시와 내가 기다리는 소식은 같을 수도 있을까? 갈매기가 보는 세상과 내가 보는 세상은 같을 수도 있을까? 모래사장 한켠에서 한 무리의 곱슬머리 소년들이 축구를 하고 있었다. 벌거벗은 그들의 등판에 모래가 달라붙었다. 내 종아리에도 모래알이 달라붙었다. 수평선의 시간과 모래알의 시간과 소년들의 시간은 달라 보였다. 소년들의 모래알과 내 모래알이 밤하늘의 작은 별처럼 햇빛에 반짝거렸다. 그 초라하고 작은 빛이 내 가슴에 어떤 그리움을 불러일으켰다.

나는 이런 엽서를 쓰기 시작했다.

나의 여행 이야기는 이렇게 시작된다

너무나 사랑하는 친구에게.

나는 지금 대서양을 바라보고 있어. 포르투갈 소년들의 등판에
모래알이 붙어 있어. 그 모래알을 바라보며 너를 생각하니 내가 너를
그리워하는 것이 최고의 당위성을 갖기 시작해. 우리는 이 바닷가에
떨어진 한 알의 모래알 같은 존재이긴 하지만 내가 너를 생각할 때 그
모래알이 돌멩이로 변하고 돌멩이가 바위로 변하고 바위가 암석으로
변하고 암석이 행성들처럼 하늘로 솟구쳐올라 그 존재가 너무나
선명해져. 지금 온갖 모래알이 하늘로 떠올라 의미가 확장되는 게 내
눈에 보이는 것 같아. 그 모래알 중에 손을 꼭 잡고 떠오르는 너와 나도
보여. 모래알과 모래알이 만나 벌어지는 온갖 이야기가 행성과 행성
사이의 중력과 빛 이야기만큼이나 중요하고 심원한 수수께끼로 느껴져.

친구야. 우린 이 바닷가의 모래알이지만, 그렇긴 하지만 우주의 기억이
새겨진 빗살 무늬 모래알, 고립시킬 수 없는 모래알, 혼자서는 존재할
수 없는 모래알, 두 번 다시 태어날 수도 그 누구도 흉내낼 수 없는
모래알. 우리 삶에 목적은 없을지 몰라도 의미는 있을 수 있다고
생각해. '나는 왜 이렇게 약하고 세계는 왜 이렇게 강할까? 나는 왜 온갖
한계에 둘러싸여 있고 세계는 왜 이렇게 넓을까?' 궁금할 때, 그 질문
앞에 나는 이 모래알들을 바라보며 너를 생각하던 순간을 기억해야만
하겠어. 불확실한 것들, 낯선 것들이 우리를 존재하게 했어.

나에겐 과거도 미래만큼이나 미지의 것이야. 유일하게 확실한 것이

있다면 다른 존재에 연결되지 않으면 존재의 의미를 찾을 수 없다는
것 하나뿐일 거야. 아직 나에겐 더 많은 여행이 필요해. 중력과 빛을
찾아서.

나는 여행을 사랑한다. 빛 속에 세계를 처음 본 그날처럼 평범한 것들을
열렬히 사랑하기 위해, 보이는 것 너머를 보기 위해, 보이지 않는
것을 보기 위해, 다른 존재에 더 많이 연결되기 위해, 경계를 지우기
위해, 지우면서 확장하기 위해, 내 안에 더 많은 세계를 담아두기 위해
무수히 많은 경험이 있고 그 경험 덕에 세계와 나는 홀로 떨어져 각기
외로워하지 않게 될 수도 있다. 세계는 여행자에게 수다스런 말로
신비로운 상징으로 뭔가를 표현하고 있다.

그런데 한 가지 더! 늙다리 총각은 늙다리 총각이기만 한 것이 아니었다.
나의 어린 시절 여행에 대한 모든 경이로운 이야기는 아무런 재주라곤
없어 보이는 우리 아버지에게 들었다. 그중 내가 기억하는 가장
아름다운 이야기는 이런 거다. 우리 아버지는 가난뱅이였기 때문에 다
떨어진 신발을 신고 하염없이 먼 길을 걸어 학교에 다녀야 했다. 그런데
그가 걸은 길은 삼한 시대 유서 깊은 수로의 폐허였다. 수치심 때문에
우울하고 말이 없던 그는 돌멩이, 잡초, 말라비틀어진 땅, 버려진 것들,
쓸모없는 것들, 땅에 비친 그림자와 구름이 지나간 흔적 등과 친구가
되었다. 적나라한 가난 속의 소년이 한낮 폐허의 아름다움을 읽었다.
한낮의 폐허와 친구가 되었기 때문에 그는 고된 노동 중에도 의연했다.
그 길을 몇 년 동안 걷는 사이 그의 꿈은 버려진 수로에 다시 물이

흐르게 하는 것이었다. 아빠, 어렸을 때 꿈이 뭐였어요? 라고 내가
묻자 아빠는 아주 겸연쩍어하며 "폐허에 물이 흐르게 하는 것!"이라고
대답하던 밤이 아직도 생생하다. 그때 나는 물에 대한 이미지를
처음으로 갖게 되었다. 가난한 소년에게 꿈을 꾸게 하는 이미지, 한
사람의 영혼이 찰랑찰랑 흔들리는 이미지 말이다.

나는 이제 오래전 수로로 종종 여행을 간다. 그 길을 걸어 아빠에게
간다. 생명력 처녀와 꿈 총각의 자식으로 물소리에 귀를 기울인다.
생명력 더하기 꿈의 집으로 돌아가는 길이다.

『끝과 시작』, 비스와바 쉼보르스카, 최성은 옮김, 문학과지성사, 2007

02

온갖 일을 겪고 보니
너에게 미안해

━━━━━━━

그러던 어느 날이었다. 술에 취한 아빠가 역시 엄청나게 취한
친구들을 데리고 왔다. 아주 추운 겨울밤이었기 때문에 나는 진분홍색
털스웨터를 입은 채 자고 있었다. 그런데 무슨 생각에서였는지 아빠가
잠자는 나를 번쩍 안아들고는 친구들 앞에 데리고 갔다. 나는 그때 어떤
불안감이 스멀스멀 엄습함을 느꼈다. 형광등이 불빛에 타죽은 나방의
빠지직 소리를 내며 내게 경고했다. 밤 공기는 거칠게 꿈틀댔다.

   "어때, 내 딸이야, 이쁘지?"

내 미래와 행복은 오징어와 소주 냄새를 풍기는 이 무례한 바쿠스들의
말 한마디 한마디에 달려 있는 것 같았다. 그러나 그날 밤의 사람들은
인정머리도 없고 예의도 없었지만 대신 좀 진실했던 것이 틀림없었다.
그들은 내가 마치 진분홍색 털실 덩어리나 되는 것처럼 나를
거들떠보지도 않고 이내 다른 이야기에 사로잡혀버린 것이다. 그런데
내가 이미 이런 밤을 예감하고 있었다는 것이 중요하다. 사실 나는 내가
느낀 불안감의 정체를 오래전에 알고 있었던 것 같다.

나는 자식에 대한 부모의 사랑 속에는 뭔가 무시무시한 무거움이 담겨 있다는 것을 알고 있었고, '사랑해' 혹은 '잘 자'란 단순한 말 앞에 하루치의 어두운 비밀이 말줄임표로 숨어 있음을 느끼고 있었고, 내가 그 무거움을 끝까지 기억하며 모험을 해나가야 한다는 것 또한 알고 있었고, 그러면서도 손가락을 빨며 웅크리고 있던 수정과 다이아몬드의 시간에 대한 황홀한 그리움을 결코 잊지 못하리라는, 그 속수무책의 느낌까지 예상하고 있었다. 아직 아무 일도 겪지 않은 어린아이의 불안감치고는 이상하게 애절하다고 생각하는가? 나는 그렇지 않다고 생각한다. 왜냐하면 그날 이후로 나는 전부 아니면 무를 요구하는 게 얼마나 힘든지 알게 되었으니까. 왜냐하면 그날 이후로 다시 태어나도 똑같은 삶을 살게 해달라고 고집 부릴 만한 삶을 발견하지 못했으니까. 나의 시선과 아빠의 시선이 한순간 딱 부딪혔다. 우리는 서로를 뚫어지게 바라보았다. 젊은 가장의 시선은 내가 감당하기엔 너무나 무거웠다. 그런데 구원은 어떻게 오는가? 돌연 아빠의 눈빛에 활기가 돌았다. 아빠는 당당하게 이렇게 말했다.

"하여튼 이뻐."

'하여튼'이란 말, 혹시 들어봤는가? 나는 하여튼이란 말을 내 인생 처음으로 들은 인간의 언어라고 적어두고 싶다.

객관성과 주관성은 뒤섞이고 전복되었다. 나는 '의지에 대한 최초의 관념'을 얻은 기분이었다. 그 뒤로 하여튼이란 말은 변함없이 나를 웃게 한다. 구원은 생각의 전환, 새로운 사유에서 오는 것일지도 모른다. 내게 구원은 내 머릿속에서 형편없이 만들어진 생각들에 대한 거꾸로 된 예언 같은 것이었다. 이제 우리 아빠는 하여튼이란 말을 쓰지 않는다. 대신 여하튼이라고 말을 한다. 하여튼이든 여하튼이든 그 말들은 나를 어떤 근원으로 돌려보낸다. 그것이 내 나이 네 살 때 일이고 내가 나 자신에 대해 기억하는 두번째 일이다.

하여튼 내 어린 시절 즐거운 추억 중 하나는 포도나무에 관한 것이다. 내가 최초로 살던 집은 여고 뒤의 1층 양옥이었는데 대문부터 현관까지 쭉 포도나무가 심어져 있었다. 그래서 내 별명은 포도나무집 딸이었다. 우리 집 포도나무에는 쐐기벌레가 아주 많았다. 털북숭이 뚱뚱보 쐐기가 어깨에 떨어질 때는 너무나 생생하게 오싹했고 소름이 돋았다. 그런데 어느 날 여고에서 피아노인지 오르간인지 반주음과 함께 〈그네〉란 노래가 들려왔다. 월요일은 1반이 화요일은 2반이 수요일은 3반이…… 이런 식으로 일주일 내내 〈그네〉를 들었더니 "세모시 옥색 치마 금박 물린 저 댕기가 창공을 차고 나가 구름 속에 나부낀다"를 나도 모르게 흥얼거리게 되었다. 그런데 금박 물린 저 댕기가, 하고 하늘을 올려다보면 꼭 그 얄미운 쐐기벌레가 포도 나뭇잎에 송송송 뚫어놓은 구멍이 보이는 것 아닌가. 나는 쐐기벌레를 퇴치하기로 맘먹었다. 그래서 어느 날 오후 비옷을 입고 우산을 들고 포도나무 아래로 갔다. 그리고 포도나무를 있는 힘껏 흔들어 쐐기들을 떨어뜨리고는 우산을 쓰고 이 포도나무 저 포도나무 아래로 도망다녔다. 쐐기벌레가 떨어지면서 우산에 자신의 체중만큼 툭툭툭

소리를 냈다. 나는 뽀빠이의 올리브보다도 더 크게 비명을 질러대긴
했어도 풍차를 향해 돌진하는 돈키호테만큼이나 나름대로 강한 명분을
갖고 있었다. 내가 쐐기를 쫓아다녔는지 쐐기가 나를 쫓아다녔는지
알 수 없지만 그날 우리 둘은 나비와 자기 코끝에 앉은 나비를 쫓는
강아지의 관계 같았다.

언젠가 추석 무렵에 실크로드로 여행을 갔다. 둔황에서 우루무치로
가는 길, 투루판 근처였던 것 같다. 포도주로 유명한 그 도시의
가로수는 몽땅 포도나무였다. 포도나무 넝쿨이 터널을 짓고 있는
아래서 땋은 머리를 길게 늘어뜨린 어여쁘고 몸이 가느다란 위구르
족 아가씨들이 앞치마를 하고 갓 딴 싱싱한 포도를 팔고 있었다. 난
포도값을 흥정하려다 먼저 중국 식당으로 들어갔다. 막 식사를 마치고
나오는 순간 황사바람이 불었다. 노란 먼지가 순식간에 거리를 덮쳤고
사람들은 먼지바람만큼 빠른 속도로 사사삭 어디론가 뛰어들어갔다.
누런 식당 유리창을 모래가 탁탁 쳤다. 포도를 팔던 아가씨들도 수레와
함께 어디론가 사라져버렸다. 마치 불구대천의 고수 두 명이 맞붙기
직전, 거리에 종이와 나뭇잎만 나뒹굴고 있는 중국 영화의 한 장면
같았다. 모래바람이 잠잠해지자 나는 거리를 좀 걸어보았다. 풍요롭고
나른하던 분위기 대신 어쩐지 황량한 분위기가 감돌았다. 포도나무 잎에
모래가 쏜살같이 사라져가며 흔적을 송송송 남겨놓았다. 그 구멍 뒤로
여기저기 숨어 있던 사람들이 걸어나오는 게 보였다. 그 작은 구멍들을
보며, 투루판의 하늘을 보며, 처음 봤을 때보다 조금씩 작고 더러워진
사람들을 보며, 저 멀리 설산이 있음직한 방향을 보며 나는 엽서를 쓴다.

온갖 일을 겪고 보니 너에게 미안해

나의 쐐기벌레에게.

아도르노는 진정한 불의는 맹목적으로 자신을 정의로, 타자를 불의로
설정하는 장소에 있다고 말했지. 그 여름에 내가 너를 불의의 세력으로,
나를 정의의 세력으로 내 맘대로 결론내린 것 미안해. 내가 이제
세상에서 억울한 일을 몇 차례 당하고 보니, 너처럼 몇 차례 퇴치해야
할 불의의 대상이 되고 보니 새삼 너에게 말할 수 없이 미안해. 하지만
나는 지금 내 유년기 포도나무 구멍 너머로 뭘 봤던가? 너무 궁금해.
태양이 무지개 빛의 혼합이란 걸 그땐 몰랐지만 그래도 그 구멍 너머로
하늘을 보면 뭔가 총천연색 섬광 같은 게 지나가긴 했었던 걸 어렵지
않게 기억할 수 있어. 세상이 언제 내게 문을 열고 문을 닫는지 그때나
지금이나 결코 알 수 없어도 내 마음 뒤엔 언제나 그 구멍 너머 본
것들이 남아 있어. 구멍들은 하나의 뻥 뚫린 공간들이 아닐지도 몰라.
어쩌면 구멍 너머를 보는 어떤 방식을 말하는 것인지도 몰라. 우리는
월계관을 얻지 못한 아폴론과 다프네를 상상해야 할지 몰라. 우리는
한 번 포옹을 하긴 했는데 아무 결실도 내지 못하는 거야. 그래서 또
계속계속 쫓는 거야. 매일 새로운 구멍이 있고 매일 새로운 들여다봄이
있는 거지. 지금 나는 다시 발뒤꿈치를 들고 네가 뚫어놓은 포도나무
이파리의 구멍을 보고 싶어. 그 구멍 속에서 세계는 발견되느라고
정신을 못 차릴 것 같아. 그렇게 된다면 나는 무척 황홀할 거야. 그런데
너는 진드기랑 친하니? 네가 진드기랑 친하다면 언젠가 나의 진드기
이야기도 들려줄게.

41

03
—

친구를 찾아 떠나며
가난한 손님으로 살기

✳

초등학교에 들어가자 선생님들이 장래 희망을 써내라고 했다. 나는
장래에 관한 희망이 없었기 때문에 내가 제일 좋아하는 일이 무엇인지
곰곰이 생각해보았다. 그 당시 수년 동안 내가 제일 좋아했던 것은 포도
밟기였다.

우리 집에선 해마다 포도를 따서 포도주를 담그곤 했다. 마당
수돗가에서 호스로 물을 뿌려가며 포도를 씻고 그 포도를 커다란
함지박에 담고 소주를 붓고 설탕을 적당히 넣은 다음 엄마는 나에게
"들어가라"고 말했다. 그때마다 나는 보라색 보석이 가득한 우물에
들어가는 심정, 혹은 연약한 다리로 햇빛 반짝이는 호수 물을 탐하는
소금쟁이가 된 심정으로 포도 알맹이를 살짝살짝 밟았었다. 그때의
포도알은 닳고 닳아 부드러워진, 그러나 그 밑에 맑은 샘물을 감추고
있는 달콤한 돌멩이 같기도 했고 사막에 물과 꿈같은 오아시스를
만들어주는 보라색 꽃 같기도 했다.

일그러진 포도도 청아한 소주를 통해서 보면 맑고 향기롭기 그지없었고

45

햇빛을 받으면 어두운 몸체에서 빛이 났었다. 포도들은 그 빛이 어디서 오는지 당장은 알 수 없어서 몸을 떨며 전율할 것이기 때문에 그 포도들을 결코 터뜨리고 싶지 않았다.

그때 나는 한 가지 진리를 어렴풋이 알고 있었다. 즉 포도알들은 자신을 비우면서 서서히 몸뚱이 안에 공백을 만들고, 그 공백으로부터 정말 맛있는 포도주를 만들어낸다는 것을 눈치채게 되었던 것이다. 조금 시간이 지나자 뭔가가 솟구치며 생겨나는 장소가 다름아닌 '공백'이란 것에 나는 묘한 감동을 받게 되었다.

내게 포도 밟기는 내가 미리 배운 사랑의 접근법과도 같았다. 포도알들은 젊고 여린, 깨지기 쉬운 부드러운 육체들이었고 이 육체들을 밟는 나는 내가 알지 못했던 감각의 어떤 곳이 열리는 느낌을 받았던 것이다. 모든 새로운 진리는 '공백'과 '사이'에서 태어나게 되리라는 것을, 나는 포도알과 소주에 젖은 발바닥을 통해 감각적으로 받아들였다. 그때 내가 밟았던 포도알의 촉감들은 오랫동안 단순하고 굳세게 내 발바닥에 새겨질 것 같은 느낌이었다.

어쨌든 나는 밤마다 계속되는 술자리에 앉아서 포도주 속의 포도알을 집어먹었고 그런 밤에 많은 단어들을 배웠으니 어쩌면 그 포도알들은 나에게 '리좀'(식물의 줄기가 땅속에서 변형된 것, 그 안의 모든 점은 다른 어떤 점과도 연결될 수 있다. 그것은 시작도 끝도 없고⋯⋯) 이었을지 모르고 그 밤에 배운 단어들 중에 '기타 등등'으로 처리될 수

있는 것은 없었다. 그 밤에 처음 배운 단어들은 한없이 이어지는 선과
같아서 그 단어들의 배열만 이리저리 바꿔보아도 나는 매일 밤 새로운
여행을 한 기분이 들 것이다.

망둥어, 백치, 포구, 벼멸구, 일제시대, 천황, 맥아더 장군, 히로시마,
동경제국대학, 지리산, 미륵사지오층석탑, 백반증, 한강, 매춘부,
루이 16세, 마라도, 거제도, 하와이 와이키키, 온양온천, 해운대,
한국전쟁, 보트 피플, 평화, 해바라기, 러시아, 스텝, 스탈린, 레닌,
김일성, 아이젠하워, 케네디, 포드, 리더스 다이제스트, 김추자,
빨치산, 항우와 유방, 조조와 유비, 의리, 배신, 동지애, 명예, 포유류,
오스트랄로피테쿠스, 호모사피엔스, 장남, 시집살이, 서울대학교,
태평양, 사할린, 뽕나무, 양귀비, 고선지, 읍참마속, 성동격서, 왕희지,
구양순, 이태백, 콜럼버스, 나이아가라 폭포, 마릴린 먼로, 쥘 베른,
네모 선장, 아담의 갈비뼈, 선악과…… 나의 삶이 이것들에게서 과연
빠져나갈 수가 있었을까? 기타 등등이라곤 없는 이 무수한 목록들과
숨바꼭질을 과연 언젠가 멈출 수 있을까? "내가 아직 하지 못한 말이
많다오!" 같은 슬픈 시 구절에서 해방될 수 있는 날이 올까?

그 당시 나는 장래 희망에 '포도 밟는 여자'라고 삐뚤삐뚤 써서 냈었는데
대체로 한심하다는 평가를 받았던 것 같다. 그리고 그다음 꿈은 런던
여행기『런던을 속삭여줄게』서문에 쓴 대로 천일야화를 말하는
사람이었는데 그것 역시 엄마와 선생님이 한숨 끝에 "힘드시지요?"라고
말하며 서로서로 위로하는 것을 지켜보는 걸로 끝내게 되었다.

나는 아주 오랫동안 남을 설득하고 안심시킬 만한 꿈을 찾지는 못했다.
꿈은 어떤 직업을 택하냐와는 아무런 상관이 없는 거라고 막연히 믿고
있었다. 그렇게 세월은 마냥 흘렀다. 그러던 어느날 서울로 대학 간
오빠가 방학을 맞아 고향에 올 때 몇 권의 책을 들고 왔다. 그런데 책
속엔 비통한 소설 한 권이 들어 있었다. 그 책의 첫 문장은 이러했다

나는 언제부터인지 모르지만 감정에는 약한 편입니다. 조금만 불쌍한 사람을
보아도 마음이 언짢아 그날 기분은 우울한 편입니다. 내 자신이 너무 그러한
환경을 속속들이 알고 있기 때문인 것 같습니다.

그리고 첫 장면은 1962년 더러운 옷을 입은 소년이 주린 배를 움켜쥐고
뙤약볕이 쨍쨍 내리쬐는 한낮의 부산 거리를 걷고 있는 것으로
시작된다. 그 책은 소년이 자라 청년이 되어 마지막 한 방울의 힘까지
쥐어짜며 "내 죽음을 헛되이 하지 말라" 외치고 분신하면서 남긴
유서로 끝난다.

나를 아는 모든 나여, 나를 모르는 나여, 부탁이 있네. 나를, 지금 이 순간의
나를 영원히 잊지 말아주게, 그리고 바라네, 그대들 소중한 추억의 서재에
간직하여주게. (……) 이 순간 이후의 세계에서 또다시 추방당한다 하더라도
굴리는 데, 굴리는 데, 도울 수만 있다면. 이룰 수만 있다면……

바로 전태일 평전이었다. 그는 죽기 전날 깨끗이 세수를 하고 갖고 있는
옷 중 가장 좋은 것을 입고 머리를 정성껏 빗었다. 살아 있는 동안 그가

마지막 뱉은 말은 "배가 고프다"였다. 세상에 그렇게 가슴 찢어지게 위대하고 슬픈 이야기는 들은 적도 본 적도 없었다.

"오빠는 왜 이렇게 슬픈 소설을 가져왔어?"

나는 '소설'이란 말에 특히 힘을 주어 발음했다. 나는 이것이 비현실이기를, 과장이기를, 그저 경고와 위협과 개탄이기를, 세상이 그렇게 잔인하지 않기를, 삶이 그렇게 필사적인 것이 아니기를, 양배추 꼬다리 하나를 줍기 위해 바닷물로 뛰어드는 소년이 없기를, 배우기 위해 책가방과 교과서를 들고 가출하는 소년이 없기를, 동생이 굶어죽지 않도록 길거리에 버려두는 오빠가 없기를, 자신의 것을 완전히, 깡그리 포기해야만 남을 도울 수 있는 청년이 없기를, 사랑이 넘치면서도 목숨을 끊어야 하는 청년이 없기를, 이 세상에 또다른 예수는 두 번 다시 필요 없기를, 기도라 하면 온화한 감사와 축복의 기도만 넘치기를 간절히 원했다. 그러려면 이 위대한 이야기는 반드시 소설이어야만 했다. 그것도 아주 터무니없을 정도로 급진적인 소설이어야만 했다.

"소설? 이걸 왜 소설이라고 생각하지?"

전태일의 이야기가 소설이 아니란 걸 안 순간 나는 이상하게도 모든 자부심을 잃어버렸다. 나는 며칠 후 꿈을 정했다. 내 꿈은 친구가 되는 것이었다. 그건 그동안 내가 생각해왔고 이뤄냈던 우정과는 좀 다른

것이었다. 가까이 있고 말이 통하는 사람과 사이좋게 지내는 우정이
아니었다. 진흙탕에 박힌 돌을 굴러가게 하는 것, 즉 누군가 다른 삶을
꿈꾸는 동안 함께하기, 이것이 내 우정의 첫번째 조건이 되었다. 그러나
누군가의 진정한 친구가 되는 것은 결코 쉬운 일이 아니었고 자기
자신의 친구가 되는 것조차도 쉬운 일이 아니었다. 누구의 친구가 될
것인가? 어떤 순간에 그 누군가의 친구가 될 것인가?

많은 시간이 흐른 뒤 나는 담양의 대나무숲과 관방제림으로 여행을 가게
되었다. 담양의 관방제림 푸조나무들을 본 적이 있는가? 그곳에 가면
19번 푸조나무와 20번 푸조나무 사이에 한번 서보길 바란다. 그렇게
서본 다음 이번엔 뛰어내려가서 그 나무 사이로 지나가는 사람들을 잘
살펴보길 바란다. 그러면 아주 커다란 나무 사이로 지나가는 사람들이
한 장의 그림 속으로 들어오는 것을 보게 될 것이다. 자전거를 타고 가는
여인, 낡은 배낭을 멘 조금 지친 여행객, 조금 전까지 화투를 만지던
동네 할아버지. 모두들 그 나무 사이에선 아주 천천히 사라진다. 그
그림 속에서 사람들은 작아지고 작아지다가 어려지고 그 그림이 끝나는
곳에서 다른 세계로 접어든다. 그것은 어떤 세계일까?

푸조나무에게.

나 또한 다른 이들처럼 많은 일을 겪고 잊어버려야 할 것 중에 못 잊은
것도 있고 잊어버리지 말아야 할 것 중에 잊어버린 것도 있는 몸으로
네 앞에 섰어. 친구가 되는 꿈에 관해서라면 친구가 되기는커녕 친구를

자처한 사람들 덕에 간신히 근근이 살아왔다고 말하는 편이 정직할 거야. 그런데 오늘 네 앞에 한참 동안 서 있었더니 이런 구절이 생각나. 『프라하 거리에서 울고 다니는 여자』란 책에서 이런 문장을 본 적이 있어.

"우는 여자가 지나가는 모든 장소는 신성한 것이 아니라 성스럽다. 왜냐하면 성스러운 장소는 신과 인간들의 결합을 부드럽게 노래하는 반면, 신성한 곳으로 선포된 장소는 인간을 자비의 신비로움 밖으로 추방하고 폭력의 변두리로 유배시키기 때문이다. 타자들에 대한 기억과 생각 말고는 그 어떤 것도 요구하지 않고 그저 가난하고 겸손한 손님으로 지내는 한, 이 세상 그 어떤 하찮은 장소도 다 성스러운 곳이다."

그런데 난 오늘 네 밑에 서서 보니 두 그루의 푸조나무가 서 있는 이곳이 성스러운 장소란 생각이 드는 거야. 두 그루 나무 사이에서 나무보다 턱없이 작은 사람들은 모두 가난하고 겸손한 지상의 손님들처럼 보였어. 그리고 또 좋았던 것은 모든 사람이 하나 더하기 둘로 보였다는 거야. 두 그루 푸조 나무 사이에서 어떤 사람도 홀로 있지 않고 셋이 있는 것처럼 보였어. 셋은 가난하고 겸손하여 서로서로의 친구가 된 것처럼 보였어. 그것을 본 순간 나는 가슴이 아플 정도로 내가 이런 풍경을 얼마나 고대해왔던가 느꼈어.

나는 친구처럼 느껴지는 19번 푸조나무와 20번 푸조나무 사이에서

래전 꿈에 대해 생각해봤어. 꿈을 이루기가 얼마나 힘든 일인지 알면서도 꿈을 결코 포기하지 않는 것의 가치를 깨닫는 데 이렇게 오랜 시간이 걸렸던 게 차라리 잘된 일인 것처럼 느껴지기까지 했어. 신이 한 권의 책만 쓴 게 아니라면 실수와 오류에 관한 책도 커다란 의미가 있어. 그리고 나는 신이 달랑 한 권의 책만 쓰지 않았다고 믿고 있어. 내 어린 시절 포도 알맹이들의 목록이 무한했듯이 책의 목록도 무한할 거야. 나는 이제 내 어린 시절, 발바닥으로부터 느꼈던 그 감각들을 거의 완벽하게 다시 기억해. 공백에서 진리가 솟구쳐오른다는 그 감각 말이야. 나는 지금 비어 있기 때문에 나와 누군가의 사이에서 무언가, 그러니까 진리라고 할 만한 일이 진행되기를 다시 기대해보려고 해.

난 다시 마음이 급하지만 이번엔 서두르지 않아.

『전태일 평전』, 조영래, 돌베개, 2001

04

—

상상력과 두번째 달

상공 어딘가 전기에너지가 파지직거리는 공기가 있어 전파를 보내면 거울처럼 작용해 도로 지상으로 반사해 보낸다. 무선 전신이 가능한 것은 바로 이 하늘의 거울 때문이다. — 올리버 헤비사이드

나는 기자가 되고 싶었지만 얼떨결에 피디가 되었다. 나는 온갖 어리석은 질문을 입에 달고 다녔는데 이를테면 이런 것들이었다.

"그런데 어떻게 기계에서 소리가 나와요?"
"그런데 어떻게 이걸 제주도에서 들어요?"
"그런데 아무 말 하지 않는 것도 방송해도 되나요? 즉 말 없음을 방송해도 되나요? 한 10분이라도."

이렇게 입사한 지 한두 달 되자 대부분의 선배들이 내가 야만적인데다가 덜 떨어졌다는 것을 눈치채고 저 애가 과연 제대로 된 피디가 될 수 있을까, 쑥덕쑥덕거렸다. 그러나 구박덩어리로 사는 와중에도 나는 서서히 라디오에 빠져들기 시작했다. 나는 당신이 어디에 있건 당신을 찾아가는 소리의 이미지, 특히 사람의 마음속 깊은 곳으로, 기대도 희망도 없는 빈 순간에 소박하면서도 비밀스럽게 파고드는 이미지에 매료되었다. 나는 라디오를 사랑의 박물관, 용기의 박물관, 슬픔의 박물관, 온갖 말로 표현 가능한 가치, 측정 불가능한 가치의 박물관,

이야기의 박물관, 그리고 무엇보다도 경이로움과 덧없음에 바쳐지는
박물관처럼 운영해보고 싶었다.

나는 마치 작곡가가 음악에 대해 꿈을 꾸듯 좋은 피디가 되고 싶은
꿈을 꿨다. 라디오에 대한 내 입장에 통일성을 갖고 싶었다. 그래서
런던 여행기에 쓴 대로 추운 겨울에 한강에 나가 벌렁 드러누워버렸다.
그리고 팔베개를 하고 하늘을 뚫어지게 바라보았다. 저 하늘에 뭐가
있기에, 내가 하는 말이, 내가 듣는 생각들이, 길거리의 이야기들이,
슬픔과 기쁨이, 내가 트는 음악이, 낮과 밤의 하늘 속 정적을 날아서
장터, 작은 방, 지하실, 도로, 시골 교회, 소나무숲, 강, 섬, 국경 너머로
날아가는 것일까? 나는 보이지 않는 누구에게 말을 걸어야 하지?
내 말을 듣는 당신 누구지요? 당신은 새가 날아간 흔적처럼, 금방
변해버릴 구름처럼 그렇게 내가 붙잡을 수 없는 대상인가요?

나는 그날 이후 거울처럼 세계를 반사하는 하늘의 거울 이미지에
사로잡혔다. 라디오 피디로서 나는 바로 그렇게 살고 싶었다. 지상에서
나의 위치는 중개자, 전달자, 매개자, 반사층, 하늘 거울의 축소판, 나를
통해 뭔가의 존재를 알리는 그 무엇, 서로 상관없는 것들을 연결시키는
그 무엇. 그때 나는 하늘과 세계에 동시에 사로잡혔다.

입장은 정했으나 어떻게 해야 좋은 매개체가 될 수 있을까? 나는
한계에서 출발하기로 마음먹었다. 라디오는 기본적인 한계가 있다. 즉
나는 보고 있되 나의 청취자는 보지 못한다는 그 명백한 한계가 나를

규정했다.

한때 BBC 방송국의 피디였던 조지 오웰은 에세이집 『나는 왜
쓰는가』의 「시와 마이크」 편에서 이렇게 말했다. "방송에서 청취자는
어차피 어림짐작이지만 '단' 한 사람 같은 존재다. 수백만이 듣고
있을 수도 있지만, 각자 혼자 듣고 있거나 작은 그룹의 일원으로 듣고
있으며, 그 각자는 방송이 자기에게만 개인적으로 얘기하고 있다는
느낌을 받는다. 혹은 받아야 한다. 뿐만 아니라 방송하는 입장에선
청취자들이 공감하거나 최소한 관심을 갖고 있다고 여겨도 무리가
아니다. 왜냐하면 따분한 사람은 언제든 채널을 다른 데로 돌려버릴 수
있기 때문이다."

조지 오웰의 이 말은 아마 라디오 피디라면 충분히 공감할 것이다.
스튜디오에 앉아서 큐 사인을 주고 '온 에어' 붉은빛이 들어오면
우리는 점점점 단 한 명의 보이지 않는 청취자에게 말을 거는 기분에
사로잡힌다. 나는 괴테가 표현한 적색의 이미지, "이 색은 진지함과
위엄뿐 아니라 호의와 우아함이란 인상도 준다"라고 말했을 때의 바로
그 이미지를 떠올리며 스튜디오의 온 에어 붉은 불빛을 본다. '호의.'
이 말을 어떻게 잊을 수가 있겠는가?

볼 수는 없지만 명백히 존재하는 단 한 사람, 너무나 내 맘을 잘
알고 내 말에 귀를 기울이는 단 한 사람, 그런 사람이 저 벽 너머에
있다면 누군들 자기가 아는 모든 것을 이야기하지 않을 수 있겠는가?

나는 오로지 상상력만이, 청취자와 공감하려는 상상력만이 라디오
피디들의 노동을 의미 있게 하고 라디오 피디란 직업을 존재하게 하고
구원한다는 것을 점차로 알게 되었다.

아주 오래전 의성의 한 마을에 귀농한 부부를 취재하러 간 일이 있었다.
마을 사람들은 마당 한가운데에 무쇠 냄비를 꺼내놓고 장작불을 지펴
두부를 삶아놓고 나를 기다리고 있었다. 뜨끈뜨끈한 두부에서 김이
모락모락 올라왔다. 해 질 녘이었다. 그때 옆에선 닭이며 병아리가
오종종거리고 있었고 마당 뒤켠에선 소의 울음소리가 구슬프게
들려왔다. 천진한 눈망울의 소가 음매음매 울 때 더운 입김은 부엌의
먼 불빛을 받아 마치 지상에서 하늘로 오르며 흩어지고 녹아내리는
눈송이 같았다. 나는 소의 턱 밑에 앉아서 소 울음소리와 소의 입김을
녹음했다. 나는 소에게 이렇게 말했다.

"소야, 소야, 더 자주 울어. 더 자주 울어야 해. 입김을 더 기운차게
뿜어야 해. 푸? 푸?"

소는 10초 이상의 간격으로 울었다. 음매와 음매 사이가 5초 이상
넘어서면 곤란했다. 소리와 소리 사이에 5초 이상 공백이 있으면
청취자들이 소리 없음에 불안해하기 때문에 나는 다시 소의 머리를
쓰다듬었다.

"소야, 소야, 자주 울어, 자주. 음매? 음매?"

나는 소의 입김을 과연 녹음할 수 있었을까? 나방이 날갯짓을 할 때
미세하게 떨리는 공기를 잡아내듯 소의 입김이 흔들어놓은 공기의
떨림을 녹음할 수 있었을까? 나는 다음날 스튜디오에 틀어박혀
볼륨을 최대한 올리고 음매음매를 반복해서 들었다. 음매음매 소리는
뒤로 끌려가면서 날아오르는 뭔가를 연상시켰다. 음 — 매에에에 —
밤하늘에 뭔가가 날아가고 있었다. 하루살이가 날고, 나방 한 마리가
날고, 한번 날면 다시는 땅에 내려오지 않는다는 새처럼 소의 입김이
날고. 그런데 혹시 소 역시 솥단지에서 올라가는 김을 보며 입맛을
다시고 있었을까? 소 역시 달을 보며 송아지의 꿈을 꾸기를 소원하고
있었을까? 배춧잎 뒤에서 달팽이 한 마리가 우리 몰래 꿈을 꾸듯이.

나는 사실 소의 입김을 녹음하지 못했다. 그러나 방송을 들은 사람들은
누구나 소리와 소리 사이에서 아련한 소의 입김을 떠올렸다. 그때
소의 입김 소리는 청취자들이 내면의 귀로 들은 것이었다. 소리와
소리 사이에서, 그 여백의 시간에 청취자들이 섬세하게 복원해낸 소의
입김은 일시적이고 덧없는 것들, 아주 오랜 시간 잊어버린 채 생각도
않고 있었던 것들, 그러나 우리 내면 깊숙한 곳에 각인되어 있는 것들,
그래서 뜻하지 않는 순간에 불완전한 형태로나마 다시 살아나는 어떤
것들이었다. 그것들은 우리 모두의 가슴속에 있다. 위대함과 진리는
결코 사람을 차별하지 않는다. 나에게 상상력은 이렇게 정의된다.
관계없는 것들을 연결시키는 것, 수학적 명제로 바꾸면 'X이면 Y이다'
같은 것, 관점의 이동을 요구하는 것.

내 직업의 한계, 보고 있어도 보여줄 수 없음, 그 불완전함 때문에 나는 인간 내면의 풍요로움과 정신의 힘, 그 상상력에 대해 믿음을 갖게 되었고 보이는 것에서 보이지 않는 것으로 떠났다가 보이지 않는 것에서 보이는 것을 찾아내며 돌아오곤 했다. 나는 그런 식으로 인간 전체와 동화되고 싶었는지도 모르겠다.

나에겐 비밀 릴테이프가 있었다. 아날로그 시절 라디오 방송은 모두 릴테이프에 녹음되는데 녹음 당시의 헛기침, 코 훌쩍거리는 소리, 이상한 발음은 녹음 후에 모두 편집된다. 이상하거나 불필요한 소리들은 모두 방송용 가위로 잘라내는데 미장원 바닥에 떨어지는 머리카락을 생각하면 된다. 어느 날 나는 그 잘려지고 쓰레기통에 들어갈 머리카락 같은 릴테이프 조각들을 모아 붙이기 시작했다. 코 훌쩍거리는 소리와 헛기침과 침 삼키는 소리, 이상한 발음과 말더듬만으로 이뤄진 릴테이프의 길이는 점점 늘어나 그 길이가 60분가량이 되었다. 그후 우울한 날이면 편집실에 들어가 문을 닫고 누덕누덕 붙인 릴테이프를 듣곤 했다. 나는 그 릴테이프에서 늘 이런 소리를 들었다. 누구나 하는 실수, 수줍음, 어수룩함, 부끄러움, 다시 잘해보고 싶은 마음, 짧은 시간에 회복되는 용기, 최선을 다하려는 절박함, 동의와 감탄과 존경을 끌어내려는 마음에서 나오는 흥분. 그 소리들을 들으며 나는 또 인간의 갈망에 대해 생각한다.

나는 그라나다로 여행을 간 일이 있다. 사이프러스 나무 길을 걸어 신비로운 물소리를 듣고 시와 꿈과 한숨과 별로 가득한 우주에 대한 갈망을 천장에 그려넣은 무어인의 궁전 알람브라를 보면서 집시 여인들을 생각하고 무어인의 마지막 한숨을 생각했다. 그날 밤 내 방의 창문으로는 마치 알람브라와 알바이신을 따로따로 비추는 것처럼 두 개의 달이 보였다. 밤하늘의 달과 창문에 반사된 달. 나는 그라나다의 두번째 달에게 편지를 쓴다.

두번째 달에게.

반사하는 세계가 더 아름답다고 했던가? 창문에 반사되는 달아, 너는 너무나 또렷하고 수정같이 메아리치고 있구나. 그 옛날 그라나다의 여인들이 무명 기저귀를 빨아 널 때 날리던 오렌지꽃 향기를 맡지는 못했지만, 한밤에 강가에 보인다던 도깨비불을 보지는 못했지만, 보름달 뜨는 밤에 말을 타고 숲을 달린다던 공주들을 만나지도 못했지만 그래도 두번째 달아, 너를 보니 반갑구나. 너는 달의 덧없는 매개체가 아니니? 나도 오랫동안 너처럼 내가 본 세계의 덧없는 매개체가 되고 싶었어.

덧없는 매개체이자 덧없는 형상의 매개체, 삶을 위해 태어난 존재들의 매개체, 그건 끝없이 나의 부족함과 어리석음을 상기시키는 힘들고 힘든 과업이었어. 나는 가끔 내가 창조자가 아니란 사실에 쓸쓸해하기도 했었어. 흐르는 강물 안에 그물을 던져놓고 넋을 놓고 슬퍼하는 것과도 같은 슬픔이었던 것 같아. 하지만 그래도 한 가지 결실은 있었어. 항상 나 자신으로만 머물려 하면 결코 아무것도

매개할 수 없다는 사실만은 알게 된 것 같아. 나는 언제부턴가 덧셈의
앞부분에는 항상 뺄셈이 존재한다고 생각하게 되었어. 양수 앞에는
음수가 존재한다고 생각한다는 말이지. 책을 읽을 때나 사람들을 만날
때 '적어도 ……하지 않겠다'란 생각을 하게 될 때가 있었어. 뭐, 대단한
것은 아니었어.

나는 적어도 울고 있는 아이의 젖병을 빼앗고 싶지는 않다, 이런 정도의
결심들도 나에겐 큰 기쁨을 줬어. 아마도 그건 내가 이 세계에 대해
비관적인 느낌을 갖고 있기 때문일 거고 내면으로라도 고정관념과
권위에 저항하고 싶기 때문이었을 거야. '적어도 ……하지 않겠다'는
나에게 뺄셈으로 표현돼. 그것들을 받아들이기 위해서 나의 어떤
부분을 덜어내야 했기 때문이겠지. 나는 완전해지기 위해서가 아니라
받아들이고 매개하기 위해서 끝없이 나에게서 뭘 덜어내야만 했어.
매개체가 된다는 것은 결국 자기 자신을 부정하면서 나가는 것일까?
나 또한 하나의 세계라면 빼낸 다음에야 더해질 수 있는 세계, 비워낸
다음에야 새로워질 수 있는 세계라고 생각해.

매개체와 사랑에는 공통점이 있어. 여행과 사랑에 공통점이 있는
것처럼 말이야. 끝없이 자신을 비워가면서 새로운 세계를 비춘다는 것
말이야. 얼마 전에 나와 내 친구는 『닥터 지바고』를 같이 읽었어. 사람의
의식은 달리는 기관차 앞에 있는 헤드라이트와 비슷한 것이라서 그
빛이 앞길을 비추지 않고 내부를 향하게 되면 큰 재앙이 일어난다고
되어 있었어. 두번째 달아, 나는 오늘 창에 있는 널 보니 네가 너 자신이

상상력과 두번째 달

아니라 창밖의 달을 지시하고 있다는 것을 알게 되었어. 너는 오늘 밤,
달을 비춰주는 헤드라이트구나. 너는 결코 달을 붙잡을 수 없겠지만
오늘 밤 너무나 또렷하고 투명하구나!

『나는 왜 쓰는가』, 조지 오웰, 이한중 옮김, 한겨레출판, 2010

05

—

쓸데없는 것은 없다

내 어린 시절 할머니는 손녀를 위해 고깃국을 한 솥 가득 끓여놓고
대문 앞에서 나를 기다리시곤 했다. 나는 빙빙 도는 노란 기름이 싫었고
일곱 가지 죄악이 싫었고 그 일곱 가지 죄악이 둥둥 기름방울 안에 떠
있는 것 같았기 때문에 그 고깃국이 싫었다. 나는 커다란 교자상의 맨
끝 자리에 앉아서 국그릇을 멀찍이 밀어놓고 꾸역꾸역 맨밥을 먹었다.
그리고 가족들이 먹는 숟가락과 젓가락 무늬들과 기름기 때문에
오히려 더 번들번들 빛나 보이는 거미 다리 같은 홈을 ― 할머니에
대한 죄송스런 마음, 즉 나는 효손이 아니라는 생각과 싸워가며 누군가
내 험담을 하지 않을까 귀를 쫑긋거리며 마치 두 눈이 현미경이자
망원경이 된 것처럼 ― 외우기 시작했다.

중요한 것은 기름기가 묻은 숟가락 젓가락이 다음 끼니때 내 입에
들어오지 않는 것뿐이었다. 그 무늬들은 처음엔 화투장의 청단, 홍단,
용기 있는 처녀들이 보내는 사랑의 꽃송이, 신선이 사는 구름과 나무로
보이기 시작했다가 점점 흑백의 세계, 매일매일 변함없이 참 차분한
어떤 세계, 나와 관계없이 평화로운 어떤 세계, 보는 이 하나 없어도

꽃은 피어나는 세계로 보이기 시작했다. 밥 그릇, 숟가락, 젓가락을 앞에 두고 나는 가족들과 떨어져 홀로 여행을 가기 시작한 셈이다. 나의 상상 속에서 숟가락 젓가락의 꽃과 나무는 은과 철의 땅, 유리 궁전에서 피어나고, 소는 푸른 초원에서 뛰어놀고, 소 모는 아이는 피리를 불고, 무당벌레는 풀잎 아래 이슬을 마시고, 신선은 구름 위에서 수염을 쓰다듬었다. 세상은 넓고 그늘 하나 없었으며 내 맘은 내가 효손이 아니라는 불편함 없이 평온했다.

그러다 퍼뜩 정신을 차리면 식사는 끝나가고 있었다. 그러면 나는 어디 멀리 여행이라도 다녀온 듯, 깊은 잠에서 깨어나기라도 한 듯 잠시 멍하게 앉아 있다가 마치 범행 현장을 피하는 범인처럼 후다닥 백구와 황구를 데리고 놀러 나가곤 했다. 몇 끼니 이런 배신을 일삼다가 나중에 할머니 댁을 떠날 때가 되면 할머니는 허리를 반쯤 구부리고 지팡이를 짚고 우리를 배웅 나오셨다. 그런데 할머니는 늘 우리가 시외버스를 기다리는 동네 입구가 아니라 반대쪽 작은 언덕으로 올라가셨다.

먼지를 풀풀 날리며 버스가 다가오고 갑자기 활기를 되찾은 내가 손을 흔들고 버스 맨 뒷자리에 올라타 앉기까지 할머니는 지팡이를 잡은 채 꼼짝도 않고 언덕에 앉아 계셨다. 그 모습이 마치 광야의 모세와 떨기나무처럼 보였다. 버스가 신작로 커브를 돌아 마을이 더이상 보이지 않게 되기 직전, 나는 한 번 더 언덕을 바라보곤 했다. 그리고 여전히 작은 나무처럼 앉아 계신 할머니를 볼 때면 후회와 죄책감 때문에 괴로웠다. 왜냐하면 할머니는 저녁 식사가 끝나고 가족들이 모두 텔레비전에 정신이 팔려 있을 때쯤 아무도 몰래 나를 불러내 속고쟁이에서 동전을 꺼내 손에 쥐여주시곤 했기 때문이다. 그러면 나는 그 동전을 들고 개 짖는 어두운 골목을 지나 점방으로 달려가 보름달 빵이든 별 과자든 군것질을 실컷 하고선 과자 봉지를 땅에 묻고 이불 속으로 쏙 들어가버렸다. 그리고 그다음 끼니때도 똑같은 배신을 하곤 했다.

나중에 할머니가 돌아가셔서 집에 문상객들이 몰려들 때 그 시절 내가 달달 외웠던 숟가락과 젓가락들도 밥상 위에 올라갔다. 나는 그 숟가락들과 젓가락들을 알아보았다. 할머니가 몹시 그리웠다. 낡은 숟가락에 할머니 얼굴이 등불처럼 아스라하게 피어났다. 그 시절 나의 배신들, 그리고 상상 속의 여행들은 어떻게 설명할 수 있을까? 나는 훗날 내가 나 자신으로 살기 위해서 또다른 '나'를 필요로 하리란 것을 예감했을까? 혹은 내가 나 자신으로 살기 위해서 또다른 '세상'을 필요로 하게 되리란 걸 예감했던 것은 아니었을까? 혹은 반대로 내가 나 자신으로만 살지 않기 위해서 많은 세상을 떠돌아다니리란 걸 예감했던 것은 아니었을까? 그러다가 어느 날부터인가는 길을 찾을 때보다 길을 잃을 때 오히려 힘을 내게 되고, 두려움과 불안뿐만 아니라 희망도 극복하게 되고, 결국엔 나 자신을 위해서라면 차라리 아무것도 바라지 않게 되길 예감했던 것은 아닐까?

가끔 나와 세계에 대해서 생각을 해본다. 특히 여행을 마치고 이국의 공항에서 탑승수속을 할 때, 서울이란 지명이 베이루트나 더블린, 런던,

암스테르담 사이에서 붉게 깜빡깜빡거리는 것을 본다. 그곳이 내가
돌아갈 곳이란 게, 나의 종착역이란 게 너무나 신기하다. 귀국이란,
어린 시절 기름기 묻은 숟가락의 몽상에서 돌아와 가족들 곁에 태연히
앉아 있는 것보다 결코 쉽지 않기 때문에 나는 지금 내가 어떤 세계로
돌아가려 하는가를 묻게 된다. 나는 내 여행 가방에 뭐가 들었는가를
생각해본다. 옷과 책과 기념품들 틈새에 새로 알게 된 이야기들이
들어 있다. 나는 나 자신과 내가 돌아가려는 그 세계를 도저히 따로
떼어놓고 생각할 수 없다는 걸 알게 된다. 그 세계에서 나의 이야기들을
풀어내야 하니까. 이제 나는 나, 서울, 세계, 이것들을 분리해서 생각할
수가 없다. 우리는 이분법의 세계에 놓여 있지 않다. 세계는 나를
사랑해서 나를 먹어! 라고 말했고 나는 세계를 사랑해서 나를 먹어!
라고 말한다. 나는 새벽 비 내리는 베를린 공항에서 빗방울이 국물 속의
노란 고기 기름처럼 창으로 흘러내리는 것을 본 일이 있다. 어두웠고
추웠고 나를 호텔로 데려다줄 가이드는 보이지 않았다. 노란 기름 같은
빗방울은 끊임없이 흘러내렸다. 나는 떠나려 했다가 돌아가고 있다는
것을 알았다.

살아야 할 삶이 있다면 헛된 것은 없다고 믿었던 할머니는 일찍이 내
앙큼한 배신을 알고 계셨기에 나에게 이렇게 말하곤 하셨다. "쓸데없는
짓이란 없다." 할머니는 돌아가시기 일주일 전에 나를 부르셨다. 그때
할머니의 유언도 "쓸데없는 짓이란 없다"였다. 할머니는 나를 보더니
또 속고쟁이에서 꼬깃꼬깃 접혀 있던 만 원을 꺼내주셨다. 나는
그 만 원을 받고 이제 과자는 필요 없는데, 하면서 울었다.

쓸데없는 것은 없다

나는 여행지에서 종종 할머니를 생각한다. 파키스탄 라호르에서
방콕으로 가는 비행기에서도 그랬다. 라호르에서 비행기가 막 땅을
떠나 하늘로 올라섰을 때였다. 하루에 일곱 번씩 메카를 향해 절을
올리면서도 관능적으로 서로를 휘어감는 두 마리 뱀의 형태로 코란의
시구를 성전에 새겨넣을 줄 알았던 이슬람교도들은, 경건함도 잊지
않았지만 지독한 쾌락 또한 잊지 않았다. 비행기가 하늘에 올라선 순간
공기가 수상해졌다. 승객 모두 안전벨트를 풀었다. 검은 턱수염들이
웃기 시작했다. 지상에서 금지된 술과 담배가 무한정 제공되었다.
스튜어디스들은 가장 시끄러운 레스토랑의 웨이트리스들이 되어서
비행기를 뛰어다녔다. 모든 사람들이 아랍어로 떠들며 술을 마시며
담배를 피우기 시작했다. 이슬람교들이 뿜어대는 담배연기는 구름
같았고 그들이 나누는 대화는 구름과 구름 사이를 오가는 것 같았다.
하늘 위의 해방구였다. 하늘 위의 카니발이었다. 모두들 비행기가
아니라 알라딘의 양탄자를 탄 것 같았다. 나는 너무 놀라서 눈이
휘둥그레졌다가 그 난동과 격정, 소란을 지켜본 지 다섯 시간이
넘어서자 시력 약화, 호흡 곤란 증세를 보였다. 내 눈이 흐릿해지는
만큼 사람들은 즐거워 보였다. 지상에서 금지된 것을 하늘 위에서
즐기는 사람들의 표정은 환하고 즐거웠다. "맛좋은 음식과 술에서
힘을 얻고 즐거워하는 것은 현자다운 행동이다. 속세의 아름다움에서,
아름다운 장식품에서, 음악과 놀이에서 기뻐하는 것도 현자다운
것이다. 자유인은 결코 죽음에 대해 깊이 생각하지 않는다. 지혜로운
것은 죽음이 아니라 삶을 연구하는 것이다"고 말했던 스피노자라면
나보다 그 상황을 더 즐겼을 것이다. 그리고 우리 할머니가 보셨다면

분명히 "쓸데없는 짓이란 하나도 없다"고 내게 말씀하셨을 것이다.
나는 그때 평생 한 번도 여행을 떠나보지 못했던 우리 할머니가 여행을
즐기는 가장 기본적인 원칙을 알고 있던 것이 틀림없다는 확신이
들었다. "쓸데없는 짓이란 하나도 없다."

고딕 성당이 뭐요? 로마 시대 수로는 어디에 있소? 자금성의 지붕은
왜 그렇게 노랗게 반짝거리오? 세르반테스는 어쩌다가 한쪽 팔을
잃은 것이오? 셰익스피어의 유언은 뭐요? 나는 이런 질문들이 좋다.
이런 질문에 목적이 있을 수 있는가? 목적이 있다면 오로지 질문하기
자체가 목적이 될 수 있을 것이다. 인생이 여행에 대해 배워야 할
것은 수도 없이 많지만 그 목적 없음에 대해서도 배워야 할 것이다.
잘 질문하는 것, 그것만이 목적인 것, 목적의 순수함에 대해서 배워야
할 것이다. 질문하는 자리, 새로 알게 된 것들의 자리에서 나는 그만큼
예전의 나에게서 멀어지고 새로워진다. 나는 새로운 나로 대체된다.
세상은 어떻게 세상이 되었는가? 이 질문 속에 나도 하나의 세상으로
존재한다. 세상에 질문을 던지는 것이야말로 삶을 연구하는 것이다.

그리고 나는 이런 질문을 던진 일이 있다.

나는 런던의 큐 가든에서 천 년이 넘게 산 은행나무 밑에 앉아 있었다.
그 나무는 어느 해 동방의 한 왕이 다른 진귀한 보물들과 함께
선물했던 나무였을까? 그런 질문들을 던지고 있을 때 한 마리 새가
울었다. 아, 그때 그 새의 이름과 곡조의 뜻을 알고 싶어서 얼마나

애를 태웠던가? 그 새는 나를 비웃듯이 웃으면서 솟아올랐다. 나는
나 자신보다 세계가 미치도록 궁금했다. 내가 사라지는 그 순간들은
너무나 황홀했다. 세계를 사랑하여 나는 가벼워졌기 때문이다. 나는
언젠가 한택식물원에서 이름 모를 새 소리를 들었다. 나의 사랑하는
친구는 개구리가 울고 있네,라고 말했다. 나는 새 소리를 개구리 소리로
착각하는 친구의 목을 끌어안고 웃었다. 개구리처럼 울어대는 목 쉰
새는 누구였을까? 나는 새에게 질문했다.

"네 이름은 까치니?"
"아니요!"
"네 이름은 제비니?"
"아니요!"

그렇다면 까마귀니? "아니요!" 새는 계속 계속 아니요! 아니요!
외치면서 나무 사이를 날아다녔다. 나는 그날의 새를 내 마음대로
파랑새라고 이름 붙인다. 파랑새는 이미 답을 가정하고 질문을 던지는
자에게 아니요,라고 답하는 존재다. 세계에 대해 이미 답을 알고 있다면
우리는 무엇하러 질문을 던지겠는가? 쓸데없는 것은 없다,라는 말은
우리가 세상에 대해 모른다는 말이다. 파랑새는 세계에 대한 우리의
무지를 가르쳐주는 존재이다.

파랑새에게.

너는 지금 어떤 새의 모습을 하고 있니? 어떤 색깔로 위장하고 있니?
세상 그 어느 곳에서 아니오! 하고 솟아오르고 있니? 소나무 숲이니
참나무 숲이니? 슈퍼마켓 앞뜰이니? 우린 아직은 파랑새가 무엇인지
모르는 여행객 아닐까? 그 옛날 신비로운 연금술사들은 대상의
순화뿐 아니라 영혼의 순화를 포기하지 않았다고 들었어. 그렇다면
연금술사들은 모든 것, 가장 쓸모없고 하찮은 것 안에 이미 빛이 들어
있다는 믿음을 갖고 그것을 끌어내는 데 관심이 있었던 사람이라고
이해해도 되지 않을까? 몸뚱이 안에 또다른 황금 몸뚱이가 들어
있다는 상상 때문에 화가들은 인간의 어깨죽지에 황금빛 날개를
달아주는 그림들을 그린 것 아닐까? 나는 또다른 연금술사, 즉 모든
것들은 파랑빛이 될 것이다,라고 예감하는 연금술사가 되고 싶기도
해. 이를테면 언젠가 몹시 행복하다고 느끼던 날, 차 지붕에 떨어지는
빗방울을 올려다보며 '지금 신의 섭리의 빗방울이 내리고 있어!'라고
속삭인 적이 있어. 신의 섭리의 빗방울은 투명한 푸른색을 띠고 있었어.
파랑새였단 말이지. 내게 일어난 가장 좋은 일은 언제나 뜻밖에,
내가 상상도 못한 순간에 다가오기 때문에 나는 하나의 빗방울을
신의 섭리의 빗방울이라고 표현할 수밖에 없었어. 파랑새도 그렇게
날아온다고 생각해. 어떤 일이 내게 기쁨이 될지 알 수 없으니 우리는
할 수 있는 한 최선을 다해서 살아갈 수밖에. 어떤 대가도 바라지 않고
말이야.

그런데 그 여름의 숲에서 내 귀에 너는 왜 '아니오'라고 말하는
것처럼 느껴졌을까? 그것은 우리가 보이는 것 들리는 것 그대로의
모습만으로는 결코 완전한 소통을 할 수 없기 때문일 거야. 우리는
오로지 잠재성으로만, 언젠가는 보이고 들릴 것이라는 가능성으로만
진정한 소통을 할 수 있다고 나는 믿어. 우리는 우리 눈에 보이는 것
너머를 봐야 해. 트로이 같은 가장 실망스런 여행지에서조차 헥토르와
아킬레우스를 상상하듯 말이야. 우린 사랑에선 이미 그렇게 하고 있어.
나는 내 사랑하는 사람들을 볼 때 오로지 보이는 것만 보고 싶진 않아.
나는 내 사랑하는 사람을 눈에 보이는 장점 때문이 아니라 존재 너머로
나아가는 가능성 때문에 사랑하는 거야.

06
—

우리는
무엇에 눈멀어 있는가?
그리고
새로운 것에 눈뜨면
얼마나 기쁠까?

해피 뉴이어! 라고 말하고 싶지만 그 전에 여러분 모두 12월 31일을 어떻게 보냈는지 궁금하다. 그날의 세계를 이해하려면 그 전날의 세계를 봐야 하기 때문이다. 나는 12월 31일을 설악산에서 보낸 적도 있고 뉴질랜드 반딧불이 동굴에서 보낸 적도 있었지만 지난해 12월 31일이 가장 좋았던 것 같다. 왜냐하면 나는 12월 31일 일주일 전부터 매일매일 이렇게 시작하는 원고를 쓰고 고치고 또 고치고 있었기 때문이다.

(음악, 올드 랭 사인)
이제 곧 한 해의 별과 태양은 우리에게 안녕 안녕 손을 흔들 것이다.
이제 곧 종소리가 울릴 것이다.
2010년은 곧 작별을 고할 것이다.
이렇게 아련하고 아까운 밤의 한가운데
요정처럼 몸집이 아주 작은 할머니 하나가
방 안에서 조심조심 움직이고 있다.
아주 따뜻한 방은 아니다.

그렇지만 방 안엔 노랗기도 하고 오렌지색이기도 한 불빛이

흘러다닌다.

믿을 수 없이 반짝거리고 믿을 수 없이 부드러운.

그 빛은 여든 살이 넘은 그녀의 눈에서 흘러나온 빛무리의 반향들이다.

그런데

자세히 보니 그녀는 몸을 잔뜩 구부리고 뭔가 쓰고 있다.

한참 뒤 그녀는 주름진 입술을 달그락달그락 움직이며

중얼중얼 읽는다.

아니, 그녀는 시를 쓰고 있는 게 아닌가?

(음악 F.O.)

시간이 지금 잠시 멈춘다.

(나레이션 멈추고.)

너 아름답구나…… 잠깐만 멈추어라!

(시그널, 드보르작의 「현을 위한 세레나데」)

— CBS 송년특집 '인생이 시다'에서

이 글은 송년특집 다큐멘터리 원고의 첫 부분이다. 31일 밤 11시에
방송되었다. 지난 11월에 이 특집을 제작하기 위해 충청북도 음성에 두
차례 내려갔다. 그 이야기의 일부분은 이렇다.

음성에 들어서면 사람들은 초록색, 빨강색 세 개의 고추가 동상처럼

우리는 무엇에 눈멀어 있는가? 그리고 새로운 것에 눈뜨면 얼마나 기쁠까?

서 있는 것과 수박 연구소를 볼 수 있다. 음성이 고추와 수박으로
유명한 고장이기 때문이다. 마을 가운데로는 무극천이 흐른다. 조금
더 위쪽에선 금강과 한강이 나뉜다. 음성의 중심지는 금왕이다. 옛날
1910년대에 금을 많이 캐던 곳이라 금왕이란 이름을 갖게 되었다. 그
시절엔 금을 캐려는 사람들이 많이 몰려들었고 거리는 시골답지 않게
밤늦도록 흥청거렸다. 다이너마이트 터지는 날엔 사람들은 멀리서도
땅이 흔들리는 걸 느꼈고 어린아이들은 귀를 막고 엎드리면서도
두려움과 함께 무슨 일이 벌어지고 있다는 가벼운 흥분감을 느꼈다.
그러나 지금 그 시절의 광부들은 더이상 남아 있지 않다.

그 시절에 앞서 옛날 어느 왕이 쉬어갔다는 나무와, 어느 장수가 전쟁을
마치고 돌아가는 길에 칼을 내려놓았던 바위에 얽힌 이야기같이 어느
마을에나 있기 마련인 전설이 그 마을에도 전해 내려온다. 그러나
그 어떤 이야기도 그곳에 사는 사람들에게 삶의 지혜와 행복을
가르쳐주지는 않았다. 옛부터 전해 내려오는 아득한 삶의 지혜 대신
인삼, 담배, 수박을 기르는 고된 노동이 사람들의 일상을 채웠다.
이렇게 아주 오랜 세월 고된 노동을 한 사람들이 이제 노인이 되어
노인 복지관에 모여든다. 할아버지들은 아침부터 나들이옷을 차려입고
당구를 치면서 올해는 장사가 잘되지 않는다는 이야기나, 큐를 제대로
맞추려면 몸을 어떻게 틀어야 하는지, 같은 이야기를 나눈다. 당구
치는 홀 옆에는 시 창작 수업을 하는 교실이 있다. 수강생은 모두 일흔
살이 넘은 할머니 할아버지들이다. 그 방의 문을 연 사람들은 누구라도
예상치 못한 분위기에 주춤 멈춰 서고 말 것이다. 혹시 어린아이들이

노인으로 분장한 것일까? 할머니 할아버지들은 마치 수업을 기다리는 유치원생들만 같아 보인다. 분홍색 필통, 원고지와 연필이 돋보기, 약 봉투와 섞여 있었다. 한 할아버지의 손톱 밑에 때가 시커멓게 낀 이유는 그가 가을 내내 일을 했기 때문이고 그 전에 평생 일을 해왔기 때문이다. 그는 파리 뒷다리 털도 보여줄 만큼 커다란 돋보기를 들고 시를 쓰러 왔다. 가장 신비로운 것은 눈빛들이었다. 그 눈빛들에는 노년의 성숙한 관조나 한탄, 피로감이 아니라 수줍음과 설렘이 봄날 보리밭 아지랑이처럼 일렁일렁대고 있었다. 나는 속으로 이렇게 생각했다. 아니, 이 사람들은 마치 단테가 「천국」에서 말한 것처럼, 들판의 이삭이 피기 전에는 그 값을 헤아려볼 생각은 결코 해본 적이 없는 진실한 농부들 같지 않은가!

시 창작 교실 수업은 다 같이 아홉 번 박수를 치고, 강의를 맡은 증재록 시인이 골라온 시를 한 편 읽고, 그다음엔 각자 적어온 시를 큰 소리로 발표하는 순서로 진행된다. 그런데 왜 박수를 아홉 번 치는 걸까? 그 궁금증을 안고 할머니들 이야기를 쭉 따라갔다.

정반헌 할머니는 평범한 가정주부였다. 그녀가 요즈음 매일 외치는 구호가 있다. 바로 이 구호다. "이대로 늙을 수는 없다!" "내 가슴속엔 젊음만이 있다!" 그녀는 이 구호를 노트북 앞에도 붙여놓았다. 글을 쓰기 전에는 반드시 이 구호를 보고 맹세한다. 살아오면서 시 비슷한 것을 써본 적은 없어도 다른 것을 써보기는 했었다. 쇠죽을 끓이다가 막대기로 쇠죽에다가, 밥을 짓다가 부지깽이로 흙바닥에 이렇게 썼었다.

우리는 무엇에 눈멀어 있는가? 그리고 새로운 것에 눈뜨면 얼마나 기쁠까?

'나는 왜 이럴까?' '달아, 달아, 너는 내 맘을 아니?' '나는 왜 이렇게 태어났니?' '나도 교복 입고 학교에 가고 싶구나.' 부모에게 말하면 부모가 속상할까봐 친구에게 말하면 미쳤다고 할까봐 속에 담고만 있던 말들이 쇠죽의 뽀글거리는 거품 위에, 부엌의 흙바닥 위에 쓰였다가 사라져갔다. 그녀의 말을 듣고 있자니 우리가 한때 품었던 수많은 소망들이 역시 슬픔을 안고 희미하게 모래 바닥에 누워 있다 사라지는 풍경이 눈앞을 스쳐갔다.

정반헌 할머니 옆에는 한충자 할머니가 앉아 있었다. 지금은 여기 시 창작 교실 맨 앞자리에 앉아 있지만 그녀는 일흔두 살까지 문맹이었다. 그녀는 나고 자라고 사는 동안 한 번도 음성을 떠난 적이 없다. 그녀의 친정 동네는 꽤 큰 마을이었고 친정집도 컸다. 딸이라 하면 그저 집에서 귀여워하면 되는 줄로만 알았던 부모는 그녀를 학교에 보내지 않았다. 먼 친척의 중매로 스물다섯에 옆 동네인 하루동으로 시집왔다. 한충자 할머니는 너무 부끄러워서 결혼하고 사흘이 지난 뒤에야 신랑 얼굴을 간신히 바라봤다. 시집은 아침 한 끼만 밥을 먹고 두 끼는 죽을 먹어야 할 정도로 무척 가난했고 가족이 많았다. 방은 아랫방 윗방 두 개가 있었는데 여덟 명이 이불 하나 덮고 발만 넣은 채 동그랗게 누워서 잤다. 시할아버지는 새색시가 들어오자 방을 비워주고 다른 집으로 자러 나갔다. 노인네를 쫓아내고 자는 것 같아서 한충자 할머니는 신혼인데도 이건 사람 사는 게 아니야,라고 생각했다. 친정 엄마는 딸이 굶어 죽을까 딸을 출가시킨 후 하루도 편히 잠을 자지 못했다. 친정 엄마는 딸 집에 딱 한 번 찾아왔다. 집 안에는 들어오지도 못하고 집

앞 느티나무 밑을 서성거렸다. 그저 손자만 안고 들여다보고 있다가
한충자 할머니가 얻어다준 국수 한 그릇을 서서 먹고는 그냥 집으로
돌아갔다. 그러곤 며칠 뒤에 돌아가셨다. 그게 한충자 할머니 평생의
슬픔이 되었다. 그런데 또다른 슬픔도 있었다. 씨 뿌리고 고추 심고
모 내고 밥해먹고 자식 기르느라 그녀가 글 못 배운 문맹인 걸 아무도
몰랐다. 그런데 뜻밖의 일로 그녀가 문맹인 걸 모두 알게 되었는데
한충자 할머니의 남편의 이야기를 옮겨보면 이렇다.

"난 결혼하고 군대에 갔어요. 군대에 가서 아내에게 편지를 썼는데
아무리 기다려도 답장이 안 와요. 그래, 제 맘에 없는 결혼을 해서
그런가보다,라고 추측을 할 수밖에 없었지요. 그러다 휴가를 얻어
집에 왔어요. 그런데 집에 오니 아내가 날 반겨줘요. 날 싫어하는 것
같지 않은데 왜 답장을 안 하느냐고 물었지요. 그랬더니 펑펑 울어요.
문맹자라 그러더군요. 그때 아내가 문맹자인 걸 처음 알았어요.
한번은 구촌뻘 되는 처녀가 집에 놀러 왔는데 그녀는 글을 알아요.
그래서 아내는 내 편지를 꼭 쥐고 편지를 보여줄 수는 없고 답장 한
통만 써달라고 했어요. 그렇게 해서 딱 한 번 답장이 오긴 왔었어요.
그런데 군대에서는 꼭 일주일에 한 번씩 편지를 써야만 했어요. 그래서
동생들에게 쓸 수도 없고 아내가 읽지 못하는 걸 알면서도 계속
아내에게 편지를 썼지요. 내 맘에 있는 비밀 이야기 같은 건 못했지요.
읽지 못하니까. 대신 부모님 모시고 잘 있어달라고만 했지요."

그녀 나이 일흔두 살이 되었을 때 그녀는 노인 복지관 한글반에

우리는 무엇에 눈멀어 있는가? 그리고 새로운 것에 눈뜨면 얼마나 기쁠까?

들어갔다. 아이들이 길바닥에 함부로 써놓은 낙서만 봐도 저것이
무엇일까? 그녀는 엄청 부러웠다. 죽을 때까지 글을 배우지 못하면 나
죽어 저승 가서라도 꼭 배워야지 하는 생각도 있었지만 그래도 죽기
전에 이름 석 자라도 쓰고 싶었다. 일주일에 두 번씩 3년을 다녔더니
한글반 졸업이었다. 아이고! 난 받침도 아직 모르는데, 하는 생각이
들어서 어디 가서 한글 좀더 배울 데 없느냐고 물었더니 시 창작반으로
가라고 했다. '배운 거라도 잊지 말아야지!' 하는 생각으로 시가 뭔지
모르면서도 시 창작 교실까지 오게 되었다. 배우기 시작하자 기쁜
일들이 생겼다. 한글을 배우고 몇 년 뒤에 남편에게 편지를 썼다. 50년
만의 답장이다. 그 편지의 전문은 이렇다.

당신을 만난 지가 벌써 50년이 지났군요. 그동안 부모님을 모시고 아들 딸
가르치느라고 힘들고 가난한 살림에 세월 가는 줄도 모르고 우리 인생이 다
되었어요. 당신을 챙길 시간조차 없어 너무 소홀히 생각한 것 같습니다. 지금에
와서 후회하고 있어요. 그동안 나에게 사랑을 베푸신 당신에게 감사드립니다.
당신이 말하지 않아도 눈빛만 봐도 알 수 있지요. 당신을 군대에 보내놓고
그 뒤에 편지가 와서 읽을 수도 없어 가슴이 얼마나 답답한지 슬퍼서 울 때,
살고 싶지도 않았죠. 편지를 쓰지도 못하고 읽지도 못하는 나에게 편지를
써서 보내신 당신이 너무나 고마웠어요. 그때부터 공부를 하기로 결정했지요.
2004년 3월 11일 음성군 노인 복지회관에 가서 내 마음을 열고 한글 학교 문을
두드렸습니다. 힘이 된 것은 당신의 사랑이지요. 일주일에 두 번씩 데려다준
덕분이지요. 이렇게 연필을 들고 쓴다는 것이 너무나 신기하고 기쁨과 감격의
눈물이 납니다. 이제 소원이 하나 풀리고 그동안의 부끄러움을 면하는 것

같습니다. 당신에게 그동안 사랑한다는 말 한 번도 써보지 못했고 이제야 당신께 사랑이란 말을 씁니다. 당신을 이 세상 끝까지 사랑할 겁니다. 여보, 고맙습니다.

— 2006년 4월 13일, 당신의 아내가

그런데 그녀는 무슨 시를 쓸까? 내가 읽고 충격을 받은 시의 제목은 「무식한 시인」이었다.

시는 아무나 짓는 게 아니야
배운 사람이 시를 써 읊는 거지
가이 갸 뒷다리도 모르는 게
백짓장 하나
연필 하나 들고
나서는 게 가소롭다

꽃밭에서도 벌과 나비가
모두 다 꿀을 따지 못하는 것과 같구나
벌들은 꿀을 한보따리 따도
나비는 꿀도 따지 못하고
꽃에 잎만 맞추고 허하게 날아갈 뿐

청룡도 바다에서 하늘을 오르지
메마른 모래밭에선 오를 수 없듯

우리는 무엇에 눈멀어 있는가? 그리고 새로운 것에 눈뜨면 얼마나 기쁠까?

배우지 못한 게 죄구나
아무리 따라가려 해도
아무리 열심히 써도
나중엔
배운 사람만 못한
시, 시를 쓴단다

— 한충자, 「무식한 시인」 전문

그녀는 정말 무식한 시인일까? 나는 이 특별한 시 앞에서 할 말을 잊고
있다가 그녀의 집에 따라갔다. 그리고 시를 좀 보여달라고 했다. 그런데
놀랍게도 그녀는 매일 밤 시를 쓰고 있는 게 아닌가? 벽마다 그녀가 쓴
시가 비닐 코팅된 채 붙어 있었다. 나는 그녀가 백 살 된 시어머니의
점심 식사를 차리는 동안 넋을 잃고 그녀의 시를 읽었다. 나는 그때의
경이로움을 이렇게밖에 묘사하지 못했다.

부끄러워 얼굴 붉히고 스스로 무식한 시인이라 말하는 그녀가 깊은
밤 조심조심 불을 밝히고 화장대 서랍을 연다. 치약과 몇 장의 비누
뒤에 숨겨놓은 두툼한 갈색 종이봉투를 꺼낸다. 대체 무슨 보물이기에
깊숙이 숨겨놓았을까? 그 안에서 나온 것은 원고지 뭉치다. 밤마다
또박또박 써놓은 시가 수백 편이다. 그녀의 시 속에서 애석하게
죽어버린 엄마는 가을빛으로 살아난다. 콩 다발을 머리에 이고 가는
젊은 어머니는 가을볕 아래 하늘의 축복을 받는다. 증재록 시인과 치는
손뼉 아홉 번은 우리를 시인으로 만들어주는 기쁜 손짓으로 살아난다.

손뼉 아홉 번은 열 번보다 좋다. 더 채울 게 있으니까. 그리고 봄 씨앗
뿌리는 날은 이렇게 변한다.

    바가지에 씨앗을 담고
    밭으로 가는 길
    개나리 민들레 진달래
    꽃이 만발하고
    벌 나비 이 꽃 저 꽃으로 날아다닌다.
    저 건너 산에는 아지랑이 아롱아롱
    마음을 사로잡아 씨 뿌리기 힘들게 하고
    밭에는 이야 쩌쩟 소 모는 구성진 소리.
    괭이질하다가 앉아 쉬는데 깜빡 오는 잠.
    종달새 지지배배 잠이 깨어
    집으로 가는 발걸음이 무겁다.

                              — 한충자, 「봄, 씨앗 뿌리기」 전문

그녀는 무식한 시인일까? 물론 아니다. 그녀는 어떤 시인일까? 난 그
질문에 대한 대답을 잠시만 뒤로 미루고 또다른 할머니를 따라갔다.
역시 문맹자였던 이명재 할머니는 참나무숲이 있는 마을, 수박으로
유명한 마을, 그래서 마을 입구 다방 이름도 수박다방인 맹동 마을에
산다. 이명재 할머니 역시 한충자 할머니처럼 복지관에서 한글을
배우고 시 창작반에 올라왔다. 수박 농사를 짓고 사는 그녀는 지난
여름 죽을 고비를 넘겼다. 병문안을 온 사람들은 어째 사람이 살아나갈

것 같지 않아,라고 말했다. 그걸 마지막 기억으로 꼬박 사흘을 정신
차리지 못하다가 깨어났다. 그때 이명재 할머니는 자신이 쓴 시를 꼭
부둥켜안고 울었다.

    비가 보슬보슬 내리는 날이나

    날씨가 좋은 날이나

    수박 하우스에 가서 산다

    땀을 뻘뻘 흘리고

    숨이 헉헉 차도

    물을 마시며 일을 한다

    수박 손질을 한다

    수정을 할 때는 날씨가 좋아야 한다

    비가 오면 벌이 통에서 나오지 않는다

    날씨가 좋아야

    수정도 잘되고

    열매도 잘 맺고

    수박은 벌을 사랑한다

— 이명재, 「수박 키우기」에서

대략 30분 후면 지난해 많은 일들이 과거의 안개 속으로 사라져갈
그 시간, 나는 할머니들을 생각하고 있었다. 시간의 입구, 2011년의
입구에서 한충자 할머니와 이명재 할머니가 큰 소리로 책을 읽고
시를 쓰고 있는 모습이 떠올랐다. 시를 쓰고 난 뒤 한충자 할머니에게

어떤 변화가 있었을까? 할머니는 일하다가 들국화 냄새도 맡아보고 돌멩이도 들춰보게 되었다고 말한다. 이명재 할머니는 예전에는 '그것이 그것이여!'라고 말할 줄밖에 몰랐는데 이제는 수박과 벌이 서로 사랑한다고 표현하게 되었다고 한다. 한충자 할머니는 자기가 뭐 시인이 되겠단 생각도 없었고 그저 어디 가서 읽고 쓰고 남의 시도 좀 읽어볼 시간이 있었으면 참 좋겠다고만 말한다. 이명재 할머니는 오직 배우는 것만이 부럽다고, 다른 것은 아무것도 부럽지 않다고, 잠 안 오면 책 읽어야지 뭐하냐고 말한다. 나는 한 해가 끝나는 곳에서 할머니 시인들에게 삶의 지혜를 배운다.

나는 끝없이 많은 질문을 갖게 되었다. 무식하다는 것은 뭘까? 배운다는 것은 뭘까? 아무런 대가도 바라지 않고 노력한다는 것은 뭘까? 농사꾼이 밤에 시를 지으면 그 시는 농사꾼의 낮도 바꿔놓을 수 있을까? 일하고 돌아온 사람들에게 밤의 시간은 무엇일까? 먹고 자고 쉬는 것 말고 우리도 밤의 시간에 뭔가를 한다면 그것이 또 우리를 어떻게 바꿔놓을 것인가? 무엇이든 당연시하거나 무심코 보아 넘기지 않는다면 그런 탐구와 관심이 우리를 어떻게 바꿔놓을 것인가? 할머니들이 글자에 눈이 멀어 있었다면 우리들은 지금 무엇에 눈멀어 있는 걸까? 이제 우리가 눈멀었던 그 무엇에 눈을 뜬다면 우리 역시 얼마나 기쁠 것인가?

나는 눈이 많이 내리던 날 할머니들을 생각하며 회사 앞 공원을 왔다갔다했다. 그러다가 나는 갑자기 큰 기쁨에 사로잡혔다. 할 수 없다,

우리는 무엇에 눈멀어 있는가? 그리고 새로운 것에 눈뜨면 얼마나 기쁠까?

할 수 없다, 할 수 없다, 생각하다가 마침내 할 수 있게 된 어떤 순간을
본 기분이었다. 곰곰이 생각하니 그녀들은 시를 쓰고 있는 게 아니라
시를 심고 있는 게 아니었던가? 그녀들이 시를 심는 땅의 이름은
삶이었다. 동시에 그녀들이 뿌리는 씨앗도, 쓰는 시도 삶이었다. 거기서
수박과 고추와 벼와 함께 오로지 자기 자신에게 속하는 참다운 기쁨과
즐거움이 꽃처럼 피어난다. 나 역시 글을 쓰는 게 아니라 글을 내
인생에 심고 싶어졌다. 방송을 하는 게 아니라 방송을 내 인생에 심고
싶어졌다. 여행을 떠나는 게 아니라 여행을 삶 속에 심고 싶어졌다.

나는 12월 31일에 할머니들의 시 속으로 여행을 다녀왔다. 어디론가
멀리 다녀온 기분이었다. 테리 이글턴은 "How's it going?(요새 어떻게
지내세요?)" 같은 흔한 인사말에도 도덕적으로 중요한 뜻이 담겨져
있다고 했다. 그것은 아마도 최선을 다해야 한다는 의미일 것이다.
한충자 할머니의 시 제목인 '무식한 시인'을 '최선을 다하는 시인'으로
고쳐 발음해봤다. 12월 31일도 1월 1일도 꽉 찼다. 시간을 붙들고
나서야, '너 아름답구나 멈추어라!' 한 다음에야, 그런 뒤에야 해피 뉴
이어였다.

　할머니들에게.

　제 눈앞에는 지금 음성이 쫙 펼쳐집니다. 지금 내 눈앞에는 이명재
할머니가 복지관 식당에서 할아버지들과 이야기하던 모습이
떠오릅니다. 한 할아버지가 꿀벌 기르기는 아주 어렵다고 하자

할머니는 "우리 아들은 안 그래!"라고 큰 소리로 말했죠. 그러고는
꿀이 딱딱하게 굳으면 그건 설탕 때문이냐고 물었지요. 진짜 꿀은
시간이 흘러도 걸쭉한 건지 아니면 딱딱해지는 건지 저와 할머니,
할아버지 두 명이 머리를 맞댈 때 그게 내 인생에서 꼭 알고 넘어가야
할 가장 중요한 문제처럼 여겨졌었지요. 그때 나는 아주 즐거웠습니다.
아리스토텔레스 식으로 말하자면 내 욕망을 재교육받는 듯한 기분에
사로잡혔다고나 할까요. 나는 음성을 떠나올 때 내가 따라 하고 싶고
배우고 싶은 삶이 작은 농촌 마을에 있을 수 있는, 그리고 도처에
있을 수 있는 가능성에 대해서 오랫동안 생각을 하지 않았다는 것을
깨닫고 후회했습니다. 그 점에서 깊이 감사드립니다. 나는 다시 인간
본성에 대해 생각해봅니다. 알려는 본성, 배우려는 본성, 표현하려는
본성, 그런 것들은 분명히 우리 안에도 존재하고 있고 우리 곁을
스쳐가기도 합니다. 나는 진심으로 남의 이야기에 귀를 기울이고 싶은
열망에 사로잡힙니다. 결코 돈으로 환산될 수 없는 시간들이 보입니다.
성공이나 성취와 상관없이 시간을 보내려고 하는 순수함 어딘가에
새로운 세계로 가는 입구가 있을 것 같습니다.

저도 답례로 제 여행 이야기를 하나 해드리겠습니다. 저는 가을에 해
지는 망해사로 여행을 갔습니다. 노을이 기막히게 아름답다고 소문이
자자한 곳입니다. 코스모스가 천리를 뒤덮고 있었고 들판은 노랗게
익었으며 해는 지고 있었습니다. 평화롭고 애틋한 풍경이었습니다.
제가 서해안의 갯벌을 바라볼 때 제 옆에서 한 농부가 친구와 통화를
하고 있었습니다. 저는 엿들었습니다. 그는 이렇게 말했습니다.

우리는 무엇에 눈멀어 있는가? 그리고 새로운 것에 눈뜨면 얼마나 기쁠까?

"나 지금 망해사 올라왔어. 일하다가 해 지는 것 보고 내려가려고
올라왔어. 해 지는 것 보고 내려갈게."

그 농부는 인근 마을에 사는 것 같았습니다. 아마 해 지는 것 정도야
매일 매일 볼 것입니다. 저는 이번엔 그를 훔쳐봤습니다. 전화를 끊은
그는 해 지는 것을 한참 동안이나 바라봤습니다. 매일 보는 해, 그는
왜 또 넋을 잃고 바라보는 걸까요? 그는 어디로 여행을 가고 있었던
걸까요? 할머니들은 아시지요?

시갈골문학회   충북 음성군 노인종합복지관 시 창작 교실을 수료한 시문학 동아리
회원들로 이루어졌다. 72세에 처음 한글을 배워 75세에 시 짓기를 시작한 뒤 2008년
시집을 펴낸 한충자 회원(80)을 비롯, 정반헌(72), 이명재(71), 주명옥(76), 조순례(72),
최문희(71), 정연기(71), 김종태(72) 회원 등 8명의 할머니 할아버지가 함께 시를 쓰고 있다.

『벌 나비 날아들면 열매 맺는다』, 시갈골문학회, 2010

07

—

무엇을 보느냐가 아니라

어떻게 보느냐다

우리에게 대부분의 여행지는 한 번 만나고 다시 못 볼 사람과도 같다.
여행자인 우리들은 낯선 무엇인가에서 의미를 끌어내고 감탄하고
기억 속에 넣으려 애쓴다. 그걸 더 확장하자면 프랑스 철학자 바디우의
"당신이 결코 두 번 보게 되지 않을 것을 사랑하시오"라는 말을 떠올릴
수 있다. 오로지 익숙하고 낯익은 것에만 머무르려 하지 않음, 낯선
것에 귀를 기울이고 마음을 열어두려 함, 도리어 차이에서 어떤 가치를
끌어내려 함. 일상에 돌아온 우리가 여행에서 바로 이런 간절함을
배운다면 우리는 길을 물어보는 낯선 사람, 우리와 완전히 반대되는
의견을 가진 사람, 두 번 다시 보고 싶지 않은 사람에게도 더 친절할 수
있을지 모른다.

나에게는 한 번 보고 두 번 다시 보지 못한 수많은 도시들의 기억이
있다. 그 낯선 도시들은 내 기억 속에서 대개 해 질 녘의 이미지로
떠오른다. 어스름 해가 질 때, 간판들을 읽으며 걸어갈 때, 식당들의
음식 냄새를 맡을 때, 평범한 가정집의 불들이 차례차례 켜지는 걸 볼
때, 극장이나 펍 앞에 사람들이 몰려드는 걸 볼 때, 누군가 셔터 내리는

걸 볼 때, 자유로운 동시에 돌아갈 곳을 그리워하는 나를 발견하며 이 낯선 도시가 어딘가 내 도시를 닮았구나 생각하기도 했었다. 피렌체 두오모 성당 천국의 문에 노을이 질 때, 부다페스트 겔레르트 언덕에서 부다와 페스트에 해가 질 때, 파리의 발자크 동상 위에 노을이 내리고 횡단보도 신호등의 색깔이 바뀔 때, 보스포루스의 뱃고동에 노을이 질 때, 번번이 나는 이상한 비애와 함께 그럼에도 무엇인가를 더 보고 싶고 이해하고 싶은 갈망에 허기가 지곤 했다. 내가 가본 곳 중 해 질 녘보다 햇빛이 쨍쨍 내리쬘 때 이런 갈망이 더 강했던 곳은 북경의 자금성뿐이었던 것도 같다. 황제 폐하의 수천 개의 방을 덮고 있는 자금성 노랑 호박 지붕은 햇볕 아래서 금빛으로 찬란히 빛나면서 인간의 성공이나 실패나 다 같이 신비로운 것이라고 말하는 듯했다. 그러나 자금성과 소동파의 도시 항주 정도를 제외한다면 내 기억 속에서 모든 도시는 해 질 녘이 아름다웠다. 그리고 그 모든 곳 가운데 해 질 녘의 비애가 강렬하기로 단연 으뜸인 곳은 앙코르와트였다.

그 옛날 크메르인들이 왕의 얼굴로 탑의 사면을 장식할 때 그들은 어떤 세계를 꿈꾸었던 것일까? 측면에 걸린 듯한 부처의 눈은 언제 뜨이는가? 관능적이라기보다는 희비극의 배우같이 춤추던 압살롬 여신들은 무슨 가락에 취한 걸까? 앙코르와트 벽화엔 우유의 바다에서 천 년 동안 노를 젓는 180명 신들의 모습이 새겨져 있었다. 마침내 천 년이 지나고 선한 신들만이 살아남았다. 그 선한 신들은 어떤 기도를 받아들이는가? 그리고 앙코르와트의 세계에서 그 지옥도의 맨 밑바닥에는 누가 들어가는가? 신들의 계단에 왜 우리는 기어서 올라가야 하는가? 그런데 내가 저 노을 속에 나를 버려두고 온다면 내 빈자리엔 이 많은 신들 중 하나가 들어와 앉는 걸까? 이 많은 신들은 무엇을 반사하는가? 이런 질문들을 던질 때 앙코르와트에 지는 노을은 마치 『바가바드 기타』에서처럼 "너는 하나 안에 있는 모든 것과 네가 보고자 갈망하는 것들을 모두 볼지어다!"라고 말해주는 듯했었다. 그렇게 앙코르와트의 노을은 사람의 마음을 잡아끌었었다.

내가 앙코르와트에 간 것은 10년도 더 전의 일이었다. 그때는 앙코르와트에서 벗어나자마자 지뢰로 손발이 잘려나간 사람들이 모퉁이마다 구걸을 하고 있었다. 그리고 앙코르와트를 더 많이 벗어나면 아직 어리고 눈이 예쁜 아이들이 기념품을 치렁치렁 손에 들고 "싸요!" "깎아드려요!" 하고 외쳐대고 있었다. 그리고 그때쯤 해가 완전히 지고, 몇 개의 별이 떠오르고, 마지막으로 앙코르와트를 뒤돌아볼 때, 신의 세계는 거짓말처럼 사라져버린 것같이 느껴졌었다. 그러나 고개를 돌려 이번엔 내 눈을 바라보는 소녀의 눈을 보고 있자면 바로 거기에 뭔가 신적인 게 있는 것 아닌가 하는 생각에 마음이 숙연했었다. 신의 세계가 인간의 세계로 넘어올 때 시선은 한없이 흔들렸다.

나는 캄보디아를 결코 잊지는 않고 있었다. 자주 생각하고 그리워하고 있었다. 특히 선한 전쟁을 위해 우유의 바다에서 노를 젓던 신들의 모습과 노을은 가슴에 남았다. 나는 단 한 번 본 도시들을, 한 번 보고 매혹됐으나 다시는 보지 못한 사람처럼 그리워했다. 그런데 그 캄보디아가 더 강하게 다시 호출된 것은 우연이었다. 나는 어느 날 한 사진기자를 만나게 되었다. 그를 나에게 소개해준 사람이 그는 가수 김광석을 무척 좋아해서 김광석 추모 사진책까지 냈다고 말해주었다. 두번째 만났을 때 그는 더이상 사진기자가 아니었다. 그는 사진기자를 그만두고 한 NGO단체를 따라서 캄보디아로 떠났다가 막 돌아온 참이었다. 세번째 만날 때 그와 나는 톤레사프 호수에 대한 이야기를 나눴다. 우리는 톤레사프 호수가 건기와 우기 때 수량이 얼마나 차이가 나는가, 그곳에서 쪽배를 몰고 아이에게 젖을 물리며 물고기를 파는 가난한 아낙들은 도대체 어디서 온 사람인가 하는 이야기를 나눴다. 그는 내게 수상가옥에 사는 사람들은 철거민들일 것이라고 말해줬다. 특히 톤레사프 호수에는 베트남계가 많다고도 했다. 내겐 철거민(혹은 이주민이자 철거민)이란 말이 크게 와닿았다. 누추한 수상가옥 손바닥만한 마룻바닥에 놓여 있던 화분 속의 꽃들은 그 얼마나 활짝 피어 있었던가?

그러다가 얼마 전 사진 한 장을 보게 되었다. 쪽방촌 집의 내부를 찍은 사진이었다. 사진 중앙엔 벽이 있고 양쪽으로 할아버지 둘이서 각기 자기의 방에 앉아 있었다. 그들은 종이 쪽지를 열심히 들여다보고 있었다. 그것은 병원 치료 내역서와 약 봉투였다. 두 사람 다 몇 가지 병을 앓고 있는 듯 내역서는 꽤 길었다. 그런데 혼자가 아니라 두 사람이 함께 찍힌 사진은 따뜻했다. 홀로 사는 할아버지 둘이서 친구가 되었기 때문에 둘 사이에 있는 벽도 함께 등을 기댈 수 있는 받침목처럼 보였다. 둘은 약 봉투를 보다가 한밤에 벽을 두드리고 이야기를 나눌 수도 있을 것이다. 이 사진은 내게 가와바타 야스나리의 소설 「이즈의 무희」의 한 장면을 연상시켰다. 「이즈의 무희」에서 한 찻집 할아버지는 중풍에 걸려 방 안에만 있다. 그런데 그 할아버지의 방은 묘했다. 그의 몸 주위에는 오래된 편지와 종이봉투들이 쌓여 있어서 마치 그가 종이 쓰레기 속에 묻혀 있는 것처럼 보였다. 종이 무더기는 다 무엇이란 말인가? 노인은 찻집에 들른 손님들에게 치료법을 묻고 그것을 다 적어두었고 편지를 보냈다. 그러니까 그 종이들은 사방에서 보내준 중풍 치료법에 관한 편지들, 신문 광고, 방방곡곡에서 구입한 약 봉투들이었다. 노인은 그 치료법을 단 한 장도 버리지 않고 바라보면서 살았다. 그사이에 종이는 노랗게 변해버렸다. 그러다가 종이 더미에 홀로 갇혀 있게 되었다. 난 「이즈의 무희」의 할아버지를 생각하다가 쪽방촌 할아버지가 둘인 것이 참으로 다행인 것처럼 느껴졌다. 왜냐하면 「이즈의 무희」 속에 나오는 혼자 있는 할아버지는 숭고한 생명체라기보다는 노랗게 바스러질 종이같이 느껴졌기 때문이다. 「이즈의 무희」에 나오는 할아버지가 살려고 애쓰는 쪽이었다면 쪽방촌 할아버지들은 애쓰며 살아갈 수 있을 것 같았다.

쪽방촌 노인 사진을 찍은 사람은 이강훈씨였는데 그는 4년 동안 그 쪽방촌 할아버지들과 함께했고 이젠 그들의 아들이나 다름없이 되었다고 한다. 그는 사진을 지도해준 임종진 선생님께 감사드린다고 인터뷰를 했다. 그 임종진이 내가 앞에서 말한 사진작가였다. 나는 "아, 임종진! 빨리 만나야겠다"라고 생각했다. 왜냐하면 우리에겐 마무리하지 못한 캄보디아 철거민 이야기가 있었기 때문이었다. 벽을 사이에 두고도 마치 등을 맞대고 있는 것 같은 노인들의 사진 한 장이 임종진과 캄보디아 철거민 이야기를 호출했다.

우리는 올 들어 가장 추운 날 만났고 라면 한 그릇씩을 먹었다. 그리고 각자가 아는 캄보디아 이야기를 나눴다. 그가 들려준 캄보디아 이야기는 이렇다.

2003년에 이라크 전쟁이 일어났습니다. 저 역시 신문사에서 신문을 읽거나 무심코 방송을 보면서 전쟁을 지켜보고 있었습니다. 그러다가 갑자기 기자로서의 시각에 중요한 회의가 들기 시작했습니다. '저렇게 폭격을 가하면 폭격을 당한 사람들은 어떻게 되는 거지?'란 의문이 들었기 때문입니다. 그때 나는 내가 세상 만사를 뉴스 가치로 본다는 걸 깨달았습니다. 이건 뉴스거리야, 저건 뉴스거리도 안 돼. 그런 시선 말입니다. 그때 결심했습니다. 그래 이라크에 가자! 무조건 가자!

그래서 저는 2003년 2월 반전 평화팀의 일원으로 이라크에 가게 됩니다. 요르단에서 이라크로, 이라크에서 쫓겨나 다시 요르단으로, 다시 이라크로, 팔레스타인으로 이렇게 왔다갔다하느라 대략 석 달 정도 머물렀습니다. 그때 찾아간 곳 중 하나가 바스라에 있는 알 바스라 아동 산부인과 병원이었습니다. 바스라는 석유가 아주 많은 곳이고 미군 입장에선 무조건 차지해야 하는 요새였습니다. 그래서 1차 걸프 전쟁 때 열화 우라늄탄을 엄청 쏟아부었는데 그 열화 우라늄탄은 땅에서 사라지질 않는다고 합니다. 그 이후에 그 지역에선 아이의

30퍼센트가 백혈병이나 선천성 장애를 갖고 태어납니다. 아이가
태어나면 그곳에선 남자냐 여자냐 묻지 않고 기형이냐 아니냐를
먼저 묻습니다. 그런데 미국의 봉쇄 정책으로 의약품을 수입할 수가
없으니까 그렇게 태어난 아이들은 변변한 치료도 못 받고 링거병만
꽂은 채 열다섯 살 무렵까지 살다 죽어버립니다. 그때 많이 울었습니다.
사진을 못 찍고 중간에 나왔다 다시 들어갔다 했습니다. 그때 저는 그만
이라크에 미쳐버린 겁니다. 폭격이 있기 하루 전날 저희 반전 평화팀은
철수합니다. 그때 제 가이드를 해줬던 카심은 제게 이렇게 말했죠.
"나는 여기서 죽어도 된다. 그런데 너는 안 된다. 지금 이곳을 떠나라
그것이 나를 위하는 길이다." 그때도 카심을 붙잡고 많이 울었습니다.

돌아온 뒤 다시 사진기자의 일상으로 돌아왔는데 내가 발령받은
곳은 이번엔 경제부였습니다. 나는 백화점 신상품 같은 것을 찍으러
다녔죠. 그런데 이라크에서 돌아와 아무렇지도 않게 백화점 마네킹
의상을 찍다보니 정말로 심리적 공황 상태에 빠져버린 겁니다.
견디다 못해 여름휴가를 좀 길게 잡아서 다시 이라크로 갔습니다.
후세인의 두 아들이 은신처에서 미국의 폭격을 받고 죽었던 무렵인데
저는 그 아들들이 죽은 곳에 가보기도 했습니다. 그곳에서 폭력에
익숙해져버린 아이들, 불타버린 집에 살면서도 나를 보고 맑게 웃는
아이들을 찍었지요. 그때 나는 사진을 통해 양심 고백을 하기로 마음을
굳힙니다. 어떤 양심 고백이냐고요? 앞으로 어떻게든 세 가지 경계를
허물어버리겠다는 양심 고백입니다. 하나는 이념의 벽, 또 하나는
힘의 벽. 이때의 힘은 권력이나 돈을 말합니다. 세번째는 우리가 흔히

인종의 벽이라고 하고 피부나 색깔의 벽이라고 하는 그런 벽입니다.
그 무지막지한 경계를 허무는 유일한 길은 어떤 상황에서도 사람을
보는 것 하나뿐이었습니다. 그 전까지 내게도 사진으로 세상을
빨리 변화시키고 싶은 욕망이 있었습니다. 인정받고 싶은 욕망도
있었습니다. 그런데 나는 그 욕망을 버리기로 했습니다. 물론 세상을
바꾸고 싶다는 욕망은 지금도 있지만 그 욕망은 양심 고백 이전과
이후가 다릅니다. 나는 내가 가진 권력, 즉 신문사 사진기자란 권력을
버리기로 맘먹었습니다. 이젠 내겐 힘이 없습니다. 사진을 실을
곳도 없습니다. 대신 기자의 시선이 아니라 인간 임종진의 시선이
남았습니다.

하고 싶은 걸 하고 살라는 말은 이제 우리 시대에 새로울 게 없는
말이다. 그런데 그 꿈틀댐, 하고 싶은 일을 하며 살겠다는 그 꿈틀댐이
양심 고백과 이어지는 이야기를 나는 처음 들어봤다.

그래서 캄보디아에 들어갈 때 나에게는 캄보디아 전문 사진작가,
다큐멘터리 작가가 되고 싶은 욕망이 제로였습니다. 나는 이미지나
포즈를 찍는 사람이 아니다, 왜냐하면 나는 사람을 찍는 사람이기
때문이다, 나는 사람의 사연을 찍는다, 나는 사연의 전달자이다,라고
생각했기 때문입니다. 나는 사진의 완성도가 아니라 사진의
쓰임새에 대해 고민했습니다. 나는 누구에게 사진이 가장 필요할까
생각했습니다. 그래서 캄보디아에 들어가면 빈민촌을 다니며
무료 사진관을 해야지, 결심했습니다. 처음 캄보디아에 갈 때엔 한

NGO단체를 따라갔는데 그 단체는 AIDS센터 지원 활동을 하고 있었습니다. 나는 대략 2백만 원어치의 에이즈 약을 준비하고 에이즈 환자를 만나면 내가 먼저 손을 내밀어 악수를 청해야지, 생각하며 따라갔습니다. 그런데 바로 그 자리에서 난 또 그만 내 한계와 허위를 보고 말았습니다. 해골 같은 말기 에이즈 환자들을 보고 두려움에 그만 흠칫 몸을 뒤로 빼버리고 말았습니다. 손을 내밀기는커녕 말입니다. 그 경험 때문에 무척 자괴감도 들었지만 풀어야 할 과제가 뭔지도 알았습니다. 나는 절대로 사람을 대상화시키지 않겠다고 다시 생각했습니다. 나는 일단 빈민촌을 다니며 무료 사진을 찍는 일에 박차를 가했습니다. 오토바이를 한 대 사서 뒤에 액자를 싣고는 빈민촌으로 들어갔습니다. 내가 들어간 빈민촌은 네 군데였는데 그중에 타이블롱 마을 이야기를 먼저 하겠습니다.

지금의 프놈펜은, 그러니까 개발독재 시절 서울을 생각하면 됩니다. 거리는 온통 파헤쳐지고 사람들은 모두 프놈펜으로 몰려들고 부동산 업자들은 날뛰고 있습니다. 타이블롱도 아파트 건설업체들이 미리 확보해놓은 부지였습니다. 거기에 고향을 떠나온 갈 곳 없는 사람들이 몰려들었습니다. 2006년에 갓 생겨나는 걸 봤는데 2008년에 갔더니 그대로 있더군요. 프놈펜 공항에서 오거리를 지나가시는 분들은 그곳이 타이블롱이라 생각하셔도 됩니다. 그곳은 실은 NGO단체들도 잘 들어가지 않는 곳입니다. 왜냐하면 곧 사라져버릴 테니까요. 그런데 그날 저는 벙칵 호수 마을에서 사진을 찍어주고 돌아오는 길에 그 동네를 지나가게 되었습니다. 7월 아주 무더운 날이었습니다. 간장

조개 양념을 팔거나 날품팔이를 하는 사람도 있지만 거의가 실업
상태인 아주 비참한 동네였죠. 들어가자니 무슨 일을 당할까 마음이
꺼림칙하고 그런데도 또 알고 싶고 자꾸만 마음이 가는 것입니다.
그래서 담배나 한 대 피우고 가야겠다 생각하고는 오토바이를
세웠습니다. 아마 2시쯤 되었을 겁니다. 그런데 맞은편에서 웬 남자가
다가옵니다. 얼굴이 뻘겋게 되어 비틀비틀거리는 꼴이 대낮부터 취해
있는 게 틀림없었습니다. 그는 다짜고짜 내 팔을 잡고는 이렇게 말을
했습니다.

"봉 쏨 아오이 바라이."

그때 저는 캄보디아어를 약간은 할 줄 알았습니다. 형씨, 담배 한
대 주쇼, 뭐, 그런 말이죠. 젊은 남자였습니다. 팔을 잡고 늘어져서
약간 불쾌한 기분이 들어 망설이는데 이 집 저 집에서 사람들이
뛰어나와 나를 에워싸고 내 물건들을 만지기 시작했습니다. 그러다가
오토바이에 있는 액자를 보더니 너무나 부러워하는 것이었습니다.
자기들도 사진을 찍어달라는 거죠. 저는 내일 이 시간에 오겠다 하고는
일단 돌아갔습니다. 물론 다시 그 마을에 갈 마음은 없었고 일단 그
자리를 빠져나가려고 그렇게 말한 거죠. 그런데 다음날 약속한 시간
3시가 가까워지니까 안절부절, 아무래도 약속은 지키는 게 옳을 것
같았습니다. 그래서 다시 오토바이를 타고 갔습니다. 한 시간가량
늦었는데 세상에나, 그 전날 내가 서 있던 그 장소에서 다들 날
기다리고 있는 겁니다. 그리고 그때 나를 보고 기뻐하던 그 표정이라니.

무엇을 보느냐가 아니라 어떻게 보느냐다

첫날 내게 담배를 구하던 사람은 이름이 바(Ba)인데 서른두 살이고
결혼해서 아이가 둘 있고 그 동네에서 제일 가난했습니다. 나중엔 제
조수가 되어서 내가 찍은 사진을 마을 사람들에게 나눠줬습니다.

그렇게 해서 일주일에 한 번씩 몇 달이나 갔습니다. 사람들은 나를
'진'이라 부르며 반가워했습니다. 온갖 재밌는 일들이 많았습니다.
한 할머니는 매번 옷을 갈아입고 다시 찍어달라고 했고 어떤 사람은
아버지 사진이나 어린 시절의 낡은 사진을 가져와서 크게 늘려달라고
했습니다. 그사이 바의 아내가 집을 나가버려서 같이 흐린 하늘 아래서
담배를 나눠 피우기도 했습니다. 문신이 얼룩덜룩한 건달들 사진도
많이 찍어서 나중엔 건달들과 밀주도 나눠마셨습니다. 그러다가 그해
11월에 잠깐 한국에 일주일 정도 나오게 되었습니다. 그리고 지난번에
찍은 사진들을 전해주러 그 마을에 다시 갔습니다. 그런데 저는 그날
엄청나게 충격을 받았습니다. 아무것도 없었습니다. 그 일주일 사이에
완전히 사라져버린 것입니다. 아파트 업주인지 정부 측인지가 와서
깡그리 밀어내버린 것입니다. 깡그리, 아무것도 없이, 아무도 없이. 내
눈을 믿을 수가 없었습니다. 나는 도저히 카메라를 댈 수가 없었습니다.
나는 휘청휘청 걸어나갔습니다. 한참 뒤에 가보니 그때까지도
빈터였습니다. 나는 아직까지도 마지막으로 사진을 찍었던 2, 30명의
사진은 전해주지 못했습니다.

나는 이 이야기를 듣고 멍하니 충격을 받아서 "아, 바는 어디로
갔을까요?"라고 물었다. 그는 알 수 없다고 했다.

이런 와중에도 저에게 기쁨은 있었습니다. 내가 주로 간 곳은 벙캉 호수였습니다. 역시 철거민들이 사는 곳이었죠. 모두 7구역인데 나는 주로 4구역의 사진을 찍었습니다. 그런데 그곳은 철거중이었습니다. 철거중인 집에 사는 사람들과 철거될 집에 사는 사람들이 모여 살았죠. 어떤 아저씨는 곧 철거될 집 앞에서 자기 집이 다 나오게 사진을 찍어달라고 했죠. 그런데 어느 날 아침 한 집이 철거되었습니다. 옆집의 아주머니가 왔습니다. 그녀의 집도 곧 철거되겠죠. 그런데도 그녀는 닭 한 마리를 사가지고 와서 이제 떠날 사람들을 위해 길바닥에 냄비를 꺼내놓고 닭을 푹푹 끓여줬습니다. 나는 그 아주머니의 표정을 잊을 수가 없습니다. 솥뚜껑을 살짝 들고 어찌나 환하게 웃는지요. 나는 이럴 때 내가 살아 있다고 느낍니다. 이런 순간을 찍을 수 있기 때문에 살아 있다고 느낍니다. 내가 여기 이렇게 카메라를 들고 있다는 게 말할 수 없이 기쁘다고 생각되는 순간, 그 순간이 내가 살아 있는 순간입니다. 그 철거된 집들이 있던 자리의 호수는 메워져 곧 대규모 유통단지가 건설된다고 들었습니다. 그 호수에서 보면 높다란 은행 회관과 국회의사당이 보이죠. 프놈펜에 가서 국회의사당을 보시는 분들은 맞은편 호수를 꼭 보기 바랍니다.

나는 프놈펜 난지도 사진을 찍은 일도 있습니다. 스떵민쩌이 쓰레기 매립장이죠. 트럭이 쓰레기를 내다버리면 먼지가 눈도 못 뜨게 뿌옇게 날립니다. 그래도 사람들은 덤벼들어 쓰레기에서 뭔가를 찾아냅니다. 그렇게 버는 일당이 우리나라 돈으로 5백 원 정도 됩니다. 사람들은 그 쓰레기 더미에 앉아 점심을 먹습니다. 내가 찍은 사진 속에서 남편은

아내에게 마실 물을 건네줍니다. 음식물 쓰레기 분리장에는 파리가
들끓습니다. 사진을 찍으면 하늘에 까만 점이 가득 찹니다. 그런데 내가
찍은 사진 속에서 한 신혼부부가 그 음식물 쓰레기 더미에 앉아 점심을
나눠 먹습니다. 신랑은 아내보다 서둘러서 밥을 먹습니다. 왜 그럴 것
같습니까? 아내에게 달려드는 파리를 손으로 막아주기 위해서죠.

나는 이럴 때 기쁩니다. 내가 여기 있어서 너무나 좋습니다.
나는 곧 다시 캄보디아에 갑니다. 반티에이 쁘리업 학교(비둘기
학교)의 입학식이 있기 때문입니다. 전교생은 120명인데 모두 지뢰
피해자들입니다. 그 학교 졸업생들 중에 선발된 선생들이 전국을
돌며 학생들을 모집해 미싱과 기계 수리, 전자제품 수리, 목각을 1년
과정으로 가르칩니다. 학생들은 나중에 가게를 낼 수도 있고 취업을
할 수도 있죠. 학교 건물은 폴 포트 시절 고문이 자행되던 군부대의
감옥이었죠. 그 공간이 재활의 공간으로 바뀌고 있는 것도 상징적이죠.

나는 입학식 날 증명사진을 찍어줍니다. 내가 찍은 사진이 그들의
신분증이 되는 거죠. 저는 1년 내내 틈나는 대로 모두의 사진을 한 명도
빠짐없이 찍습니다. 이 사람들은 여행이라곤 가본 적이 없기 때문에
학교 소풍날 굉장히 좋아합니다. 그 얼굴들을 찍는 게 좋습니다. 그리고
온갖 사랑 이야기가 있는데 그런 이야기 듣는 것도 기쁩니다. 한 학생은
여교사를 사랑했다가 졸업 후에 이 학교의 선생으로 와선 결국 제자와
스승이란 대단한(?) 신분 차이를 극복하고 여교사의 사랑을 얻어내죠.
지금은 학교 안에 있는 집에서 살고 있죠. 내가 기쁨을 느끼는 것은

사람이 보일 때입니다.

여행 이야기 하나만 더 해드리죠. 북부 산악 지방에 갔는데 거긴 프농
소수민족들이 살고 있었어요. 프랑스 자본이 들어와서 고무 농장을
짓느라 사람들이 쫓겨나가고 있었죠. 한 할아버지를 만났어요. 그
할아버지의 아들은 1년 전에 자살해버렸기 때문에 젊은 며느리가
아이 셋을 기르며 시아버지와 함께 살고 있었습니다. 며느리가 프농족
전통주를 팔아서 생계를 유지했는데 노인네는 늘 며느리가 빚은 그
술에 몽롱하게 취해 있었습니다. 그런데 할아버지가 우리를 붙잡고
말하는 것입니다.

"우리 며느리가 못 먹고 몸이 약해서 젖이 안 나와. 겨우 분유를 얻어다
먹이고 있지. 그런데 나는 정말 며느리에게 뭔가 해주고 싶어."

나는 그 노인네의 눈에서 봤습니다. 그건 자기 자신을 위해 도움을
요청하는 사람의 눈길이 아니었습니다. 자기 자신이 아니라 오로지
며느리만 생각하고 있는 것을 눈 속에서 읽었습니다. 우리는 비참과
고통의 이미지에 대해서라면 홍수 속에 빠져 있다고도 할 수
있습니다. 그래서 아무리 끔찍한 전쟁 사진을 봐도 무감각해질 지경이
되었습니다. 이미지란 그런 것입니다. 그러나 나는 어디를 가도, 그 망할
놈의 국경이 어디든, 이데올로기가 뭐든, 가난과 비참이 뭐든, 인간은
아무래도 감동적인 존재란 걸 봤습니다. 만약 당신 여행객이 사진을
찍거든 이미지를 찍지 마십시오. 이야기를 찍으십시오. 그 사람이

무엇을 보느냐가 아니라 어떻게 보느냐다

되어봅시다. 우리는 누구도 다른 사람들이 자신을 낮추어보는 것을 원치 않을 겁니다. 그러니 사진을 찍기 전에 그 사람이 되어봅시다.

이것이 임종진이 내게 해준 캄보디아 여행 이야기였다. 나는 그에게 많은 것을 배웠다. 사람을 대상화시키지 않는 것은 사람을 낮춰보지도 않고 사물로 보지도 않고 사람을 사람으로 보는 것이라는 점을 배웠다. 어떤 경우에도 사람을 봐야 한다는 것도 배웠다. 그리고 내가 원하는 길을 찾아 떠난다고 할 때, 그 여행의 출발에는 앞으론 어떻게 달라지고 말리라는 양심 고백 형식의 선언이 필요하리라는 것도 배웠다. 선언이 있고 선언의 실패가 있고 다시 또 선언이 있고 또 실패가 있고.

그런 점에서 그 여행은 인생을 닮았다. 그러나 가장 크게 배운 것은, '무엇'이 아니라 '어떻게' 보는지가 중요하다는 사실이다. 임종진과 나는 톤레사프 호수에서 같은 것을 봤었다. 임종진이 본 수상가옥의 꽃과 내가 본 꽃은 같은 것이었다. 그러나 나는 그 의미를 해석할 줄 몰랐기 때문에 예쁘다고만 생각했었다. 그건 엄청나게 큰 차이다. 내가 난지도에 갔다면 나는 먼지와 파리 떼와 오물을 봤을 것이다. 그러나 임종진은 아내의 얼굴에 달라붙는 파리를 막아주는 남편의 손길을 봤다. 그래서 그때 식사중인 아내의 입은 단지 먹는 입이기만 한 게 아니라 말하는 입이 되었다. 사람의 입이 단지 먹는 입으로만 머물 때 그 얼마나 비참한가. 그러나 '말하는 입'은 이렇게 외친다. 여기 사람이 있다! 여기 사랑이 있다! 여기를 봐라!

내가 본 앙코르와트의 노을을 임종진도 봤다. 그는 내게 "아, 앙코르와트 노을 정말 아름답지요!"라고 말했다. 나는 내가 왜 그렇게 앙코르와트의 노을을 잊지 못하는지 이제 알 듯도 하다. 나는 앞에서 앙코르와트의 노을은 "너는 하나 안에 있는 모든 것과 네가 보고자 갈망하는 것들을 모두 볼지어다!"라고 말하는 듯했다고 했다. 네가 보고자 갈망하는 모든 것들은 어디 있는가? 네가 보고자 갈망하는 것은 무엇인가? 성공이냐? 행복이냐? 명예냐? 그 노을은 그렇게 내게 물었던 것이다. 가톨릭의 한 수녀는 왜 우리의 이루어지 않은 기도보다 이루어진 기도 때문에 더 슬프다고 말하였던가?

이만큼 시간이 흐른 뒤 나는 삶에서 무엇을 보느냐가 아니라 어떻게 보느냐가 더 중요하다는 쪽으로 생각을 잡아두고 있었다. 앞에서 인생이 여행에게 배워야 할 덕목은 "당신이 결코 두 번 보게 되지 않을 것을 사랑하시오"란 태도라고 말했다. 그런데 한 가지 더 추가하고 싶다. 우리가 만약 '무엇'에만 집착한다면 우리는 앙코르와트를 신기한 돌무더기로만 볼 수도 있을 것이다. 그러나 앙코르와트에 와서 소원을 비는 캄보디아 사람들을 궁금해하며 본다면 앙코르와트의 의미는 달라질 것이다. 인생이 여행에게 만약 '무엇을 보느냐가 아니라 어떻게 보느냐'를 배울 수만 있다면 우리는 훨씬 덜 과시적이고 덜 속물적이고 덜 불행할 것이다.

임종진은 이야기를 마칠 때 행복해 보였다. 그건 아마 캄보디아 이야기를 했기 때문일 것이다. 임종진은 허물어뜨리고 싶은 세 가지

경계를 말했지만 내 생각에 그는 앙코르와트 노을 앞에서 네번째 경계를 허물고 있는 것만 같았다. 신들의 세계와 인간의 세계라는 경계. 그는 교황청이 파견한 평화의 사절단의 일원으로 그렇게 한 것이 아니다. 단지 인간이란 자격 하나만을 갖고 한 것이다.

나는 종교(religion)란 말이 라틴어 religio에서 파생했다고 읽었다. 그 religio는 연결하다(religare)라는 동사에서 파생했다. 그러니까 종교는 연결하는 것이고 그러므로 종교의 반대말은 무신론이 아니라 무관심이라고 읽었다. '관심'이란 명사와 '연결하다'라는 동사가 신의 세계와 인간의 세계, 그 아득한 경계를 허물 수 있지 않을까?

나는 임종진이 프놈펜에서 오토바이를 처음 사서 시동을 걸던 날을 괜히 한번 상상해본다. 어떤 행위가 있었다. 관심이 있었고 연결하러 달려가는 행위가 있었다. 그는 자신에게 유일한 무기는 사진이라고 했다. 그 유일한 무기를 자신을 위해 쓰지 않을 때, 그 무기의 쓸모를 생각하는 그 순간에, 무언가 행복의 비밀이 있지 않을까?

임종진　전 한겨레신문 사진기자였다. 이후 국내외 곳곳을 오가며 사람을 만났고 그들을 찍었다. 2008년 한 구호기관의 자원활동가로 캄보디아에서 1년 반 정도를 머물렀다 돌아와 개인전 〈캄보디아-흙, 물, 바람〉(2010)을 열기도 했다. 펴낸 책으로 『천만 개의 사람꽃』, 『김광석, 그가 그리운 오후에』 및 여러 공저가 있다. 현재 달팽이사진골방을 운영중이다.

08
—

모든 것을 다 할 수도,
모든 것을 다 가질 수도 없다

1995년 2월 말, 당시 열아홉 살이었던 소모뚜는 새벽 4시에 일어났다. 그날은 그가 처음으로 비행기를 타는 날이었다. 공항은 집에서 택시로 40분 정도 거리였다. 그는 엄마가 해준 콩 볶음밥을 아침으로 먹었다. 정확히 말하면 볶음밥이라기보다는 콩을 삶아서 밥이랑 양파랑 비벼먹는 뻬뽁이란 요리였다. 그날 이후 그 요리를 두 번 다시 먹어보진 못했기 때문에 뻬뽁의 냄새는 언제나 코끝에 감도는 그리움으로 남게 되었다. 부모와 동생 둘, 그리고 어린 시절부터 친구였던 에에투와 함께 택시를 타고 공항으로 갔다. 버마 양곤 국제공항이었다. 처음엔 난생처음 공항에 왔기 때문에 여기저기 구경을 했다. 그렇지만 비행 시간이 가까워오자 점점 마음이 무거워졌다. '내가 정말로 고향을 떠나는구나! 이제 몇 년 있어야 다시 만날 수 있을까? 한 3년쯤 걸릴까?' 탑승할 때가 되자 엄마가 그를 안아주고 양 볼에 입을 맞췄다. 그러고는 울기 시작했다.

"내 큰아들, 건강하고 무엇보다 네가 가장 소중해. 너보다 소중한 건 없어. 이별엔 두 가지가 있다고 하지. 살아 있으면서 하는 이별, 죽어서

하는 이별. 살아 있으면서 헤어지는 건 견딜 수 있어. 하지만 죽어서
이별하는 건 견딜 수가 없어. 지금 이 모습 그대로 돌아와다오! 이렇게
건강하고 이렇게 믿음직한 모습으로."

소모뚜는 "걱정하지 마세요. 지금 이대로 돌아올게요"라고 약속했다.
나머지 가족들은 울지는 않았지만, '우리는 다섯 명, 소모뚜는 혼자,
5대 1이니까 우리가 울면 안 돼.' 이렇게 생각하면서 참고 있다는 걸
소모뚜는 알 수 있었다. 이번엔 아빠가 말했다.

"앞으로 많은 어려움을 겪을 텐데 인내심을 갖고 살아라. 고통스런
것, 힘든 노동 다 참아내라. 하지만 단 하나, 올바르지 못한 건 참지
말아라."

소모뚜는 아빠에게 그러겠다고 약속을 하고 손을 흔들고 비행기에
올라탔다.

내가 그를 만났을 땐, 이런 이별 후 16년이 지난 시점이었다. 그는
아직 양곤 국제공항에 돌아가지 못했다. 그가 다시 돌아갈 수 있을까?
보세요! 큰아들이 이렇게 약속을 지켰어요! 라고 말할 수 있을까?
그 전에 그에게 들어야 할 길고 긴 이야기가 있다.

소모뚜의 외할아버지는 대만 사람이었다. 버마에서 성당 짓는 일을
했다. '어찌 보면 우리 외할아버지도 이주 노동자였어'라고 소모뚜는

곧잘 생각했다. 그는 성공했고 버마 여자를 만나 정착해서 자손을
열한 명이나 뒀다. 소모뚜의 엄마는 그중에 장녀였다. 외할아버지는
이층집을 크게 짓고 자식들을 길렀다. 그가 일을 마치고 퇴근할 때
양손에는 늘 과일 봉투가 들려 있었다. 그는 과일을 잔뜩 사와서는 동네
아이들에게 나눠줬다. 어른들은 배가 고프면 찾아나설 수 있지만 아직
어린 아이들은 우리 어른들이 돌봐줘야 한다,라고 외할아버지는 말하곤
했었다. 그는 마을 사람들에게 인기가 좋았다.

내가 어렸을 때 버마*에는 135개 정도 민족이 있었습니다. 미얀마족,
카렌족, 샨족, 인도 사람, 중국 사람…… 그런데 정권이 부당하게
바뀔 때마다 정치인들은 민족 감정을 이용했습니다. 버마와 카렌족이
싸우기도 했고 버마와 인도 사람, 버마와 중국 사람이 싸우기도
했습니다. 어느 해 버마와 중국 사람들 간에 갈등이 있었습니다. 그러자
마을 사람들이 우리 외할아버지를 데려다가 버마 옷을 입히고 버마
식 화장을 해서 숨겨주기도 했었죠. 1962년 무렵 군부 정권은 외국인
자산은 국가 자산이라고 몰수하는 법령을 제정했습니다.

그때 외할아버지도 재산을 다 빼앗겼습니다. 엄마가 고등학생 때
일입니다. 엄마는 공부를 잘했습니다. 늘 1등이었습니다. 그런데

---

* 소모뚜는 2004년 불법체류 노동자들의 농성 과정에서 동료와 함께 '버마행동 한국'을 창립, 한 달에
한 번씩 미얀마 대사관 앞에서 회원들과 함께 시위를 하거나 유인물을 나눠주며 '민주화 운동'을 벌이고 있다.
이들은 1988년 집권한 미얀마의 현 정부가 국호를 미얀마로 바꾸자 이에 반대하고 정체성을 지킨다는 뜻에서
'버마'라는 옛 이름을 고수하고 있다.

한번은 시험 보는 날 외할아버지가 위독해졌습니다. 엄마는 시험
시간을 맞출 수 없었습니다. 그러자 선생님이 아버지가 아파서 오지
못하는 친구를 기다려주자고 제안했습니다. 시험 시간을 연기하며
모두들 엄마를 기다렸습니다. 하지만 우리 엄마는 그날 시험장에
나타나지 못했습니다. 외할아버지가 돌아가셨기 때문입니다. 엄마는
너무나 큰 충격에 휩싸였습니다. 동생은 열 명이나 되는데 집안은
몰락했으니까요. 우리 엄마는 그때 일생일대의 도박을 합니다.
도망가버린 거죠. 물론 혼자서는 아닙니다. 우리 아빠와 함께였죠.
우리 아빠는 겨우 중학교만 마친, 양곤과는 강 하나만 사이에 둔
뚠떼이란 시골 마을 출신의 공무원이었습니다. 우리 아빠의 아버지,
그러니까 할아버지는 대단한 사람이었습니다. 버마가 영국의
식민지였을 때 조직을 만들어 저항했던 농민 운동의 선봉장이었습니다.
우리 엄마 이모 중 한 명은 말을 달리며 영국군의 칼을 손으로 잡았을
정도의 여걸이었어요. 나중엔 영국군에 잡혀서 처형당했습니다. 어쨌든
다시 아빠 이야길 하자면 버마의 공무원은 한국의 공무원과는 좀
다르지요. 우리 아빠는 공장에서 기계 돌리는 일을 하는 사람이었는데
우리 엄마가 학교 현장 실습 나갔다가 알게 되어서 눈이 맞은 거죠.
둘이서 몰래 영화도 보면서 사랑을 키웠습니다. 그렇게 어려울 때
도망을 갔으니 나중에 생활에 지친 엄마와 아빠가 돌아왔을 때
이모들은 아주아주 싫어했었습니다.

우리는 너무나 가난했습니다. 서울에도 떡 사려! 인절미 사려! 이렇게
외치는 상인들이 있지요. 우리 아빠도 그런 일을 했습니다. 내 인생

최초의 기억은 내가 네 살 때인데 밤 10시나 11시쯤 아빠가 코코넛 가루를 넣은 빵을 찌고 있는 것입니다. 나는 아빠 등 뒤에서 그걸 지켜보고 있었습니다. 우리 아빠는 밤인데도 자지 못하고 내일 아침 팔 빵을 준비하는구나, 이런 생각을 그때 벌써 했었습니다. 엄마는 아주 열정적이었던 사람이었기 때문에 어떻게든 집을 마련해야겠다고 결심하곤 온갖 장사를 해서 결국 집을 마련합니다.

엄마가 동생을 임신해서 배가 볼록한데도 새벽같이 일 나갔던 것도 기억합니다. 엄마는 나중엔 영어와 수학을 가르치는 작은 학원을 열어서 아이들을 가르쳤습니다. 나도 한국 오기 직전까지 거기서 일했습니다. 그리고 아빠가 다행히 공무원으로 다시 취직했기 때문에 성장기에 우리는 중상류층 정도의 생활을 할 수 있었습니다. 우리 집을 생각하면 언제나 엄마의 웃음이 먼저 생각납니다. 이런 풍경입니다. 우리 엄마는 만화책을 보면서 아주 큰 목소리로 웃습니다. 그러곤 우리를 불러서 "이거 읽어봐, 웃기지 않니?" 하고 묻습니다.

아빠는 불교 책을 아주 좋아했습니다. 또 작은 정원을 가꾸는 걸 좋아했습니다. 꽃과 꽃 사이에 의자를 갖다놓고 조용히 책 읽는 것이 그의 낙이었습니다. 그리고 저녁에는 가족 대화 시간이 있었습니다. 전기가 들어오지 않았기 때문에 촛불을 켜놓고 돌아가면서 그날 일을 이야기했습니다. 1988년이 되었습니다. 민주 항쟁이 있던 해죠. 나는 그때 중학교 2학년이었습니다. 열세 살이었죠. 나는 학교 선배들과 시위에 나가기로 약속하고 가족 대화 시간에 부모님께 말했습니다.

그러자 아빠가 이렇게 말했습니다. "온 가족이 다 나가자!" 그런데 그 시위는 한국처럼 촛불 켜고 걷는 평화 시위가 아니라 군인들이 정말 총을 쏘는 시위였습니다. 엄마는 아빠가 동생 둘을 데리고 나가는 데 반대했습니다. 그러자 아빠가 말했습니다.

"우리가 이렇게 투쟁하지 않으면 우린 평생 이렇게 살게 된다. 이렇게 세계 최빈국의 국민으로 살아야 한다. 그렇지만 투쟁하면 민주화가 될지 모른다. 남들이 투쟁해서 민주화가 되면 우리도 자연히 덕을 볼 것이다. 남들이 해놓은 걸 얻어서 살고 싶지는 않다. 부끄러운 일이다. 우리 부끄럽게 살지 말자."

그래서 우리는 동생과 아빠와 손잡고 시위를 하러 나갔습니다. 난 그때를 지금도 잊을 수가 없습니다. 사람들이 엄청나게 많았습니다. 온 나라 사람들이 다 들고 일어난 것 같았습니다. 거리마다 골목마다 온통 사람 천지였습니다. 초등학생, 주부, 심지어 개도 있었습니다. 용감한 건 대학생들이었습니다. 맨 앞에서 총을 든 경찰과 대치했습니다. 우리는 우리대로 전단지를 뿌리고 구호를 목이 터져라 외치고 돌아다녔습니다. 버마 식 사회주의를 거부한다, 민주화를 원한다, 이런 내용이었습니다.

88년 8월 8일의 민주 시위 이후 수많은 학생과 스님이 체포되었다. 그 후 아웅산 수지가 이끄는 버마민족민주동맹이 82퍼센트의 국민 지지를 받았지만 군부는 정권을 이양하지 않았고 수지는 가택연금되었다. 그 와중에 그의 아버지는 정치 성향 때문에 해고된다.

모든 것을 다 할 수도, 모든 것을 다 가질 수도 없다

난 공부를 아주 잘했어요. 의대를 갈 실력이 되었는데 엔지니어가
되고 싶었기 때문에 공대에 갔습니다. 아빠가 직장을 잃었기 때문에
우린 다시 아주 가난해졌습니다. 엄마가 마련한 집도 엄마 친구에게
넘어갔습니다. 친구가 엄마를 신뢰했기 때문에 그 집에 그냥 살도록
해줬지만 사실 남의 집이 되었죠. 나는 일자리를 좀 알아봤지만 돈을 벌
데가 없었어요. 집에선 너는 공부만 열심히 하면 된다고 했지만 마음은
괴로웠어요. 당시 버마엔 이미 외국으로 돈 벌러 나가는 사람이 많았고
누구는 집을 샀네, 뭐 그런 이야기가 계속 들려오고 있었죠.

그런데 어느 날 밥을 먹으려고 밥통을 열었는데 밥을 못 먹겠는 거예요.
나는 밥을 아주 맛있게 많이 먹는 사람이었는데 갑자기 밥 먹는 내 입이
부끄러워졌습니다. 이 밥을 마련하기 위해 우리 부모가 얼마나 고생을
했을까? 이대로는 못 살겠다. 내 동생들 공부도 내가 시키고 부모님
고생도 면해드리자. 그래, 내가 돈 벌러 나가자. 내가 나가자……
생각했습니다. 그러나 마음이 너무나 괴로웠습니다. 왜냐하면 나는
대학을 마치고 엔지니어가 되길 너무나 원했기 때문입니다. 잠시만
눈감으면 적어도 내 소원은 이룰 수가 있었던 겁니다. 하지만 부모의
고통은 몰라라 하고 내 소원만 이루는 사람이 될 수는 없었습니다. 내
손에 쥐고 있던 걸 놓는 경험, 말하자면 포기와 선택. 이런 상황은 그
뒤로 내 인생에 세 번 반복됩니다. 이것이 첫번째 포기입니다.

소모뚜는 양곤 국제공항에서 출발해 방콕에 내려 5일 체류하고 다른
버마 사람 둘과 함께 한국에 들어온다. 그런데 왜 하필 그는 서울을

택했을까? 그는 방학 때마다 절에 가서 두 달씩 동자승 생활을 하곤
했었다. 그 절에는 묵언 수행을 하던 한국 스님이 한 분 있었다. 처음
본 한국 사람이었다. 묵언 수행중이었기 때문에 소모뚜는 쪽지를 써서
스님에게 말을 걸었었다. "I AM 소모뚜. WHO ARE YOU?" 그는
절에서 무료로 영어를 배워서 영어를 할 줄 알았다. 스님도 쪽지로
답했다. 소모뚜는 손님을 대접하기 위해 야채 요리를 했다. 스님은
나중에 한국에 올 일이 있으면 연락하라고 주소를 적어주고 떠났다.
서울에 올 때 그는 그 주소를 움켜쥐고 왔다. 서울에 도착한 첫날 그를
가장 사로잡았던 것은 거리의 커피 자판기였다.

자판기에서 어떻게 커피가 나오지? 이건 영화 같잖아. 누가 안에서
타주나? 이렇게 웃었죠. 난 미리 와 있던 친구가 다니던 영등포의
공장에서 하룻밤 자고 다음날 당산역으로 가서 2호선을 타고
스님을 찾아갑니다. 아직 쌀쌀한 3월의 일요일이었습니다. 그런데
데려다주겠다던 그 친구 녀석이 이 지하철을 타고 끝까지 가라!
그러면서 내려버리는 겁니다.

나는 정신을 바짝 차리고 계속 마지막 정거장에 도착하기만을
기다렸습니다. 그런데 아무리 기다려도 마지막 정거장이 나오질 않는
겁니다. 2호선이 순환선 아닙니까? 돌고 또 돌고 나는 견디다 못해 한
아주머니에게 주소를 적은 쪽지를 보여줬습니다. 그랬더니 아주머니가
내리라고 손짓을 했습니다. 나가서 버스로 갈아타란 말 같았습니다.
나는 지하철에서 내렸습니다. 그런데 지상으로 나가는 구멍은 또 왜

이렇게 많은지요? 도대체 어디로 나가야 하는 건지?

어쨌든 나와서보니 이번엔 사거리입니다. 거리는 왜 그렇게 복잡한지?
어느 쪽에서 버스를 타야 하는 건지? 알 수가 없었죠. 그래서 속으로
생각했습니다. '에잇, 부모를 위해서 온 나에게 나쁜 일이 있을쏘냐?'
동전을 던져서 내가 갈 방향을 정했는데 한 아가씨가 눈에 들어오는
것입니다. 나는 그녀에게 가서 종이를 보여줬습니다. 그랬더니 그녀는
따라오라고 손짓을 했습니다. 그다음부터 그녀가 버스 타면 나도
타고 그녀가 지하철 갈아타면 나도 갈아타고(그런데 그녀는 그때
무슨 이유에서인지 무임승차를 하더군요. 저도 그래야 하는 줄 알고
따라서 무임승차했죠) 그녀가 걸으면 나도 걷고 그러다가 그녀가 어떤
방문을 확 열었는데 세상에, 그곳이 스님의 방이었습니다. 그녀는
나를 바로 스님의 코앞까지 데려다준 겁니다. 그렇게 가는 데 두
시간 정도 걸렸던 것 같습니다. 우리가 문을 벌컥 열자 스님은 눈이
왕방울만해져서 "소모뚜 네가 웬일이냐?" 그랬죠. 그러고는 우리를
데리고 가 롯데백화점 옆 식당에서 저녁을 사줬습니다. 감자탕이었는데
나는 세상에 태어나 깻잎을 처음 먹어봤습니다. 깻잎 냄새에 그만
머리가 어질어질했고 사람들이 국물에 밥 볶아 먹는 걸 보니 더
어질어질했습니다. 그날은 너무 추웠는데 버스 기사들이 하얀 목장갑을
끼고 있던 게 생각이 나서 나도 얼른 그걸 사서 끼고 돌아다녔죠.

그때 그녀의 얼굴은 아무래도 기억이 나질 않습니다. 한국에서 가장
찾아보고 싶은 사람, 첫 친구입니다. 그렇게 스님 곁에서 이틀을 자고

나니 스님이 절 불러서 너는 이제 김포의 박스 공장으로 가라!라고
했습니다. 물과 기름처럼 살지 말고 물과 우유처럼 살라고 했죠. 스님이
나에게 20만 원을 줬는데 난 그 즉시 그 돈을 집으로 보냈습니다. 왜냐?
난 이제 일할 테니까요.

소모뚜는 김포의 박스 공장에서 8년간 일을 했다. 그가 일했던
공장은 친척들이 모여서 운영하는 작은 곳이었고 외국인은 소모뚜 한
명뿐이었다. 공장 앞에는 논과 밭밖에 없었다. 그가 한국 생활 16년
동안 일한 곳은 모두 세 군데인데 외국인 노동자로 치면 이직 횟수가
굉장히 적은 편이다. 그가 버마에서 나올 무렵 한국에 대한 소문은 대략
이런 것이었다. 날씨가 좋지 않다, 사람들이 무례하다…… 왜냐하면
버마에선 손이나 발로 물건을 가리키는 것, 얼굴 닦는 수건으로 몸을
닦는 것, 걸을 때 아무 데나 밟는 것, 다 기절초풍할 노릇으로 여겼기
때문이다. 그런 그가 야, 자, 이렇게 반말로 불러대는 걸 어떻게
참아가며 한 직장에서 오래 버틸 수 있었을까?

내가 직장을 자주 옮기지 않은 것은 고집이 세서입니다. 나는
아빠와 약속했습니다. 인내하겠다고요. 나는 결코 그 약속을 잊지
않고 있었습니다. 나는 학교 다닐 때 1등만 했고 집에서도 큰아들로
왕 대접을 받았습니다. 왕 대접 받던 사람이 무시당하니 모멸감을
견디기 어려웠습니다. 하지만 나는 내가 너무나 원했던 대학을
포기하고 왔습니다. 그래서 앞으로 내가 만약 뭔가 포기해야 한다면
그것은 적어도 일이 힘들어서나 기분 나빠서는 아니어야 한다고

생각했습니다. 일이 힘들 때마다, 도망가고 싶을 때마다 생각했습니다.
'봐, 이 일도 지나가잖아.' '봐, 해냈잖아. 못할 줄 알았는데.' 나는
고집이 세고 자존심이 무척 강합니다. 그러나 자존심을 발휘하는 일은
아껴뒀습니다. 왜냐하면 다른 데 써야만 하니까요. 어쨌든 "야, 망치
가져와!" 그랬는데 나는 내가 망치를 몰라서 삽을 들고 가는 일이 정말
싫었습니다. 나는 서점에 갔습니다. 고등학교 영어 교과서를 샀습니다.
영어를 알고 있었기 때문에 영·한 대역식으로 한국어를 공부했습니다.

공장 일 끝나자마자 하루에 다섯 시간 내지 여섯 시간씩 혼자 공장
내 방에서 문 닫아걸고 공부했습니다. 배 아파도 공부, 꿈꿀 때도
공부, 화장실 갈 때도 공부 공부. 매 순간 공부만 했습니다. 식당에
갈 때는 식당 앞에서 물 주세요, 밥 주세요,를 미리 연습하고 외우고
들어갔습니다. 당시 김건모, 신승훈, 박진영, 솔리드 등의 노래가
유행이었습니다. 나는 그 가수들의 노래를 완전히 외웠습니다. 버마
노래는 시 같은데 한국 노래는 말과 같기 때문에 노래 가사를 외는
게 한국어를 배우는 데 아주 크게 도움이 되었습니다. 버마에서
노래하듯이 말하고 다니면 미친놈 소리를 들을 텐데,라고 생각하면서
노래를 외우고 말을 했지요.

그때 그의 월급은 75만 원이었는데 그는 그중 64만 원을 집으로
송금했다. 버마에선 석 달 정도 일해야 벌 수 있는 돈이었다.

하루는 일요일에 사장이 혼자 나와서 일하는 거예요. 난 사장 혼자

일하게 놔두고 싶지 않았습니다. 그래서 나랑 같이 일하자고 했지요. 그런데 그 뒤로 사장이 매주 공장에 나와 일을 하는 거예요. 거들라고 하면서요. 내가 처음에 돕고 싶어서 스스로 했을 땐 돈을 주면 오히려 기분이 나빴을 겁니다. 내 맘에서 우러나서 도운 건데 왜 내가 돈을 받습니까? 그런데 매주 일을 시킬 거면 수당을 따로 줘야 한다고 생각했습니다. 추석이나 설 같은 명절 앞두고는 주문이 몰려 들어옵니다. 그때는 꼬박 24시간도 일을 합니다.

나는 야근 수당이란 걸 알게 되죠. 그래서 야근 수당을 달라고 했습니다. 권리에 대한 생각이 처음 생긴 거죠. 그런데 주위에 점점 소문이 났습니다. "한국말 잘하는 소모뚜가 있다." 병원 갈 때, 월급 못 받을 때, 의사 소통이 안 될 때, 사방에서 나를 찾기 시작했습니다. 저녁에 일이 끝나면 나를 찾는 전화벨이 울리기 시작했습니다. 그래서 난 내가 당하지 않은 일을 눈으로 보고 알게 되었습니다. 안타깝다! 너 참 운도 나쁘다! 똥 밟았다 생각하고 말아라! 하고 친구들을 위로하고 앉아 있을 수만은 없었습니다. 그래서 친구들을 대신해서 말하기 시작했어요.

왜 월급 안 주세요? 때리지 마세요! 욕하지 마세요! 나는 이번엔 노동법을 공부하기 시작했습니다. 정말로 친구들에게 도움이 되려면 노동법이나 인권에 대해 고민하지 않을 수가 없었습니다. 내가 도착한 지 1년 넘은 96년이 되자 나도 모르게 활동가가 되어 있었어요.

모든 것을 다 할 수도, 모든 것을 다 가질 수도 없다

나도 박스 공장에서 한 번 도망친 일이 있긴 했습니다. 너무 일을 많이 시키니까요. 너무 힘들어서 한국 사람들은 왔다가 금세 가버릴 정도였으니까요. 그러곤 근처에 있는 액자 공장으로 갔습니다. 사장 이름은 김종X이었는데 날 아주 맘에 들어하더니 이제부터 동생 삼겠다고 한국 이름도 지어줬습니다. 자기 이름하고 끝 자만 다르게 김종민이라고요. 그래서 날 동생, 동생, 부르기도 하고 종민아, 종민아, 하고 부르기도 했죠. 분위기는 참 다정하죠? 그런데 말만 동생인 겁니다. 월급날이 되면 사장은 와이셔츠 주머니에서 현금을 꺼내서 한 장 한 장 셉니다. 그러곤 아, 돈이 모자라네! 야, 우선 이거만 받아둬라. 이렇게 말하고는 그냥 가버립니다. 말만 동생이지, 동생인 나를 나중엔 악용하더군요. 그때 공장엔 필리핀 사람들이 둘 있었고 나만 버마 사람이었습니다. 필리핀 사람들 월급은 7, 80만 원. 나는 새로 왔는데도 90만 원을 주는 겁니다. 나는 그 불평등이 창피해서 부끄러웠는데 하루는 나를 불러서 "야, 필리핀 사람 다 자르고 우리 버마 사람들 쓰자. 친구들 데리고 와라!" 하는 것입니다. 필리핀 사람들은 내게 친절했습니다. 음식을 만들어도 꼭 내게 나눠주곤 했습니다. 나는 양심에 찔려 살 수가 없었습니다. 그래서 그만두고 다시 박스 공장으로 돌아갔죠. 그 뒤에 나는 소주임으로 승진했습니다. 소모뚜 주임이 된 거죠. 나는 열심히 일했고 사장은 곧잘 "너 그만둘 때는 내가 큰 거 하나 선물하겠다. 조금만 참고 열심히만 일해다오!"라고 말했습니다. 나는 드디어 '자리잡은' 겁니다. 나는 그런 밤에 기타를 딩딩거리며 고향을 생각했습니다.

그에게는 기타가 있었다. 그는 고등학교 때 버마 락에 푹 빠져 있었다. 〈서핑 유 에스 에이〉 같은 곡에 가사만 바꿔 부르는 노래가 인기였는데 방송 검열이 심했기 때문에 라디오나 텔레비전에선 들을 수가 없었다. 카세트테이프를 사서 듣거나 아니면 그런 음악을 틀어주는 찻집에 가서 들어야 했다. 그 찻집들에서 음악을 들으며 눈을 감고 악보를 그려가며 혼자서 기타를 익혔었다.

그 무렵 이주민들과 함께하는 축제들이 생기기 시작했어요. 한번은 부천 외국인 근로자 센터에서 성탄절 파티를 할 건데 기타 칠 줄 아는 이주민을 구한다고 해서 내가 갔지요. 그때 〈쿵따리 샤바라〉 같은 걸 연주하며 새벽 2시까지 진짜 신나게 놀았습니다. 그 밤에 우리는 모두 깨달았죠. 우리는 일만 하는 기계가 아니다, 우리도 노래할 줄 안다, 우리도 웃을 줄 안다, 우리도 놀 줄 안다. 그래서 신나게 외쳤죠. 우리 밴드 만들자!

난 이 대목으로 검은 피부 속에서 더 빛나는 하얀 이빨 사이, 흘러나오는 웃음이 성탄절 하늘로 올라가는 장면을 상상하지 않을 수 없었다. 소모뚜와 친구들은 밴드 이름을 '유레카 버마 밴드'로 정했다. 유레카! 유레카! 그들은 뭘 발견했을까? 유레카를 외쳤던 아르키메데스는 움직이지 않는 한 점만 주어진다면 그 점을 받침 삼아 긴 막대기를 지렛대로 이용해 지구를 들어올리겠다고 했다. 아르키메데스에게는 서 있을 한 지점과 긴 막대기만이 필요했었다. 그 성탄절 축제의 밤, 소모뚜에게 아르키메데스의 점 같은 어떤 점, 확고부동한 기준점이 생긴

것일까? 소모뚜의 아르키메데스 점을 더 따라가보자. 그는 아직까지는
공항의 약속을 지키고 있었다.

고용 허가제란 것 들어보셨을 거예요. 기술 연수생 제도가 폐지되고
생긴 건데 그렇게 되면 외국인 노동자 중에서 5년 이상 있었던 사람은
모두 불법체류자가 됩니다. 그러던 중에 방글라데시인 비쿠가 목을 매
자살했고 스리랑카인 다라카가 전동차에 뛰어들어 자살했습니다.
다라카가 죽은 뒤에는 "다라카 보고 싶어, 보고 싶어"라고 쓰인 두
통의 가족 편지와 수도 없이 많은 국제전화 카드가 남았습니다. 우리는
서로서로에게 물었어요. 우리가 무슨 죄를 지었나? 한국에서 너는 무슨
죄를 지었나? 우리가 죄를 짓지 않았다면 같이 살아갈 정책을 만들어야
하는 것 아닌가? 우리는 IMF도 같이 겪었다, 우리도 월급을 삭감했고
우리도 야근 수당을 받지 않았다, 사장이 조금만 참고 견뎌보자고
하면 우리도 그렇게 했다, 월드컵 때도 함께 응원했다, 기쁨도 슬픔도
같이했다, 그렇다면 우리는 적이 아니라 친구, 친구 아닌가?

방글라데시인 비쿠나 스리랑카인 다라카, 그 외에 열 명도 더 넘게
자살한 사람들. 그 이름들을 지금도 기억합니다. 그들을 생각하면 내가
공항에서 내 부모와 했던 약속이 떠오릅니다. 건강하게 안전하게 지금
모습 그대로 돌아오겠다던 그 약속 말입니다. 그 친구들도 부모와 나와
같은 약속을 했을 것입니다. 나는 너무 슬펐습니다. 지금은 일할 때가
아니라고 생각했어요. 지금은 알리고 싸울 때라고 생각했어요. 그래서
사장에게 "나는 농성하러 갑니다" 하고 말했지요.

나는 그때 소주임이었고 숙련공이었고 내가 있는 회사는 다른 회사랑
비교해서 여러모로 형편이 나았지만 포기했습니다. 그런데 평소에
사장은 "고맙다. 네가 갈 때는 정말 잘해주겠다. 오래 있어다오"
이렇게 말했기 때문에 그만둘 때가 되자 난 어떤 선물을 받을까 좀
궁금했습니다. 선물이 뭐였을 것 같아요? "퇴직금 없다"였어요.
잘 가, 하고 마는 겁니다. 그래서 "퇴직금은요?" 하고 물었지요. 그런데
"불법체류자에게 내가 왜 줘?"라고 하는 겁니다. 그래서 나는 또
이렇게 말했죠. "처음에 작던 이 공장이 이만큼 커졌다. 당신과 나와 내
친구들과 함께 만든 것 아니냐? 나 지금은 농성하러 간다. 하지만 농성
끝나고 보자." 이것이 나의 두번째 포기입니다. 남아서 일을 할 것인가?
농성하러 갈 것인가? 그때 나는 책임감에 대해 생각합니다. 나는 이제
막 자리를 잡았기 때문에, 또 박스 만드는 일에 숙달된 노동자가 되었기
때문에 손에 쥐고 있던 것을 놓는 기분이 들었습니다. 그러나 아무래도
공항의 약속이 생각났습니다. 아들아, 고통은 인내하더라도 정의롭지
못한 일만은 참지 마라.

강제 추방 저지, 미등록 이주 노동자 전면 합법화를 위한 농성 투쟁단.
이것이 소모뚜가 함께했던 농성의 정식 명칭이었다. 그 농성은 명동
성당과 성공회 성당을 돌며 대략 열 달간 계속되었다.

친구들과 함께 있어서 좋았지만 희망은 없었어요. 여러 나라 사람들의
냄새가 섞여 있고 씻질 못해서 모두 더러웠어요. 밤에 사람들이 여기
저기 누워 있는 걸 보면 이런 생각이 들었어요. 자기 가족을 위해

열심히 살아보려고 했던 사람들이 추위 속에 누워 있구나, 나는 속으로 말했지요. 내가 노동자란 걸 인정해달라. 우리에게도 가족이 있다는 걸 인정해달라. 우리는 Stop Crackdown이라고 외쳤어요. 그러다가 난 그 온갖 국적의 냄새 속에서 어떤 희미한 희망을 봤어요. 나는 당당했던 겁니다. 비자가 없는데도 나는 왜 당당한가? 나는 쫓겨날지 모르는데 어떻게 당당할 수 있는가? 나는 노동자이기 때문이었습니다. 비자의 도장 하나가 나와 우리의 노동자로서의 가치를 없앨 수는 없다고 생각했습니다. 그 희망의 느낌으로 밴드 이름을 정했어요.

Stop Crackdown. 그리고 그 안에서도 열심히 노래 불렀습니다. 나는 인권이 뭔지 알게 되었습니다. 인권은 나도 당신보다 못나지 않다, 그렇다고 잘나지도 않았다, 다만 나도 당신과 같은 인간이다, 마찬가지로 당신도 나보다 못하지 않다, 당신도 나와 같은 인간이다! 내겐 그런 것이 인권입니다. 그런데 그 농성중에 버마 대사관과 사이가 아주 벌어집니다. 여권 유효 기간은 대개 2년인데 우리는 모두 4년 이상 한국에 있었습니다. 그래서 여권을 재발급받아야 돌아갈 수 있는데 세금 명목으로 우리보고 월 6만 원씩 계산해서 내라는 겁니다. 한번 계산해보세요. 2년 초과면 150만 원이 넘어요. 우리가 낼 수 없는 돈이었죠. 버마 대사관은 노골적으로 이렇게 말하기도 했습니다. "우리가 너희들 도와주러 와 있는 줄 아니?" 우리는 또 한남동 대사관 앞에서도 농성을 해야 했습니다. 그러자 버마 대사관은 우리를 버마 대우 송유관을 폭파할 테러리스트라고 버마 본국 정부에 보고했습니다. 우린 난민 신청을 해야만 했습니다. 그 뒤로 4년간 난민 신청은 받아들여지지 않습니다. 왜냐하면 우리는 먹고사는 문제에만 관심 있지 민주화 같은 정치적인 문제에는 관심이 없기 때문에 난민으로 보호할 수 없다는 거였죠.

소모뚜는 농성이 끝난 후 소화기 압력계 공장에 다닌다. 2004년에서 2009년까지 6년간이다. 그사이 2007년 9월 버마에선 황색 가사를 입은 스님들이 참여한 샤프란 혁명이 일어났다.

버마 출신 해외 활동가들이 많아요. 국내 탄압이 너무 심해서 해외로 탈출하기 때문이죠. 소식지도 많습니다. 그러다가 버마 정부가 아웅산 수지에게 한 일, 샤프란 혁명 때 명망 높은 스님들을 죽여버린 일들을 알게 되었습니다. 우리는 가난해서 이주민이 되었습니다. 군사 정권이 계속 통치한다면 나 같은 이주민은 계속 생길 것입니다. 우리는 다른 이유 때문에 가난한 게 아닙니다. 우리 자신의 결함 때문에 가난한 것이 아닙니다. 독재 때문에 가난한 것입니다. 게다가 나는 버마에 돌아갈 수도 없게 되었습니다. 돌아가면 공항에서 바로 체포될 겁니다. 하루는 계산해봤더니 선고를 받는다면 대략 2백 년 형쯤 될 것 같았습니다. 불법 출판 더하기, 불법 음반 더하기, 전자법 위반 더하기, 명예 훼손 더하기, 나라 망신시킨 죄, 이렇게 합해보니 한 2백 년쯤.

우리는 버마 대사관 앞에서 시위를 벌였어요. 버마 민주화를 위해서요. 그런데 하루는 사장이 불러요. 당시 내 직장은 내가 꿈꾸던 바로 그런 곳이었습니다. 한국의 어떤 이주민도 일해본 적 없는 천국 같은

일자리라고 해도 될 거예요. 9시에서 6시까지 일합니다. 월급은 150만
원에서 160만 원 사이입니다. 같이 일하는 아줌마들은 나에게 무척
친절했어요. 나를 소모뚜 씨라고 불렀죠. 게다가 아파트형 공장이라
겨울에는 난방, 여름에는 냉방이 되었어요. 사장은 평소에 좋은 일
해보고 싶었어도 기회가 없어서 해보질 못했기 때문에 이참에 나를
통해 좋은 일을 해보고 싶어했어요. 게다가 하루의 일과는 나의
작업으로부터 시작합니다. 소화기 계기판을 만들려면 내가 먼저 일을
시작해야 합니다. 나 자신이 중요한 사람처럼 느껴졌어요. 평생 다니고
싶은 회사였어요. 아픈 날도 일하고 싶어서 회사에 갔습니다. 이대로
열심히 일만 하면 되겠다는 확신을 가질 즈음에 사장이 날 부릅니다.
사장은 내 인권 활동이 자기 생각보다 훨씬 강도가 높다는 걸 알게
되었습니다. 그래서 나에게 물었어요. "회사를 그만둘래? 활동을
그만둘래?" 이것이 나의 세번째 포기였어요.

난 활동을 접어야 할 이유를 찾지 못했어요. 사장은 숙련 노동자이기
때문에 나를 붙잡는 것이고 나에게도 돈은 필요했습니다. 그 점에서
우리의 이해 관계는 맞아떨어집니다. 그렇지만 나에겐 경제적인 것
말고 '더'가 있었습니다. 나는 이제 이주민들을 봐라! 하면 내가 표본인
것을 알고 있습니다. 나는 이해 관계를 넘어서서 행동하는 그런 사람도
우리 중에 있음을 알리고 싶었습니다. 아빠와 공항에서 한 약속은 늘
내 맘속에 있습니다. 한국으로 오는 게 내 인생 첫번째 여행이었습니다.
16년간 여행중입니다. 그 여행중 내게 좋았던 일은 나 자신을 알게
된 것이었습니다. 그냥 알게 된 게 아닙니다. 한국에서 테스트가

있었습니다. 그 테스트 때마다 선택도 하고 포기도 했습니다. 앞으로
가야 할 길이 궁금할 때, 나는 '어떻게 내가 이런 사람이 되었을까?'
생각합니다.

여기까지가 소모뚜가 나에게 들려준 이야기다. 소모뚜와 내가 길을
걷고 있을 때 깨진 유리 조각이 보였다. 소모뚜는 그걸 옆으로 치웠다.

우리가 어릴 때 이런 유리 조각이 길거리에 있으면 아빠는 그걸 꼭
치웠어요. 네가 다치지 않으면 그만인 게 아니다, 뒷사람이 다칠 수도
있는 것 아니냐? 라고 했죠.

그런데 농성 끝나고 보자던 김포 박스 공장 사장과의 일은 어떻게
마무리되었을까?

우리 엄마 평생의 유일한 소원은 양곤에 있는 황금빛 사원 쉐다곤
파고다가 보이는 곳에 사는 것이었죠. 난 창문을 열면 쉐다곤
파고다가 바로 보이는 집을 사드렸어요. 김포 박스 공장 사장에게
퇴직금 6백만 원을 받아서 사드린 거죠. 그냥은 못 받았고 법무부에
알려서 받아냈지요. 그때 사장 부인이 제발 좀 깎아달라고 해서
원래 8백만 원인데 2백만 원 깎아줬어요. 어머니는 하루도 빠짐없이
새벽 불상 앞에서 나를 위해 기도합니다. 그리고 내가 번 돈 중 많은
액수를 기부합니다. 앞이 보이지 않는 아이들 개안 수술비도 내고 또
사이클론이 불어서 사원을 잃은 스님들도 도와드립니다. 그 영수증을

내게 보냅니다.

쉐다곤 파고다는 88년 아웅산 수지를 보기 위해 수십만 버마 사람들이
운집하던 바로 그곳이었다. 나는 아직 한 번도 보지 못한 황금색 쉐다곤
파고다와 그 뒤 창문 너머에 앉아 소모뚜를 그리워하고 있을 소모뚜의
부모, 그리고 양곤 국제공항을 생각해본다. 소모뚜는 나에게 쉐다곤
파고다의 사진을 보여줬다. 그 사진을 보고 나니 소모뚜 가족의 존재가
더 와닿았다. 우리에게는 사랑하는 사람의 목소리를 천리 밖에서도
알아듣는 신비로운 능력이 있다. 그런데 브레히트는 반대의 경우도
알고 있었다. 그는 이렇게 말했다. "가장 곤궁한 자들의 외침에 귀를
막는다면 가장 사랑하는 사람의 목소리도 알아듣지 못하게 된다."

소모뚜가 인생 두번째 포기를 하고 농성장에 들어갈 때 그는 기쁨과
슬픔도 같이하는 게 친구 아니었나? 라고 물었었다. 그 질문은 나
자신에게 수많은 질문을 던지게 한다. 우리는 또다른 의미로 친구
만들기에 열정을 쏟고 있는 시대를 살고 있기 때문이다.

　　상대가 혹 배신할까봐 마음을 놓을 수 없고, 불안에서 벗어날 수 없는 우리들.
　　그런 이유로 우리는 더 넓은 친구와 동지관계의 네트워크 형성에 급급해한다.
　　저마다 휴대폰의 주소록에 갈수록 더 많은 네트워크를 구축해나가려 하기에,
　　새 휴대폰 모델이 나올 때마다 전보다 커진 주소록 공간을 갖추고 있음을 볼
　　수 있다. 그리고 저마다 배신에 대비해 '양다리를 걸치는 수법'으로 리스크를
　　줄이려 하는데, 그것은 결국 리스크를 더욱 키우며 배신을 평범화하는 결과로

이어진다.

— 지그문트 바우만, 『유동하는 공포』에서

'배신의 평범화' 시대에 소모뚜가 말한 "우리 친구 아닌가?"라는 말은
'친구 되기'의 본질을 알려준다. 우리가 접속하려고 애를 쓰면 그
누구와도 친구가 될 수 있을 것이다. 그런데 우리는 누구와 왜 친구가
되려고 하는가? 우리는 엄밀히 말하면 불안 때문에 더 많은 친구를
가지려 한다. 바우만은 유동하는 공포, 현대 자본주의가 부추기는
통제 불가능의 불안과 무력감 때문에 사람들이 더 많은 친구를
필요로 한다고 본다. 그런데 이 질문은 내겐 소모뚜가 행한 선택과
포기와도 연결된다. 그에게 '나는 누구의 친구인가?'라는 질문은 '나는
누구인가?'라는 질문, 그리고 '이 세계 속에서 내가 어떻게 행동할
것인가? 혹은 행동하지 말아야 할 것인가?'라는 선택과 관련되어
있다(나란 사람의 정체성 혹은 운명은 사주팔자, 별자리나 혈액형,
기질에 달려 있지 않다는 말이기도 하다).

그렇다고 그의 선택이 나는 무조건 의로운 사람이 되겠어, 하는 식으로
순진하기만 한 것은 아니었다. 그는 그의 상황을 알고 있었다. 그래서
그는 어떻게 돈을 벌어야 하는지를 고민함과 동시에 어떻게 버마의
가난을 막을 것인가도 고민했다. 우리의 많은 선택도 어떤 사실과
가치 사이에 놓여 있다. 실존과 의식 사이에 놓여 있다고도 할 수 있을
것이다. 그처럼 돈을 벌어야 하고 그처럼 사장들과 협력 관계에 있어야
하고 그처럼 육체적 고통과 정신적 모멸감을 참아내야 하고 그처럼

모든 것을 다 할 수도, 모든 것을 다 가질 수도 없다

외로움과 낯섦음을 참아내야 하고 그처럼 '나도 인간이에요!'라고 애써 힘들게 주장해야만 중요한 것을 얻어낼 수 있을 것이다. 우리는 순백색 성자들의 나라에 살고 있는 게 아니다. 그런 '사실'과 자신의 '가치', '실존'과 '의지' 그 좌표 어딘가에 이 세계를 들어올리는 자기 자신만의 아르키메데스의 점이 있다. 아르키메데스의 점은 광활한 저 멀리 어딘가에서 우리를 내려다보고 있지 않다.

소모뚜 여행의 출발점은 양곤 국제공항 게이트가 아니라 소음과 불안 속에, 상실과 결심 속에, 선택과 포기 속에, 눈물을 삼키며 나눈 약속 속 어느 지점이 아니었을까? 그리고 그것이 그의 아르키메데스의 점이 아니었을까?

우리가 출발점으로 절대로 돌아가지 못하는 경우는 딱 한 경우뿐이다. 우리가 지금 있는 이 자리를 결코 떠나려 하지 않는 경우, 안주할 경우. 그러니 소모뚜의 여행은 계속된다. 열아홉 살에 고향을 떠나온 이 가난한 이주민의 여행은 내게 이렇게 말하는 듯하다. 누군가에게는 이 세계와 사회 속에 자기 자리를 요구하는 것만이 온전한 인간으로 자신의 출발점을 향해 돌아갈 수 있는 유일한 길이라고.

우리도 여행지에서 수많은 선택과 포기를 한다. 우리는 모든 것을 다 해볼 수도 없고 다 가질 수도 다 먹어볼 수도 없다. 여행지에서 선택을 한다는 것은 행동한다는 것이다. 그 선택과 포기 '뒤'에, 선택과 포기를 '통해'서만 우리는 모두 출발점으로 돌아갈 수 있다. 나는 그의 고유한

여행에서 출발점으로 돌아가는 방법을 배웠다. 누구도 모든 것을
다 가질 수 없다. 누구나 선택과 포기를 해야만 한다. 그리고 그것이
자신이 지나온 길이다. 모든 것을 다 갖지 못한다고 슬퍼하면 안 된다.

내 상상 속에서 그의 종착역이자 출발점인 양곤 국제공항에 서 있는
한 가족의 모습은 어느 때는 기타 리듬 속에도 보이고 어느 때는 한강
물빛에도 보이고 어느 때는 쉐다곤 파고다와도 겹쳐 보인다. 아버지가
말한다. 아들아, 너는 모든 것을 인내해라! 그러나 단 하나, 정의롭지
못한 것만은 참지 말아라! 이것이 내가 들은 세상에서 가장 아름다운
공항 이야기다. 그러니 소모뚜가 기타를 치면 나는 시를 읊어주겠다.

> 지금
> 우리 둘의 세계로
> 너의 멋진 모습을 데려오렴.
> 함께 저녁을 먹고, 잠깐 동안 두 삶을 한 삶으로
> 만들자. 두 삶의 한 부분은 우리의 죽음에 주자.
> 지금 내게로 오렴. 노래를
> 좀 불러다오.
> 그리고, 손뼉을 치며 네 영혼을 만지게 해다오.
> 다시 만날 그때까지 안녕! 잘 있어!
> 떠나는 그 순간까지 안녕!
>
> — 세사르 바예호, 「손뼉과 기타」에서

모든 것을 다 할 수도, 모든 것을 다 가질 수도 없다

소모뚜   버마에서 온 이주노동자다. 1995년 여행 비자로 한국에 들어온 그는 미등록
이주 노동자로 지내다가 지난 2004년 난민 신청을 했고, 패소와 항소를 거듭한 끝에
2010년 난민 지위를 인정받았다. 현재 이주노동자와 다문화 인권 강사로 각종 집회,
행사의 강단에서 활약함과 동시에 이주노동자로 구성된 음악밴드 '스톱 크랙다운(Stop
Crackdown)'의 보컬과 기타를 맡고 있다.

『유동하는 공포』, 지그문트 바우만, 함규진 옮김, 산책자, 2009
『희망에 대해 말씀드리지요』, 세사르 바예호, 고혜선 옮김, 문학과지성사, 2009

09
—

기다린다는 것?
그건 노력이다

여행자들이 사랑할 만한 나무 이야기들이 있다. 『변신 이야기』와 『나무의 신화』에는 이런 이야기가 나온다. 필레몬(사랑을 하는 자)과 바우키스(정숙한 여자)는 사랑하는 사이였다. 어느 날 두 명의 여행자가 여기저기서 냉대를 받다가 그들의 누추한 집을 찾는다. 선량한 부부는 이들을 따뜻하게 맞이하고 염소 요리를 내온다. 그런데 그 두 여행자는 인간의 모습으로 변장한 유피테르(제우스)와 메르쿠리우스(헤르메스)였다. 유피테르는 그 부부에게 정체를 밝히며 말한다. "훌륭한 노인이여, 그리고 훌륭한 노인의 진정한 배우자여, 그대가 소원하는 것을 나에게 말해보시오." 필레몬은 바우키스와 잠시 상의한 뒤에 신들에게 이렇게 말한다.

"저희는 이제까지 서로 하나가 되어 화목하게 살아왔기 때문에 이 세상을 떠날 때도 함께 가고 싶답니다. 나 혼자 살아남아 아내가 저 세상으로 가는 것을 보는 일이 없게 하시고 또한 그녀가 보는 앞에서 내가 먼저 무덤으로 가는 일도 없게 하소서!"

신은 그들의 소원을 들어주었다. 세월이 흘러 그들이 많이 늙은 어느 날, 그들은 계단에 서서 자신에게 있었던 일들을 서로 이야기하고 있었다. 그러던 중 바우키스는 나뭇잎이 필레몬을 덮는 것을, 필레몬은 나뭇잎이 바우키스를 덮는 것을 보았다. 잎사귀가 그들의 얼굴을 덮기 시작하자 그들은 서로에게 말했다

　"잘 가요, 할멈."
　"잘 가요, 영감."

그들의 입은 나뭇잎 밑으로 사라졌다. 필레몬은 제우스의 나무인 참나무로 변하고 바우키스는 병을 고치는 피나무로 변했다. 이렇게 얽혀 있는 쌍둥이 나무의 이야기는 현대로 와서는 노르웨이의 소설가 타리에이 베소스의 마음을 건드렸는지 그의 소설 『마티스』 첫 부분에는 서로 꼭 끌어안고 있는 포플러 나무 두 그루가 나온다. 저 멀리에는 전나무숲이 펼쳐져 있고 농장의 불빛들이 반짝거리지만 가난한 마티스와 헤게의 집 앞에는 꼭 끌어안고 있는 시든 포플러 나무뿐이다. 마티스는 장애인이었다. 마을 사람들은 그 두 그루 나무를 마티스와 헤게 나무라고 불렀는데 마티스는 그 나무를 볼 때마다 어쩐지 뭔가로부터 보호받고 있다는 느낌을 받는다. 그리고 이 이야기는 꽃과 나무를 좋아하는 한국의 한 아낙의 마음을 건드렸는지 그녀는 자신도 모르는 사이에 나무를 심을 때마다 두 그루씩 심는다. 우리 엄마다.

그리고 또 이런 이야기가 있다. 아더 왕을 도왔던 떠돌이 시인 겸

예언자, 마법사 멀린은 정치에 환멸을 느낀 뒤 숲에 은신한다. 그리고 악에 받쳐 살다가 거기서 요정 비비안을 만나 사랑에 빠진다. 요정 비비안이 사는 샘 근처에는 소나무가 있었다. 멀린은 그 소나무 꼭대기로 올라가서 유리 집을 짓고 살며 최고의 앎에 이르는데 그 능력은 미래를 내다볼 수 있는 능력, 변신의 능력, 자신의 모습을 보이지 않게 할 수 있는 능력, 동물들의 언어를 해독하는 능력, 치유의 능력, 샘을 솟아나게 하는 능력, 존재하지 않는 존재들과 사물들을 나타나게 할 수 있는 능력, 식물에 영향을 미치는 능력, 동시에 여러 곳에 있을 수 있는 능력, 하늘을 날아서 이동할 수 있는 능력 등이었다. 웨일스 지방에 가는 여행객들은 지금도 멀린의 소나무를 볼 수 있을 것이다. 나무가 없어지는 날에는 도시가 멸망한다는 마법사의 예언이 있기 때문에 그 나무가 교차로에 있어서 통행에 엄청나게 지장을 주어도 그 도시 사람들은 감히 나무를 다른 곳으로 옮기지 못한다. 이 이야기는 이탈리아의 작가 이탈로 칼비노에게 영향을 줬을 수도 있을까?

칼비노의 소설 『나무 위의 남작』엔 어느 날 나무 위에 올라가 다시는 내려오지 않는 코지모 남작이 나온다. 그 남작은 나무 위에서 사랑을 나눌 경지에 이르며, 그곳에서도 이웃에 도움이 되는 일은 뭐든지 할 수 있게 되었다. 수정같이 맑은 겨울날 아침 그는 가위를 들고 나뭇가지를 잘라내 열매가 잘 맺히게 농부들을 돕기도 했는데 그는 그런 식으로 나무 위에서 이웃과 자연, 자기 자신의 친구가 되어갔다. 이제 나무 위에서 당당히 걸을 수 있는 것은 코지모 남작뿐인데 그것은 마치

나무를 배려하지 않는 것처럼 남을 배려하지 않는 세대, 앞을 내다보지
못하는 세대, 욕심을 부리며 세상 모든 것 심지어 자기 자신에게도
호의적이지 않은 세대가 나무 밑 세상을 지배하게 되었기 때문이다.
코지모는 어머니가 돌아가시던 날, 나뭇가지에 램프를 걸어놓고
자기 모습이 잘 보이게 했다. 코지모는 나비를 잡아 어머니 방으로
날려보냈다. 그리고 비눗방울을 불어 어머니의 침대 쪽으로
날려보냈는데 엄마는 후, 하고 그 방울을 터뜨리고 웃으면서
돌아가셨다. 이 코지모 남작 이야기가 나무를 베는 데 항의해 나무를
끌어안기도 하고 나무 위에 올라가기도 했던 인도의 용감한 여성
운동가들에게 어떤 영향을 줬을까?

그들은 대규모 벌목에 반대해 나무 위에 올라가 시위를 벌이는 칩코
운동을 벌였다. 그리고 이건 한국의 평범하지만 용감한 사람들에게
영향을 줬을까? 대규모 아파트 공사나 골프장 건설에 반대해 소나무,
상수리나무 위에 올라간 사람들이 이 세계를 내려다볼 때 그들은
언제나 아주 단순하지만 강한 진리, 사랑에 대해 생각했다. 사랑으로
시작된 행동만이 세상을 구원하리라.

그리고 디즈니 영화로 유명해진 뮬란의 뒤에는 이런 이야기가 있다.

　　덜그덕 덜그덕 목란이 방에서 베를 짠다
　　베틀 소리 멈추고 긴 한숨 소리 들린다
　　무슨 걱정인가 물으니, 무슨 생각인가 물으니

다른 생각 아니오, 다른 생각 아니오

어젯밤 군첩(軍帖)이 내렸는데, 가한(可汗)께서 군사를 부른다오

그 많은 군첩 속에 아버지 이름도 끼어 있소

우리 집엔 장남 없고 목란에겐 오라버니 없으니

내나 안장과 말을 사, 아버지 대신 싸움터에 나가겠소

(……)

부모 애타는 소리 못 듣고, 연산(燕山) 오랑캐 말굽 소리 터벅터벅

만 리나 변경 싸움터에 나서, 날 듯 관문과 산을 넘었다

삭북의 찬바람은 쇠종 소리 울리고, 찬 달빛은 철갑옷 비춘다

장군은 백전을 싸우다 죽고, 장사 10년 만에 돌아오다

돌아와 천자를 뵈오니, 천자는 명당에 앉아

공훈을 열두 급으로 기록하고, 백천 포대기의 상을 내린다

가한은 소망이 뭐냐고 묻거늘, 목란이 대답하되 상서랑의 벼슬도 싫소

원컨대 (……) 나를 고향으로 보내주오

부모는 여식 돌아온다 하니, 곽(郭) 밖으로 나가 환영한다

(……)

싸움 옷 벗어놓고, 옛 차림 하며

창 앞에서 머리 빗고, 거울 보고 화장한다

다시 나가 전우를 보니, 전우들 먼 듯 놀라며

12년을 같이 다녔건만, 목란이 여자인 줄 몰랐도다

수토끼 뜀걸음 늦을 때 있고, 암토끼 분명치 못할 때 있거늘

두 마리 같이 뛰며 달리니, 그 누가 가려낼 수 있겠는가

　　　　　　　　　　　　— 강판권, 『역사와 문화로 읽는 나무사전』에서

영화 〈뮬란〉의 소재가 되었던 그녀의 이름이 바로 흰 목련이다. 평범한 아파트 어느 구석에 목련이 하얗게 피어오를 때 마음이 강했던 뮬란이 전쟁터에서 돌아온 듯 반갑다.

나는 코펜하겐을 여행할 때 초등학생들이 숲에서 지혜의 신 오딘과 생명의 나무인 이그드라실 놀이를 하며 소풍을 즐기는 걸 본 일이 있다. 지구가 멸망하는 대혼란 뒤에 이그드라실만은 살아남았는데 그 나무는 저 깊은 바다에서 솟아나온 듯 아름답고 더할 나위 없이 위풍당당하고 생명력 넘치는 모습이었다.

대혼란 뒤에 한 쌍의 남녀가 기적적으로 살아남았는데 그들은 아침에 핀 장미를 양식으로 먹으며 인류의 새로운 조상이 된다. 그 후손인 인류는 미드가르드에 살게 되는데 미드가르드는 하늘과 지하 사이의 중간계이다. 아마 지금도 코펜하겐의 여행자들은 깊은 숲에 가면, 아이들이 지혜로운 오딘과 함께 생명의 나무를 기리고 있는 것을 볼 수 있을 것이다.

바스락거리는 낙엽 소리, 아이들이 후다닥 뛰면서 내는 웃음소리, 웃음을 꾹 참는 거친 숨소리, 그리고 돌아오는 길에 보았던 호수의 백조와 자전거를 타고 가는 주근깨투성이 금발 북구의 소녀들. 이것들을 다시 생각해볼 때 『반지의 제왕』 톨킨의 연구실에 걸려 있다던 중간계의 지도, 선과 악이 싸우는 그 땅을 뜨거운 애정으로 상상해볼 수 있다.

피지를 여행할 때 마을 입구의 큰 나무 밑에서, 저 멀리 이젠 기차가
다니지 않는 녹슨 철로가 보이는 곳에서, 허름한 어린아이들이 경쾌한
동작으로 춤을 추며 저녁 먹으라고 부르는 소리를 기다리던 모습도
잊히질 않고, 터키 에페소스에 있는 세상에서 가장 아름다운 켈수스
도서관에서 폐허를 바라볼 때 올리브 나무 한 그루 밑에 여행객들이
더위를 피하느라 모여 있던 것도 잊을 수 없다.

여행객인 우리들은 수도 없이 많은 나무들을 통과한다. 봄여름의
산, 가을 산, 겨울 산, 공원의 나무들, 교정의 나무들, 무덤의 나무들,
수목원의 나무들, 수도 없이 많은 평범한 나무들, 우리가 결코 그
이름을 불러주지 못한 나무들의 힘을 빌려 우리는 위로받고, 쉼을
얻고, 땀을 식히고, 책을 읽고, 과일을 먹고, 아이를 안아주고, 그 나무
밑에서 첫 키스를 나누고, 고백을 한다. 나뭇가지 수를 세며 이 담에
커서 결혼하면 오래오래 사랑받는 행복한 여자가 될까, 소녀들은 묘한
설렘을 갖는다.

만약 여행자인 우리가 나무 그늘에 앉아 쉬지 못한다면, 그곳에서
도시를 내려다보지 못한다면, 그곳에서 고개를 들어 하늘의 별과
구름을 보지 못한다면, 일상과 노동에서 잠시 벗어나 거리를 두고
우리를 에워싸고 있는 또 하나의 커다란 운행, 즉 자연의 운행에 속해
있는 자기 자신을 느낄 수가 있을까? 우리 키보다 높은 나무에 기대
서서 저 산 아래를 바라볼 때, 이를테면 빨랫줄이나 커튼 달린 창문,
쓰러져 있는 자전거 같은 것을 바라볼 때 왜 우리 가슴은 그렇게 뛰는

걸까? 그것은 우리가 그곳을 벗어나 있기 때문일 것이다. 거리를
두고서야 느낄 수 있는 사랑이란 게 있기 때문일 것이다. 그러나 곧
그곳에 깃들어야 함 또한 알고 있기 때문일 것이다.

만약 어느 날 우리가 아는 나무든 모르는 나무든 그 나무들 한 그루 한
그루의 이름을 불러주며 수를 세어보려 한다면 우리에게 어떤 일이
생길까? 세상의 모든 나무의 수를 세어보려 한다면 어떤 일이 생길까?
나는 그런 일을 한 사람을 알고 있다. 그는 나무를 하도 많이 세서
눈을 감고 한 번도 가보지 않은 로키 산맥 같은 곳의 나무도 세어볼
수 있게까지 되었는데 나무 세계에서 그의 이름은 쥐똥나무다. 그리고
인간 세상의 이름은 강판권이다. 인간 세상의 그는 계명대학교에서
사학을 가르친다. 그가 나무를 세기까지 이런 일이 있었다.

　　우리 집은 시골이었어요. 산기슭에 있는 집이었고 집 앞에 개천이
　　흐르고 있었죠. 어느 정도 시골이었냐면 초등학교 때 겨울에 추우면
　　오전엔 수업하고 오후엔 학생들 모두 같이 나무하러 가서 그걸 난로에
　　때서 수업을 할 정도였어요. 나무하다 토끼가 뛰어가면 산 아래로 다
　　같이 몰아서 잡아다가 선생님들 드시라고 드리곤 했었지요.

　　우리 집은 벼농사를 지었는데 나는 고등학교 때까지도 방학 때는
　　새벽같이 일어나 지게를 지고 나무를 하러 다녔어요. 한 4킬로미터
　　정도 걸어서 다녔어요. 해 지면 한 짐 지고 돌아오곤 했죠. 그래서 내
　　키가 이렇게 작은 것도 같습니다. 저녁에는 삼 형제가 모여 새끼를

꼬거나 초롱불 켜놓고 화투를 쳤습니다. 돈이 없으니까 텔레비전은 없었습니다. 그때 나무는 내 인생에 들어오지 않았습니다. 굳이 말하자면 나무를 안 게 아니라 나무를 하러 다녔다고 할까요? 겨울엔 닥나무 껍질을 벗겨서 팽이를 쳤고 여름엔 소 먹이러 가서 배고프면 돌배나무 열매를 따먹고 놀았습니다. 여름엔 은행나무 위에 매미를 잡으러 올라갔고 뽕나무의 오디를 따먹었습니다.

어쩔 때는 산기슭의 참외도 따먹었습니다. 그런 곳에 왜 참외가 있는지 궁금하죠? 참외를 먹은 사람이 똥을 싸면 거기 있던 씨에서 참외가 자라는 거죠. 그 참외 참 꿀맛입니다. 소 먹일 때 저는 꼭 책을 가지고 갔습니다. 큰형님이 책을 좋아해서 우리 집에 한국문학 전집, 세계문학 전집이 있었는데 그때 그걸 다 읽은 것 같습니다. 그 책 내용 중에 특별히 기억나는 건 없지만 그래도 소가 저쪽에서 풀을 뜯고 나는 한가로이 책을 읽다가 고개를 들어 먼 산을 바라볼 때 저 너머엔 무슨 이야기가 있을까 궁금해했던 것은 기억납니다. 나는 순한 암소를 타고 갔는데 좀 있으면 집집마다 친구들이 소를 먹이러 나옵니다. 그렇게 소 열 마리가량이랑 주인들이 모여 놉니다. 다 내 친구죠. 바위에 기대 놀기도 하고 신작로의 돌멩이를 집어다 남녀 패를 갈라서 공기돌 놀이를 하기도 했습니다. 그렇게 놀이를 하다가 누군가 잔꾀를 부리면 그것 가지고 싸웁니다. 그게 그 시절 친구들 사이에서 가장 큰 갈등이었습니다. 왜 공깃돌 놀이 할 때 속여먹느냐?. 아, 심각했죠! (이쯤에서 나는 이 공깃돌 싸움 이야기는 초등학교 때가 아니고 고등학교 때 일어난 일이지요? 라고 한 번 확인했다.) 고등학교

때 맞습니다. 늦겨울과 초봄 사이엔 보리밭에서 달밤에 칼싸움을 하곤
했습니다. 달밤에 보리밭에서 하는 칼싸움은 정말로 환상적입니다.
(역시 고등학교 때 맞지요? 라고 또 확인했다.) 달이 비쳐서 적들이
보이니까 칼싸움하기 아주 좋았습니다.

그렇게 편안하게 누가 공부하라고 쫓는 사람도 없이 학창 시절을
보냈습니다. 난 마을의 종고를 다녔는데 대학은 계명대 사학과로
진학했습니다. 역사에 대해서 알았다기보다는 원서 낼 때 사학과 줄이
제일 짧았기 때문에 택했습니다.

대학 때는 클래식 음악에 심취했습니다. 사실 우리에겐 트로트가
최고였습니다. 우린 논일할 때 논 가운데에 막대기를 꽂고 라디오를
틀어놓고 일하기 때문에 남진, 나훈아, 이미자 뭐 모르는 게 없이 다
마스터했었습니다. 그런데 어느 날 큰형님이 집에 축음기를 사왔는데
그때 엘피도 몇 장 가져왔습니다. 그런데 남진과 나훈아 사이에
베토벤이 한 장 들어 있었습니다. 그때 남진과 나훈아 사이에서 들었던
베토벤이 왜 내 맘을 사로잡았는지는 모르지만 난 필하모니란 클래식
동아리에 들었습니다. 음대 소강당에서 늘 클래식 음악을 듣곤 했는데
그 소리가 기가 막혔습니다. 그러다가 카세트테이프를 사기 시작했고
나중에는 공 테이프를 사서 KBS에서 나오는 클래식 음악을 소 죽
끓이면서 녹음하기 시작했습니다. 그때 녹음한 테이프가 백 개가
넘습니다. 그걸 소 먹일 때 듣곤 했습니다.

기다린다는 것? 그건 노력이다

졸업하고는 형님처럼 기자가 되고 싶었지만 다 낙방해서 할 수 없이 대학원에 갔습니다. 처음에는 태평천국 이후 중국 양무운동 당시 이홍장의 외교에 대해 쓰고 싶었는데 포기할 수밖에 없었습니다. 그때 청나라는 대 격변기 아니었습니까? 청일전쟁이 있었고 영국, 프랑스, 러시아까지 개입해서 중국 역사는 복잡했는데 외교 정책을 연구한다고 해놓고선 불어도 못하고 러시아어도 못하니 자료를 봐도 반쪽밖에 못 보는 겁니다. 논문을 써봤자 반쪽짜리밖에 안 되겠더라고요. 그래서 내가 평생 할 수 있는 주제는 뭘까 고민 고민하다 갑자기 깨달음이 왔습니다. 그래, 나는 촌놈이다! 내가 촌놈으로서 가장 잘하는 것은 농업이다! 농업이야말로 내가 가장 자신 있게 할 수 있는 공부다! 그래서 중국의 농업사에 대해 논문을 쓰기로 맘먹죠. 그때부터 미친 듯이 공부하기 시작했습니다.

10년 동안 도시락 두 개 싸가지고 하루 열두 시간씩 공부했습니다. 아침 10시부터 저녁 10시까지요. 93년에 논문 시작했고 95년에 주제를 바꿨고 99년 8월에 마침내 논문을 완성했습니다. 그런데 놀라운 일은 그렇게 힘들게 긴 세월을 바쳐 논문을 완성했는데 조금도 기쁘지가 않았다는 겁니다. 당시 나는 시간 강사를 하면서 공부했는데 방학 땐 수입이 없으니까 카드를 긁게 되고 그러다보니 빚이 늘 오륙백만 원씩 쌓여서 줄지가 않는 겁니다. 양식은 촌에서 부모에게 갖다 먹었는데도 14년, 15년을 그렇게 살았더니 더이상은 못 버티겠더라고요. 지방대학에서 박사논문 쓴 거 가지고 교수 할 가능성은 없고. 저는 그때 교수 되기를 포기하고 중고등학교 교사 자리를 알아보러 다녔지요.

그런데 그것도 여의치가 않았습니다. 자리가 없고 설사 있다손
치더라도 돈 거래가 필요한 것 같았습니다. 제게 그런 돈은 전혀
없었죠. 논문까지 썼는데 뭘 해야 할까요? 이제 갈 데가 없다고
생각했습니다. 한 1년을 팔공산을 오가며 고민했습니다. 앞으로 어떻게
먹고살아야 할까? 소설을 쓸까? 시를 쓸까? 애들은 자꾸 크는데, 논문만
쓰면 된다고 생각했는데, 막상 써놓고 보니 그게 아니었던 거죠. 그렇게
시름에 빠져 있던 어느 날 신문에서 신간 기사를 봅니다. 『신갈나무
투쟁기』란 책이었는데 사서 읽었더니 너무너무 재미있으면서 어쩐지
나도 그런 책을 쓸 수 있을 것 같은 기분이 들었습니다.

그때 이미 나는 이제 책 써서 살 수밖에 없지 않을까 생각하고 있던
참이기도 했으니 더욱 그런 기분이 들었던 거죠. 그래서 내가 다니는
계명대 나무들부터 공부하기로 맘먹었습니다. 나무 도감을 사서 실제
나무와 하나하나 비교해보면서 학교를 돌아다녔습니다. 조경 담당 행정
직원을 붙잡아놓고 이게 무슨 나무입니까? 계속계속 물어보는 거죠.
그러다가 한마디로 나무에 미쳐버렸습니다. 나무 말고는 눈에 보이는
게 없었습니다. 그저 미치기만 한 게 아니라 농업과 역사와 나무가
만나니 정말 재미있었습니다. 내가 공부했던 것들이 나무란 주제에서
다 만나게 되는 겁니다. 그때 "역사학자가 웬 나무냐?"란 말을 수도
없이 들었지만 개의치 않았습니다.

그러다가 어느 날 아주 우연히, 그런데 우리 학교에 나무가 몇 그루나
있을까 궁금해졌습니다. 그래서 한 그루 한 그루 세기 시작했습니다.

기다린다는 것? 그건 노력이다

그 결과가 어땠을까요? 개인적인 혁명일이란 게 있다면 바로 그날이 저의 혁명일입니다. 갑자기 눈이 팍 떠졌습니다. 세면서 보니까 나무 한 그루 한 그루가 다 다른 겁니다. 어떻게 다른지 그 세세한 차이가 다 눈에 들어오는 겁니다. 한 그루 한 그루 세려면 이 나무가 옆의 나무랑 어떻게 다른지 살펴볼 수밖에 없습니다. 가슴이 뭉클해지면서 나무에 대해 사랑하는 마음이 거의 폭발적일 정도로 생겨났습니다.

희열을 느꼈습니다. 『대학』에는 격물치지란 말이 나옵니다. 삼라만상이 다 공부의 대상이란 말입니다. 주자의 격물치지부터 왕양명의 격물치지까지 내 삶으로 들어왔습니다. 전 그때 위기지학과 위인지학이 무슨 뜻인지 정말 크게 와닿았습니다. 위기(爲己) 학문은 자기를 찾고 자기를 이루어가는 공부로 자기와 삶의 진정한 의미를 발견하게 하는 반면에, 위인(爲人) 공부는 남에게 보이기 위한 공부로 공부를 출세수단으로 삼을 수밖에 없습니다. 내가 그간 했던 공부가 위인지학이었던 거죠. 이 깨달음으로 그래, 나무랑 끝까지 한번 가보자 생각하면서 나무를 세러 다니기 시작했습니다. 천연기념물 같은 유명하고 중요한 나무를 보러 온갖 군델 다 다녀보기도 했지만 옆에 있는 보잘것없는 나무 한 그루에서도 많은 것을 다 볼 수 있었습니다.

이를테면 좀 전에 내 연구실 앞에서 느티나무 보셨죠? 그 느티나무 뿌리가 땅 위로 노출되어 있는 것을 보셨어요? 그건 그 느티나무가 비탈에 서 있기 때문에 그렇게 된 겁니다. 그런데 그 노출된 뿌리가 뽑혀나가지 않게 보호하려고 느티나무가 그 위에 잔뿌리를 얹어서

동여매고 있는 것도 보셨는지요? 곧 봄이 와서 나무에 새순이 올라오려고 하면 그때 모과나무 한번 만져보세요. 몸통부터 촉촉해지는 것을 느낄 수 있을 겁니다. 나무는 치열합니다. 나는 나무처럼 나 자신부터 온전해지고 치열해져야 한다고 생각했습니다. 나 개인에게도 큰 변화가 생겼습니다. 그 전엔 시간 강사 오래 하면서 세상에 원망이 많았습니다. 지방에서 죽도록 공부해서 박사 학위 따봤자 세상이 나 하나 신경 쓸까, 슬프고 불만이 많았는데 그 불만들이 다 사라지고 어떤 흥분감 속에서 엄청 신나는 삶을 살게 된 겁니다. 나무를 세면서 나무 한 그루 한 그루마다 온전한 존재란 사실이 내 맘을 건드렸습니다. 물아일체의 경지에 오른 듯했습니다. 그때가 내 나이 마흔입니다.

나는 마흔 살에 내가 평생을 바칠 일을 찾아낸 기분이었습니다. 그리고 마침내 첫 책을 내게 되었습니다. 그러자 바이런의 말처럼 눈 뜨고 나니 유명해졌습니다. 그때 낸 책이 『어느 인문학자의 나무 세기』란 책이었는데 서울 방송국들 구경도 하고 인터뷰도 많이 했습니다. 그리고 그 덕에 결국 지금 대학에 와서 학생들을 가르칠 수 있게 되었습니다. 지금도 나무에 대하여 하고 싶은 말이 너무나 많습니다.

여기까지가 그가 해준 이야기다. 나는 대학의 격물치지가 무엇인지 알지는 못해도 그의 이야기를 들으며 한 인간의 집요한 탐구가 어떻게 내면의 혁명적 눈뜸으로 이어지는지 알 것 같았다. 일상적인 것, 사소한 것, 반복되는 것, 매일 보는 것, 습관이 된 것들은 '앎은 하나다!' '지극한 것은 통한다!'란 신념 아래서 볼 때 의미심장하고

절실해지는 것이다. 우리에게는 모든 것을 다 알지 못하고 모든 것을
다 겪어보지 못해 슬픈 순간들이 있다. 그러나 참된 지혜는 모든 것을
다 해보려는 것에서가 아니라 개별적인 것들의 본질을 이해하려고
끝까지 탐구하면서 생겨나는 것일지도 모르겠다. 나무 하나하나 세면서
그가 깨달았다는 격물치지도 그것과 다른 것이 아니지 않을까? 우리는
신비로운 학자들에 대한 많은 이야기를 알고 있다. 이를테면 사람 몸의
혈관을 짚으면서 사방으로 흐르는 강줄기의 꿈도 우리 몸의 핏줄과
다르지 않음을 이해하는 이야기 같은 것 말이다. 나무껍질 바로 밑의
나선형 결, 위로 갈수록 가늘어지는 가지를 보면서 연체동물의 껍질,
일각고래의 어금니 무늬, 태양계의 나선운하, 인간 DNA의 이중나선
구조를 이해하는 이야기 같은 것 말이다.

저는 나무를 보면서 기다림에 대해 배웠습니다. 제 인생이 그걸
말합니다. 저는 나무를 모르고 40년을 살았습니다. 나무를 40년 기다린
셈입니다. 그리고 40년 뒤에 나무를 알게 되었을 때 나는 가만히 있고자
하나 나무가 가만두지 않을 정도로 나무는 저를 움직이게 합니다.
춤추게 합니다. 그리고 이렇게도 생각할 수 있습니다. 우리가 지난해
본 아름다운 꽃을 한 번 더 보려면 꼬박 1년을 기다려야 합니다. 그런데
날씨가 궂어서 처음 본 때만큼 아름답지 않을 수도 있습니다. 그래도
우리는 기다려야 합니다. 이를테면 제 아들이 이제 고3입니다. 시험을
치르고 어떤 결과가 나와도 저는 아들이 제 길을 가길 기다릴 수
있습니다. 나무에게 그렇게 해왔기 때문입니다.

또 하나 제가 나무에게 배운 것은 철저한 이기주의자가 되어야
한다는 겁니다. 우리는 이기주의란 말에 거부감을 갖습니다. 그러나
어설픈 이기주의자가 문제지, 철저한 이기주의는 우리가 생각하는
그런 이기주의와 다릅니다. 철저한 이기주의자에게 이기와 이타는
아예 분리가 안 됩니다. <u>어떤 경우든 자신을 완성해야 남에게 어떤
역할인가를 할 수 있습니다.</u> 나뭇가지가 우리보고 와서 쉬라고 그늘을
만들었을까요? 우리보고 와서 감탄하라고 단풍이 들까요? 자기를
위해서 충분히 애써야 합니다. 그것이 나무의 이기주의입니다. 그렇게
치열할 때만 존재는 다른 존재에게 기쁨을 줄 수 있습니다. 그러니
섣불리 내가 널 위해서 그랬다, 이렇게 말할 것도 없고 치열하게 살지도
않으면서 너 때문에 이렇게 되었다, 이런 생각을 품어선 안 됩니다.

아마 여행객들이라면 원하는 것을 보기 위해선 기다려야 한다는
것을 누구나 쉽게 이해할 것이다. 이를테면 버킹엄 궁전에서 근위병
교대식이라도 한 번 보려면 전 세계 관광객들 틈에서 카메라를 위로
향한 채 한참을 기다려야 한다. 내 경우 모든 여행을 통틀어 기다릴
필요가 전혀 없었던 곳은 라스베이거스 카지노뿐이었던 것 같다.
그런데 인간의 기다림이 있다면 나무의 기다림도 있을 것이다.

낙화암에는 절벽에 아슬아슬 매달린 벚나무가 있다. 나는 어느 봄날에
벚꽃 잎이 강물을 향해 몸을 던지는 삼천궁녀의 나부끼는 치맛자락같이
허공에 피어 있는 걸 보았다. 벚나무가 그렇게 가지를 뻗기까지 얼마나
많은 나날이 필요했을까? 나무의 기다림이란 그 어느 것도 한순간에

이뤄지지 않는다는 걸 보여준다.

일본의 고고학자들은 2천 년가량 된 묘지에서 옛날 식량 저장고로
쓰였던 한 구덩이를 발견한다. 거기엔 씨앗 몇 개가 있었다. 콩과
도토리, 볍씨였는데 씨앗 한 개는 그 정체를 밝혀내기 어려웠다. 한
식물학자가 번뜩 이런 생각을 했다. 그 씨앗을 지금 심어본다면?
그렇다면 그 씨앗은 2천 년이란 세월을 뛰어넘어, 그 유예 기간을
뛰어넘어 싹을 틔울 것인가? 1982년에 그는 씨앗을 화분에 심고 매일
아침 관찰하기 시작했다. 1983년에 드디어 싹이 났다. 2천 년 뒤에 그
씨앗은 부활한 것이다. 그것은 대체 뭐였을까? 목련이었다. 그리고
10년이 흘러 1993년에 꽃망울을 터뜨렸다. 씨앗의 이런 기다림은
우리에게 무엇을 말해주는가? 쇼펜하우어의 말처럼 자연력의 현상이
아무리 다양해도 그것의 본질은 단일하다는 것, 자연은 그 법칙을 한
번도 잊지 않는다는 것, 조건만 일치한다면 천 년 전이나 오늘날에도
즉각 조금도 지체 없이 동일한 현상이 발생한다는 것, 자연력이란
유령처럼 온 사방에 존재한다는 것을 말하는 것인가? 혹은 다시
쇼펜하우어의 말을 빌리자면 진리는 커다란 돌 더미 아래에서 싹이
트지만, 그럼에도 돌아가고 굽어지는 온갖 고생을 하며 빛을 향해
기어올라가고, 볼품없게 되고, 색이 바래고, 위축되면서도 그럼에도
빛을 향해 나가는 식물과 비슷하다는 것, 즉 진리의 위력이란 믿을 수
없이 크고 지속적임을 말하는 것인가?

어찌되었건 이런 한 톨의 씨앗 안에 있는 자연력과 비슷한 힘이 우리

안에도 있다는 사실이 위로가 된다. 인간 홀로 유별나게 가혹한 길을 가고 있는 것이 아니고 한 그루 나무와 비슷하게 기적과 우연의 길을, 포기하지 않고 중단 없이, 무심한 자연의 섭리 아래서 걷고 있는 것이다. 나무의 기다림을 잘 관찰한다면 우리는 그 기다림이 반드시 노력으로 나타나는 것을 볼 수 있다. 그래서 시인들은 나무가 꽃 한 송이 피우는 데 들이는 그 노력의 반만이라도 인간이 한다면 개개인의 운명이 얼마나 달라질지를 상상했을 것이다. 그런데 기다림 속에 행하는 나무들의 노력은 결코 우리 인간을 위한 것은 아니다. 바나나 껍질이 그렇게 생긴 것은 우리 인간이 벗겨 먹기 편하도록 식물이 배려한 것이 아니란 식물학자의 말을 굳이 예로 들 필요도 없을 것이다. 그런데도 자신의 생존을 위한 식물의 이런 노력의 결과물들이 우리를 황홀하게 한다. 강판권 교수가 나무를 이기적이라고 할 때의 그 '이기적'은 나무의 꿈을 완성시키는 방향이 자연계의 상호 이익 속에 놓여 있다는 말이 될 수도 있을 것이다. 어떤 멍청한 벌이 꿀 없이 공짜로 암술머리에 꽃가루를 발라주겠는가? 그러니 그가 이기성을 들어 하고 싶었던 이야기는 섣불리 남을 위하는 듯한 가식이나 기만, 허위의식에 대한 경고이자 한 존재가 자신의 존재에 대한 충실성을 잃지 않으면서도 다른 존재에게 진정한 기쁨을 줄 수 있는 가능성에 관한 것이었을 것이다. 그래서 이 생존과 종족 보존의 이기성 앞에서 나는 이런 질문을 던져보게 되는 것이다. 우리가 스스로를 사랑하지 않고, 자신을 제대로 사랑하기 위해 무지무지 끝까지 애써보지도 않고 대체 어떻게 남을 사랑할 수 있을까?

내가 기억하는 것이 옳다면 『대학』엔 이런 식의 논리가 나온다. "만물을 헤아릴 수 있다면 지혜가 지고의 경지에 이르렀음이요, 지혜가 지고의 경지에 이르렀던 것은 마음이 성실했음이요, 마음이 성실했던 것은 뜻이 어긋나지 않았음이요, 뜻이 어긋나지 않았던 것은 자신을 수양했기 때문이다. 자신을 수양했기에 가족을 다스릴 줄 알았고……" 이런 식으로 대학의 논리를 따라가다보면 자기 자신을 완성시키고자 하는 한 개인과 세상이 어떤 과정을 통해 이어질 수 있는지 그 과정이 잘 이해된다. 결국 자기 완성은 세상과 이어지는 지점이 있을 때에 더욱 의미가 있어 보인다.

그런데 강판권 교수는 왜 쥐똥나무일까?

　나무를 사랑한 뒤로 많은 좋은 일들이 있었지만 그중 제일 좋았던 것은 나처럼 나무를 좋아하는 사람들과 계속 뭔가를 해볼 수가 있었던 거죠. 나무를 사랑한 뒤로 공원 나무들에 이름표 달아주기 운동도 했고 또 저마다 나무 이름을 갖자는 운동을 벌인 적이 있어요. 내 이름은 뭘로 할까 생각했었죠. 그런데 쥐똥나무, 이름이 참 예쁘지 않죠. 처음 들었을 때 뭐 저런 이름이 다 있을까 생각했죠. 아마 열매가 익으면 시커멓고 똥글똥글하니까 그런 이름이 붙었을 겁니다. 그런데 다시 생각하니 똥은 참 귀한 겁니다. 그래서 좀 반성하는 마음이 생긴데다가 때마침 또 쥐똥나무가 나처럼 키가 작습니다. 쥐똥나무는 떨기나무, 즉 관목인데 그런 나무들의 일반적 특성은 서로 기대서 더불어 사는 겁니다. 그리고 쥐똥나무는 탱자나무처럼 생울타리로 많이 쓰였었죠.

난 나무끼리도 더불어 살고 사람과도 더불어 사는, 쥐똥나무의 그 더불어 사는 이미지가 좋았습니다. 나는 앞으로 나무 좋아하는 사람들과 생태 여행을 다니고 싶습니다. 나는 깊은 숲에 있는 나무보다 마을과 인간들과 더불어 같이 있는 나무들을 보는 것이 더 좋습니다. 나중에 안식년이라도 얻게 되면 대동여지도를 그렸던 김정호처럼 작은 마을들, 숨겨져 있는 마을들을 다 다녀보고 싶습니다. 인간이 있는 곳에는 항상 나무가 있습니다.

나는 움직이지도 못하는 나무들이 인간의 삶 속에, 다른 생명체들의 삶 속에 뛰어들어 자리잡고 있는 것이 항상 놀라웠기 때문에 쥐똥나무 강판권 교수와 함께 생태 여행을 가기로 굳게 마음먹었다. 그리고 그렇게 했다. 우리가 함께 간 곳은 창녕의 우포 늪과 한훤당 김굉필을 모신 도동 서원이었다(창녕의 우포 늪 이야긴 언젠가 다른 글에서 따로 할 기회가 있길 바랄 정도로 중요한 이야기였다, 정도로만 우선 밝혀두겠다. 그 이야길 들려준 사람은 우포 늪 어부 욕쟁이 할아버지다). 도동 서원에서 강판권 교수는 내게 4백 년 넘은 은행나무(4백 년 전부터 그 은행나무 앞에서 빼어나게 아름다운 전망을 자랑했다는 낙동강은 4대강 공사로 고통 받는 중이었다)와 그리고 선비들이 서당 앞에 즐겨 심었다는 배롱나무(백일홍이라고도 불린다. 꽃이 붉고 아름다워 일편단심의 마음을 나타내는 것도 같고 다른 나무와 달리 껍질이 없어서 겉과 속이 같아 표리일치의 마음을 나타내는 것과도 같기 때문에 서당 앞에 심었다), 그리고 모란들을 보여주었다. 모란 앞 건물엔 연기 구멍이 있었다.

"왜 하필 여기에 이렇게 연기가 나오는 구멍이 있는 줄 압니까?"

"……"

"그건 꽃이 필 때 여기서 연기가 나와 꽃 쪽으로 날리는 모습을 보고
싶어했기 때문입니다."

"에이, 설마……"라고 했지만 나는 속으로 벌써 모란꽃이 아지랑이같이
아득한 연기의 베일 속에서 흔들리는 자태를 상상해볼 수 있었다. 그때
모란꽃은 살짝 떨면서 "나는 아무래도 세상과 나 사이에 경계를 그을
수가 없네요"라고 말하며 연기의 베일을 살짝 들추고 얼굴을 보일 것만
같았다. 그리고 다음 순간 어쩐 일인지 아득하게 『닥터 지바고』의 한
풍경—닥터 지바고가 사랑하는 라라를 찾아 시베리아의 빨치산 소굴을
탈출하며 산마가목 앞에 서 있는 장면—이 생각났다.

> 산마가목은 절반은 눈에 덮이고 절반은 얼어붙은 잎과 열매를 달고 있었으며,
> 눈을 잔뜩 인 두 가지를 의사 쪽으로 내밀고 있었다. 그는 라라의 크고 흰 팔을,
> 둥그스름하고 풍부한 팔을 생각해내고, 그 두 가지를 잡아 산마가목을 앞으로
> 쭉 끌어당겼다. 마치 의식이 있는 것이 응답하듯, 산마가목은 한 몸짓으로
> 그의 머리에서 발끝까지 온몸에 눈을 뿌렸다. 그는 무슨 말을 하고 있는지도
> 모르면서 무심히 이렇게 중얼거렸다. (그대를 꼭 찾으리라. 그림 같은 나의
> 미녀여. 그립고 그리운 나의 산마가목 아가씨여.)
> — 보리스 파스테르나크, 『닥터 지바고』에서

그리고 며칠 뒤 나는 내가 『닥터 지바고』의 이 장면을 떠올렸던 이유를

깨달았다. 닥터 지바고는 인간의 역사와 삶의 도정을 식물계로부터
유추해 생각했기 때문이었다.

> 눈 덮인 겨울, 앙상한 활엽수림의 나뭇가지들은 어느 노인의 사마귀에 난
> 털처럼 가냘프고 초라하다. 그러나 봄에는, 불과 며칠 사이에 숲의 모습이
> 뒤바뀌어 구름을 이루게 되며, 잎이 무성한 그 속에서 우리는 숨거나 길을
> 잃어버릴 수도 있게 된다. 숲은 언제 보더라도 움직이지 않는 것처럼 보인다.
> 영원히 성장하고 끊임없이 변화하는 역사, 간단없는 변화 속에서 눈에 보이지
> 않게 움직이는 사회의 삶이 우리들의 눈에 움직이지 않는 것으로 보이는 것도
> 또한 그러한 까닭이다. (……) 어떤 한 개인이 역사를 만드는 것은 아니다.
> 또한 풀이 자라는 것을 볼 수 없듯이 역사도 또한 볼 수가 없다.
>
> — 같은 책에서

그러니 볼 수 없다고 해서 애쓰지 않고 있는 것은 아니다. 볼 수 없다고
해서 노력하지 않고 있는 것은 아니다. 그 생각으로 나는 숲과 나무와
사람을 그날 오후에 돌아봤던 것이다.

강판권   계명대 사학과 교수다. 오랫동안 나무 공부에 몰두해왔으며 나무로 역사를
해석하는 데 필요한 건축, 조경, 미술, 사진 분야에 깊은 관심을 갖고 있다. 저서로『세상을
바꾼 나무』,『미술관에 사는 나무들』,『은행나무』,『나무열전』,『역사와 문화로 읽는
나무사전』,『중국을 낳은 뽕나무』,『어느 인문학자의 나무세기』,『청대 강남의 농업경제』,
『공자가 사랑한 나무 장자가 사랑한 나무』,『차 한잔에 담은 중국의 역사』,『최치원,
젓나무로 다시 태어나다』가 있다.

10

이것은 두 번 다시 없을
단 한 번의 기회

이 여행 이야기는 순전히 나의 착각과 무지에서 시작되었다. 하루는
나의 친구가 오랜만에 안부를 물으면서 내가 들으면 눈물을 흘릴 게
틀림없는 이야기를 알고 있다고 했다. 나는 때마침 웬만하면 통곡을
할 수도 있는 심정이니 어서 속히 말해달라고 재촉했다. 그 이야기는
『떡갈나무 바라보기』란 책에 나오기 때문에 길어도 옮겨보겠다.

　알에서 덜 자란 상태의 아주 작은 동물이 나왔다. 다리 한 쌍과 여섯 개의
기관이 아직 다 자라지 않은 것이다. 이런 상태에서도 진드기는 방울뱀 같은
냉혈동물을 공격할 수 있다. 풀잎 위에 앉아 있다가 냉혈동물의 몸에 잠복하는
것이다. 여러 번 탈피를 한 뒤, 진드기는 없던 기관을 만들고, 짝짓기를 하고,
온혈동물을 찾아 사냥을 떠난다. 짝짓기를 한 뒤, 암컷은 키 작은 관목을 타고
올라간다. 그러고는 작은 포유동물 위로 떨어지거나, 나무를 스쳐가는 좀더 큰
동물에게 휩쓸려갈 만한 위치에 있는 나뭇가지를 찾아 매달려 있다. 눈이
없는 진드기는 피부의 감광성에 의해 관목 감시탑으로 향한다. 눈이 없고
귀가 안 들려도 길거리의 무법자 암컷 진드기는 가까이 다가오는 희생자를
후각으로 알아차린다. 모든 동물의 피부 샘에서 발산되는 부티르 산의 냄새가

진드기에게 감시탑으로부터 아래로 몸을 날리라고 신호를 보내는 것이다. (……) 중요한 것은 진드기가 나무 아래를 지나는 모든 동물 위로 떨어지지는 않는다는 점이다. (……) 포유동물이 지나갈 때까지는 환경 속의 어떠한 자극도 암컷에게 영향을 끼치지 못한다. 알을 낳기 전의 암컷에게는 포유동물의 따스한 피가 필요하기 때문이다. (……) 진드기가 앉아 있는 나뭇가지 아래로 운 좋게 포유동물이 지나가는 일은 매우 드물다. 하지만 숲에 잠복해 있는 수많은 진드기들은 이러한 상황에 충분히 대처하지 못한다. 때문에 자기가 있는 쪽으로 먹이가 다가올 가능성을 높이기 위해, 암컷은 오랫동안 먹지 않고도 살아갈 수 있어야만 한다. 로스토크의 동물 연구소에서는 18년 동안 굶주린 진드기가 아직도 살고 있다. 자그마치 18년을 기다리고 있는 것이다. 그것은 우리 인간으로서는 도저히 참아낼 수 없는 세월이다. (……) 18년 동안 전혀 변하지 않는 세상을 견디는 능력은 가능성이라는 영역을 초월하는 것이다. (……) 암컷 진드기도 기다리는 동안 수면에 가까운 상태에 있는 것으로 추측된다. 진드기의 세계에서, 시간은 여러 시간 동안 멈춰 있다기보다 한 번에 수년 동안 정지해 있는 것이다. 부티르 산 징후가 암컷을 깨워 다시 활동하게 하고 나서야 시간은 다시 흐르기 시작한다.

— 주디스 콜, 『떡갈나무 바라보기』에서

그러면서 친구는 우리도 뭔가를 아주 오랫동안 기다려야 할 운명이라면, 오로지 한 가지에만 반응하는 몸이라 그것에 충실할 수밖에 없는 운명이라면 어떻겠냐고 물었다. 자기를 알아줄 이도 없이 18년간 기다려야 할 운명이라면 어떻겠냐고. 난 이 이야기를 듣고 눈물을 흘리진 않았지만 내 앞날도 진드기 못지않게 불확실성투성이일

거란 생각은 들었고, 우리 인간의 많은 시간 역시 뭔가를 기다리는
시간이란 생각도 들었다. 그리고 몇 달 뒤 나는 진딧물을 연구하는
학자를 알게 되었다. 나는 그와 만나기로 한 뒤에야 진드기와 진딧물이
다르다는 걸 눈치채게 되었다. 진드기는 피를 빨아 먹는 놈이라 치고
대체 진딧물은 뭐람? 이화여대에서 진딧물을 연구하는 김효중 박사와
이야기를 나눌 때 나무에 대롱대롱 매달려 있는 진드기가 눈앞에
아른거렸다. 일단은 진딧물 이야기를 열심히 들었다.

내가 진딧물을 처음 안 것은 아마 『개미와 진딧물』이란 동화책에서였을
거예요. 그밖엔 전혀 기억이 없어요. 진딧물의 크기가 1 내지
2밀리미터인데 생물로 보지 않고 책으로 먼저 안 거죠. 군대를
마치고 대학(농대)에 복학했는데 띵가띵가 기타 치면서 마냥 놀면서
허송세월을 보냈어요. 뭐하고 살까? 고민은 있었지만 그렇다고 해서
노력한 건 없습니다. 내가 점잖아 보여도 한량이었습니다. 그러다가
좋은 선배를 봤어요. 그 선배가 표본 분류실에 있었어요.

그는 뭐랄까? 남달랐어요. 남들은 하얀 가운 입고 다니는데 그 선배는
오후부터 잠자리채 하나 들고 어슬렁어슬렁 다니는 거예요. 그 형은
다른 사람들과는 다른 시간대를 사는 것 같았어요. 그때 한참 과연
곤충 분류를 해야 할까 겁을 내고 있었는데 그 선배가 내 눈에는
경이로움 자체였어요. 어떤 곤충을 보면 학명뿐 아니라 그 곤충의 모든
히스토리를 줄줄이 외우는데 그것도 지나가다 쓱 보고 툭 한마디하는데
아, 그 말투에 높은 식견에서 나오는 여유가 있었어요. 충격적이었어요.

세상에 저런 사람이 있구나. 그 선배를 보고 아, 저것이 내가 추구하는 여유로운 삶이구나, 저 곤충 표본실이 바로 유토피아구나 생각했지요. 그리고 저는 사람과는 잘 지내지 못해도 동물과는 잘 지낼 자신이 있었어요. 집이 서울이었는데도 마당에 닭, 토끼, 금붕어, 잉꼬 등 온갖 것들을 길렀고 취미로 곤충을 기른 적도 있었죠. 대학 때 친구한테 사기도 당했는데 이를테면 부모에게 돈 받아다가 친구에게 빌려주고 떼어먹히고 특히 그런 다음엔 아, 나는 사람과는 맞지 않아도 동물과는 죽이 잘 맞는다, 생각했지요.

원래 꿈은 피디가 되는 거였는데, 그것도 자연 다큐를 만들고 싶어서였습니다. 〈동물의 왕국〉의 광팬이었고 〈내셔널 지오그래픽〉을 즐겨 봤어요. 그래서 저는 제 발로 곤충 표본실로 들어갑니다. 나도 좀만 하면 금방 그 형처럼 될 줄 알았지요. 그 당시 제 상태는 한마디로 머리는 텅 비고 에너지는 넘치는 상태라고 하면 될 겁니다. 표본실에 처음 간 것이 2000년 대학 4학년 때, 아마도 4월의 어느 날이었을 겁니다. 그런데 적응이 안 되는 거예요. 표본 만드는 작업이 너무 어려웠어요. 표본을 만들려면 곤충을 다섯 가지 약품에 세 시간 담가둬요. 그러고 나서 속의 지방질을 제거하고 표백하고 워싱하고 액체에 담갔다 뺐다 하다가 슬라이드 글라스로 고정시키고 커버 글라스로 덮고, 그걸로 그냥 하루가 끝나는 거예요. 시간이 어찌나 더디게 가고 좀이 쑤시는지. 나도 딴에는 펄펄 피 끓는 청춘에 거친 야생마인데 줄창 앉아서 그걸 하고 있자니 복장이 터졌어요.

실험실에 박사 과정 누나가 한 명 있었는데 그 누나에게 나는 툭하면 사라지는 사람이라고 욕 좀 먹었지요. 사라져서 오락실에 갔었죠. 돌이켜보니 그때까지 저의 큰 특징 중 하나는 책을 절대로 보지 않는다는 점이었어요. 『삼국지』를 읽고 나선 더이상의 책은 없겠구나 생각해서 책을 일절 보지 않고 모든 공부는 입에서 입으로 전해지는 그런 공부법을 택했었죠. 공부는 외우는 것 하나만 잘했죠. 심지어 전공 서적도 읽지 않았어요. 그런 놈이 아홉 시간에서 열두 시간 표본실에 있으려니 힘들었죠. 그런데 실험실에서 보니까 형이랑 교수님은 항상 바빠요. 세계 각지를 다니면서 표본을 주고받고 학자들하고 왕래하고 세상을 즐기면서 사는 것처럼 보였어요. 나는 그런 걸 보면 흥분은 되는데 실력도 없고 배짱도 없고 재미도 못 느끼고 와닿지도 않았기 때문에 결국 환상만이 남았습니다.

사실 곤충 분류학은 극히 소외된 분야였어요. 지금 시작해도 누가 알아주지도 않고 취직도 안 될 테고. 염려가 되었지요. 그런데 제가 가톨릭 신자였습니다. 그런 상황을 알자 또 이런 생각이 드는 겁니다. 아, 이것이 순교구나! 이것이 십자가의 길이구나! 저는 순교라는 말을 참 좋아했었습니다. 그래서 '그래, 나도 이 길을 가자. 하지만 너무 오래는 말고, 한 오륙 년 성지 순례 다녀오는 셈 치고 가볍게. 에이, 군대도 다녀왔는데 뭐 까짓것' 했어요. 그래서 형처럼 자유로운 삶을 살려면 나를 꽁꽁 묶어놓고 훈련받듯이 살아야겠다고 생각했습니다. 박사까지 한 5년간. 그래, 그 정도 시간이면 감수할 수 있겠다고 생각했습니다.

이렇게 해서 술 마시고 떠들기 좋아하는 내가 기타를 내려놓고 젊은 혈기를 누르고 성지 순례하는 셈 치고 딱 그 정도만, 얼른 다녀오자 한 게 벌써 10년도 넘은 일이 되어버린 거죠. 그런데 그렇게 시작한 게 이렇게 오래 계속된 이유는 그 중간에 궁금한 게 계속 생겼기 때문일 겁니다. 서당개 3년이면 풍월을 읊는다는 말이 있는데 그 말은 제 경우에도 딱 맞았습니다. 3년 동안은 모든 곤충이 내 눈에는 다 똑같아 보였습니다. 한 3년 지나자 나도 서당개가 되어서 웬만하면 구분할 수 있게 되었습니다. 그런데 다른 건 보이는데 진딧물만 보면 하얗게 백지 상태가 됩니다. 그래서 그때 성지 순례 정도로는 안 되겠다고 결단을 내리고 세상과 단절합니다. 말은 비장하지만 뭐, 거창한 단절은 아니고 집에도 잘 안 들어가고 연구실의 귀신이 된 정도죠. 내 삶을 짊어지고 묵묵히 연구의 길을 간다고 혼자서 선언할 때 조금 비장하긴 했었죠.

진딧물을 본격적으로 연구하게 된 것은 2002년 가을 정도였어요. 새 교수님이 오셨는데 그분이 진딧물, 그중 수염 진딧물족을 연구하셨어요. 나에게도 본격적으로 진딧물을 한번 연구해보라고 권했죠. 그러면서 그분이 수집한 진딧물 표본 박스를 나에게 넘겨주면서 다 분류해서 라벨을 붙이라고 하더군요. 표본 백 개씩 들어 있는 박스가 이삼백 개 정도 되었어요. 그런데 박스를 열었는데 눈앞이 하얘졌어요. 백 마리씩 들어 있는 이삼백 개 박스의 진딧물이 세상에, 다 똑같아 보이는 거죠. 이게 진짜 똑같아서 똑같아 보이는 건지 내 눈에만 그렇게 보이는 건지도 알 수가 없었지요. 어쨌든 결국 그 일에 매달리게 됐어요. 이미 그 전에 몇몇 사람이 포기했는데 제가 그 일을 하면서 배운 게 있다면 우리가 도전이란 걸 할 때 뭘 이미 많이 알아서 도전하는 게 아니고 에러를 경험하며 에러를 줄여가면서 도전한다는 거였죠.

덴마크의 아흔 살 먹은 할아버지가 낸 책이 있어요. 발트 삼국의 진딧물을 분석한 책인데요. 진딧물은 추운 곳에서 잘 사니까 발트 삼국엔 진딧물이 아주 많았죠. 발트 삼국의 진딧물을 연구하면 전 세계 진딧물의 반을 연구한 셈이 됩니다. 그래서 현미경이랑 할아버지 책 놓고 대조해가면서 마치 경전의 어구를 한 자 한 자 연구하는 사람처럼 근엄하게, 수행하듯이 그렇게 공부했습니다. 그때 속으로 이렇게 생각했죠. '이건 신의 학문이구나! 신이 아니고서야 이들의 차이가 도대체 누구 눈에 보이겠는가?' 덴마크 교수님 책을 보고 진딧물을 보고 그러기를 반복하니 적어도 보고 구별할 수 있는 정도는 되었어요. 그런데 그 책 뒤에는 그 대단한 교수님도 해결 못한 문제들을 디스커션이란 제목하에 기록해둔 게 있었어요. 자기도 모르겠다면서요. 근데 그 문제를 해결하고픈 욕심이 생기더군요.

그즈음에 분자 생물학이란 게 우리나라에 들어왔어요. DNA로 유전자를 확인하는 거죠. 그 교수님이 나도 모르겠다고 한 것들이 분자 생물학의 도움을 받으니 해결되기 시작하는 겁니다. 그래서 저는 고전 분류학인 형태 분류학에다가 분자 계통학을 더 공부하기 시작했습니다. 저는 신이 된 기분이었습니다. 초보가 분자 계통학을 이용해서 신이 된 거죠. 한 5년 성지 순례하고 다녀오려고 했는데 이 공부는 10년 하면

초보, 20년 하면 숙련가, 30년은 해야 대가가 될 수 있다는 준엄한 현실을 깨닫자 맘이 좀 무거웠습니다. 뭐, 그렇게 심하게 순교할 생각은 없었으니까요. 부모님이 너 뭐하냐고 그러면, 교수 될 거라고 얼른 둘러대긴 했지만 어쩌면 아무 데도 써먹을 데가 없는 학문을 하는 것은 아닌가 좀 심란했습니다.

그런데 제가 책을 싫어했다고 했잖아요. 이를테면 저는 고등학교 때 『수학의 정석』을 책이 닳도록 외웠는데 그게 다 사라지고 없잖아요. 그래서 책을 싫어했던 것 같아요. 사라지기 때문에요. 그런데 이 공부는 하면 할수록 쌓이는 겁니다. 내가 걸어가는 길에 만족하게 되었어요. 더 하고 싶었어요. 그래도 수천 개의 표본을 하나하나 대조해갈 때 속으론 미치고 팔짝 뛸 지경이었습니다. 그런데 이게 그냥 수사학이 아니고 정말 미치고 펄쩍 뛰는 그런 병력이 저희 집안에 있습니다. 저희 엄마도 고혈압이라 가끔 졸도하고 흥분하거든요. 아무튼 그런 흥분하는 뇌의 경향을 억누르며 2006년에 논문을 썼습니다. 그리고 2008년에 영국의 저널에 제 논문이 실렸습니다. '세 가지 분자 마커를 이용한 진딧물족의 분자 계통 연구'란 제목입니다. 리뷰 6개월, 승인 6개월, 출판 6개월 걸렸습니다.

그런데 이렇게 되기까지 전 곤충과 진딧물을 쫓아서 많은 여행을 다녔습니다. 전국 각지를 다니며 유랑 생활 비슷한 것을 했지요. 그게 왜 그런가 하면 진딧물은 나무에 살기 때문입니다. 나무를 모르면 진딧물을 알 수 없습니다. 진딧물은 식물과 각자 관계를 맺는

생물입니다. 그래서 식물 분류학자가 진딧물을 연구하는 경우가
많습니다. 진딧물의 이름도 나무 이름을 딴 게 많습니다. 목화진딧물,
복숭아혹진딧물, 밤나무왕진딧물, 조팝나무진딧물, 완두수염진딧물.
지금 저의 여행들을 돌이켜보니 흐뭇한 생각이 듭니다. 한 해에
제주도를 여섯 번 간 적도 있는데 그 여행들은 해가 갈수록 뭔가
알아가면서 차곡차곡 쌓이는 여행이었습니다. 진딧물은 아직도 채집 안
된 종들이 있습니다.

그 여행들을 통해서 내가 직접 채집한 것은 280종 정도이고 우리나라
표본 기록은 430종 정도라고 보고되어 있습니다. 곤충을 연구하는
학자들의 여행은 흔적을 남깁니다. 이를테면 개미를 연구하는 교수님이
있는데 그분은 기관지가 좋지 않습니다. 개미를 채집할 때 땅에다
흡충관(곤충을 흡입해서 빨아들이는 관)을 대고 훅 불어서 개미를
빨아들이는데 그때 개미가 페르몬의 일종인 카이로몬을 발산합니다.
개미는 그 산으로 다른 곤충을 기절시키는데 교수님이 개미를
빨아들일 때 개미산이 폐, 기관지로 들어가서 쓰라린 거죠. 또 저의
지도 교수님은 산악인이었어요. 암벽 등반도 하고 빙벽 등반도 합니다.
본인 말로는 K2를 정복했다고 합니다. 이승환 교수님이라는 분인데
용모는 원시인을 생각하면 됩니다. 털은 어찌나 많은지 수염을 하루만
안 깎아도 얼굴이 털로 뒤덮입니다. 산적 같은 얼굴에 키는 작아도
힘이 장사입니다. 〈뽀빠이〉에 나오는 부르터스를 생각하면 될 것도
같습니다. 그런데 이분은 채집을 가면 일단은 산 정상에 올라가자고
합니다. 이분 체력이 너무 좋아서 사십대인데도 그걸 따라가다가 저는

기진맥진합니다. 내가 그렇게 헉헉거리며 올라가면 정상 체중인 저보고
살 좀 빼라고 합니다. 아마 살 좀 빼라는 말을 수천 번은 들었을 겁니다.
헐떡이면서 네 시간쯤 올라가면 이번엔 내려가자고 합니다.

교수님의 채집 원칙은 일단은 올라간다, 그리고 내려오면서 채집한다,
입니다. 원칙은 원칙이고 이미 내려올 때쯤이면 제 처지는 가련합니다.
눈앞은 하얗고 다리가 후들거립니다. 너무 지쳤는데 그런데 그렇게
내려오다보면 진짜로 산중턱에만 사는 애들이 있는 겁니다. 굉장히
추운 곳에서 웅크린 채 꽃봉오리에 가만히 붙어 있는 진딧물을 보면
조그만 생명체도 힘이 대단한 것 같고 사랑스럽단 생각도 드는 겁니다.
어떤 특정한 곳에만 있는 애들의 존재를 알아가면서 이런 채집 여행도
점점 즐거워지기 시작했습니다. 이를테면 백록담 옆에 있는 철쭉에만
사는 진딧물도 있습니다. 그걸 보고 싶으면 백록담 옆에 갈 수밖에
없지요. 나중엔 나도 반 전문가가 되어서 한 점 진딧물이 엄청나게 크게
보이는 겁니다. 착시현상이라고 해야 할까요. 야구 선수가 야구공이
농구공만하게 보인다고 말하는 걸 믿는다면 내 말도 믿으세요.

이승환 교수님은 옆방의 이시백 교수님과 단짝인데 하루는 셋이서
울릉도로 응애(진드기) 채집 여행을 갔습니다. 두 분이 낚시를
좋아합니다. 그런데 포항에서 아침 7시 40분 배를 타고 울릉도에
들어가야 한다고 새벽 3시에 서울서 출발하자는 거죠. 나더러는
운전하라고, 울릉도는 빨리 들어가야 해산물이 좋다고 배 시간에
맞추라고 하고서, 두 분은 세상모르고 주무시더군요. 나는 또 미친

듯이 운전해서 배 시간에 맞췄죠. 그렇게 도착한 울릉도는 다른 세상 같았어요. 까만 현무암 밑에 새하얀 모래들이 있고 홍조류가 많았습니다. 거기서 진딧물 신종 2종을 잡기도 했습니다. 채집을 마치자 저한테 여태껏 잡은 것 전부 다 사진 찍어놓고 분류하라고 하고 두 분은 또 세상모르고 주무십니다. 그래서 저는 지친 몸을 이끌고 일하다가 살짝 잠들었는데 눈을 떠보니 두 분이 안 계시는 거예요. 그러더니 새벽 6시가 되니까 전화벨이 울립니다. 빨리 나오라는 거죠. 두 분은 2시에 일어나서 낚시를 가신 거예요. 후다닥 바닷가에 뛰어갔더니 새벽에 들어오는 배를 따라 고등어랑 전어가 들어오고 있었어요. 교수님이 너는 빨리 건지라고 그래서 이번엔 정신없이 고등어를 건졌지요. 그러고는 조금 떨어진 모래사장으로 뛰어갔는데 이시백 선생님이 사시미 칼 세트를 쫙 펼칩니다. 그분은 아예 사시미 칼 세트를 들고 다니시더군요. 그렇게 바닷물에 대충 고등어를 씻어서 먹었던 회 맛은 내 평생 잊지 못할 겁니다. 정말 맛있었어요.

울릉도와 마찬가지로 제주도도 생태가 본토와는 다릅니다. 대만이나 일본에만 있는 생물을 볼 수 있습니다. 제주도 성산 일출봉 밑에는 작은 동굴들이 있습니다. 안쪽으로는 햇빛이 비치지 않는 낮고 음침한 동굴들이죠. 그런데 또 거기에만 있는 진딧물이 있는 거죠. 교수님이 자기가 예전에 저 동굴에서 틀림없이 진딧물을 본 일이 있다고, 그때 자기가 그 진딧물 보고 경악을 했다고, 그놈은 지구상에 있는 어떤 종하고도 확실히 다르다면서 저보고 채집해 오라는 겁니다. 도깨비 고비에 사는 도깨비진딧물입니다. 동굴에 가서 찾아봤더니 없는 거예요. 그랬더니 옆에 있는 다른 동굴에 가라고 합니다. 그 동굴이 있던 현무암 지대는 환상 덩굴들로 덮여 있었는데 그 환상 동굴은 가시가 많았죠. 발이 푹푹 빠져가면서 다다닥 바지 찢어지는 소리를 들으면서 교수님을 의심하면서 옆 동굴로 갔는데 거기 바로 진딧물이 있었던 겁니다. 원래 도깨비진딧물은 아주 큰 편인데 내가 본 것들은 작았습니다. 어슴푸레한 햇빛이 들고 거기 다닥다닥 까맣게 붙어 있는 도깨비진딧물을 봤을 때의 기쁨은 지금도 잊을 수가 없습니다. 교수님을 의심했었는데 당장 믿게 되었죠. 나는 분류를 그렇게 배웠어요. 그렇게 야생마 같은 분에게 배웠어요. 숙달될 때까지, 당구장 가서 큐대 잡을 때까지 바닥 닦는 기분으로 배웠지요. 저도 이젠 모든 일에는 꼭 필요한 훈련의 시간이 있다는 걸 알게 됐습니다. 어디 가면 "자넨 참 선비 같군" 그런 말을 듣고 살던 사람이었는데 채집 여행 다니며 좌충우돌하면서 온갖 경험들을 전수받았고 그 경험들은 내 안에 축적되었습니다.

내가 잡아서 학회에 보고한 진딧물만 한 20여 종 되는 것 같습니다. 우리나라는 특히 학자가 없어서 미보고된 종이 아직도 많습니다. 제게 있어서 여행도 기억이나 축적과 관련된 것입니다. 분류학자들의 여행은 그런 것 같습니다. 남들은 산에 가면 경관이 수려하다 그런 말 하는데 저는 산세가 뭔지도 모릅니다. 예전에 교수님은 멀리서 나무들을 쭉 훑어보다가 저기다, 저기 진딧물이 있다! 하셨지요. 그런데 저도 그 비슷하게 학교를 걸어다니며 흉내를 냅니다. 나무들을 보면 진딧물이 숨어 있어도 보입니다.

그 비밀은 나무에 있습니다. 진딧물이 있는 나무는 어딘가 다릅니다. 진딧물의 가장 큰 특징은 나무와의 관계입니다. 진딧물에게 철학이 있다면 관계의 철학일 겁니다. 진딧물이 어떤 나무를 왜 택하는지 아직 우리는 밝혀내지 못했습니다. 그렇지만 진딧물의 선택은 이런 겁니다. 저는 이런 상상을 합니다. 물론 근거를 바탕으로 한 상상이죠. 제 이야기에 공상은 없습니다. 처음에 어떤 나무에 뭔가 생물이 살기 시작했습니다. 그 이름은 진딧물. 그 진딧물은 나무에서 여느 곤충과 다름없이 살았습니다. 알 낳고 짝짓기도 하면서요. 그런데 점점 어떤 특정 식물에 정착했습니다.

기생 생물이 특정 숙주하고만 관계를 맺는 것을 '기주 특이성(host-specificity)'이라고 부릅니다. 이것이 진딧물의 가장 큰 특징입니다. 여기서 바로 관계의 철학이 나오는 거죠. 얘한테 딱 붙어 살면 안전할 것이다, 이런 판단을 내리면 진딧물은 효율을 높이기 위해서 삶을 단순화시킵니다. 이를테면 처음엔 날개가 있었는데 나무에 붙어 사니까, 그 자리에서 먹고살면 되니까 교미도 필요 없어지고 날개가 필요 없어집니다. 그래서 암컷이 암컷을 낳는 처녀 생식형을 가져서 날개를 갖는 세대와 날개를 갖지 못하는 세대를 반복합니다.

그런데 이것이, 이렇게 한 군데 머무는 것이 진딧물의 영원 불멸에 위험한 것은 아닐까요? 아니면 오히려 지구상의 어떤 생명체와 비교도 안 되는 다양성을 갖게 만든 원인이었을까요? 이 대답도 과정중에 있습니다. 저는 끝이 있는 이야기가 싫습니다. 결말이 나는 게 싫습니다.

저는 끝나지 않는 이야기가 좋습니다. 이건 제 공부에도 적용됩니다. 끝이 안 나는 이야기란 게 오히려 제 맘을 끌었던 것 같습니다. 그런데 절대 끝나지 않으리라는 제 여행과 기억도 큰 구도에서 보면 또 빙산의 일각에 불과합니다. 진딧물은 엄청나게 복잡한 진화 과정을 겪었습니다.

진화라 하면 눈에 띄는 형태의 변화만을 생각하는 나로서는 한 점에 불과한 진딧물이 고도로 복잡하게 진화했다는 것을 도저히 믿을 수가 없었다.

진딧물의 개성 요소로는 이런 게 있습니다.

짝짓기에 의한 생식 ⇨ 처녀 생식
알 낳기 ⇨ 새끼 낳기
무조건 날개 ⇨ 날개가 있거나 없는 이형현상
환경이 좋을 때는 아예 1년에 한 번 있는 짝짓기도 안 하기
여러 가지 식물을 안 먹고 한 가지 식물만 먹기
한쪽으로만 올인하기―번식만 할 때는 처녀 생식만 하기, 한 장소에서 벗어나야 할 때는 날개 달린 놈만 낳기, 월동을 해야 할 때는 알만 낳기

이걸 풀어서 말해볼까요? 아까 "제가 한 나무에서만 사는데 교미를 하는 게 필요할까? 그래서 진딧물들이 처녀 생식을 한다"라고 말했죠. 암컷은 암컷을 낳고 수컷은 점점 없어지죠. 단 겨울이 가까워질 때만 ○번과 교미합니다. 겨울은 혹독하게 추운데 알은 월동이 가능합니다.

그래서 겨울을 나려고 딱 한 번만 알을 낳습니다. 저는 장백산에 가서 진딧물이 알을 낳는 걸 처음 봤습니다. 놀래기 나무에 알을 낳으러 진딧물이 새까맣게 달라붙어 있었어요. 진딧물 어미의 몸통 껍질이 반으로 분리되면서 알을 낳더군요.

그런데 진딧물의 기주 특이성이 생태계에 알려집니다. 그래서 진딧물을 잡아먹는 애들이 기주 특이성을 교묘하게 이용하기 시작합니다. 다른 곤충이 역이용하는 거죠. 어쩌면 식물이 그걸 원했을 수도 있습니다. 그래서 진딧물은 쉽게 공격당합니다. 그러자 진딧물도 머리를 씁니다. 교묘한 트릭을 쓰는데, 뭐냐 하면 봄이 되면 다른 식물로 갔다가 가을에 기주 식물로 돌아오는 겁니다. 이를테면 제가 논문 쓸 때 연테두리진딧물을 찾아야 했습니다. 그 진딧물은 여름에만 연꽃에 살고 가을 겨울은 복숭아 나무에서 났습니다. 그런데 논문을 쓰려고 아무리 전국 방방곡곡을 찾아다녀도 없는 거죠. 그래서 이 진딧물도 전설 속의 진딧물이 되었나 싶어 포기하고 학교 연못을 지나가는데 연꽃이 보이는 겁니다. 2006년 광복절이었죠. 혹시나 하고 연꽃을 들춰봤더니 나의 진딧물이 연잎 바로 밑에 몸을 반쯤 물에 담그고 있는 겁니다. 그놈은 반수성이었죠. 공격을 피하려고 몸의 반은 물에 담그고 있었던 거죠. 그래서 연대를 통째로 잘라서 연구실로 들고 갔죠. 지금도 그 진딧물 얼굴이 생생합니다. 턱수염에 쉐이빙 크림 바른 것같이 하얗게 밀랍을 뒤집어쓰고 나를 보고 있었죠.

그러고 보니 그놈도 그 뒤론 다시 못 봤네요. 어쨌든 1차 기주 나무에는 겨울에 알을 낳고 2차 기주 나무에는 여름에 다른 종들과 어울려 살고. 옮겨가는 식물과의 관계는 느슨하고 돌아오는 식물과의 관계는 탄탄합니다. 여러 곤충들이 당황했겠죠? 그렇게 다시 같은 나무로 돌아가는 생물은 곤충 중에는 진딧물밖에 없습니다. 그런데 여기서 또 몇몇 비주류가 동시 발생합니다. 식물 사이클을 볼 때 봄여름은 왕성하고 긴데 겨울은 짧습니다. 더 풍성한 쪽은 봄과 여름이죠. 그렇다면 봄과 여름에 사는 나무가 기주 나무여야 하지 않을까? 원래 기주 나무로 돌아가지 말까? 그렇게 고민하는 놈들이 있겠죠. 이걸 'loss of primary host'라고 합니다. 1차 기주 나무를 잃어버리는 거죠. 이렇게 되는 데는 수많은 조건이 있습니다. 나무의 영양 상태도 있고 천적과의 관계도 있고 집단 내 경쟁도 있고 기온이나 습도도 영향을 미칩니다. 진딧물처럼 예외가 많은 곤충도 없습니다. 나무에 맞게 몸도 바꿉니다. 잎이 좁고 얇으면 더듬이도 짧게 바꾸는 식으로요. 그래도 궁극적으로 진딧물의 운명은 어떤 식물을 택하느냐에 달려 있었습니다.

생명의 역사가 1억5천만 년 된 곤충은 아마 개미 정도일 것 같습니다. 노린재목 진딧물은 아웃사이더로서 번성했습니다. 진딧물은 사실 꽃을 끔찍이도 사랑했습니다. 날개도 없이 그냥 꽃에 머물러 왔습니다. 그 지극한 사랑이 진딧물의 운명에 제약이 될지 지금까지 그래온 것처럼 다양성의 원인이 될지는 아직도 과정중에 있습니다. 인간의 운명도 닮은 면이 있죠. 한 가지만 혹은 한 사람만 사랑할 때 그 사랑이 존재에 제약이 될지 다양성의 원인이 될지 말할 수 없습니다. 그 과정중에 저는 진딧물을 닮아갑니다. 약간 복부 비만인 몸매에 이동성이 적고

어딘가 정주하려고 하고 행동도 느리고 무엇보다도 일단은 하나만
잘 사랑하자고 생각했지요. 더 단순하게 살도록 노력했고 모든 것은
하나와의 관계로부터 시작된다고 생각했습니다.

이렇게 연구하는 동안 저는 뭔가와 신비롭게 연결되어 있다는 느낌도
듭니다. 앞에서 이야기한 제가 존경하는 덴마크 할아버지(Ole E. Heie
박사)와 만나서 이야기하는 중에 알게 된 사실이 있습니다. 용기를
내서 그 엄청난 책들의 저자이신 하이에 박사에게 제가 연구하는 동안
생긴 의문점들을 묻게 되었고, 그분은 제 질문들에 마치 동화책을
읽어주듯 친절히 답변해주었습니다. 그리고 마지막에 그분이 "넌
어느 나라 사람이냐?" 물었죠. 저는 한국인이라고 답했습니다. 그러자
그 하이에 박사는 "넌 파잌의 나라에서 왔구나?! 파잌의 뿌리가
아직 남아 있었어……"라고 하셨지요. 파잌은 고(故) 백운하(Paik,
W. H.) 박사님의 성이었지요. 이전에 말씀은 안 드렸지만 백운하
박사님은 서울대학교 곤충학과 초대 교수고 우리나라 곤충학 연구의
1세대 연구자로 많은 업적을 남기신 분입니다. 물론 우리나라 진딧물
연구의 시조지요. 백교수님은 다른 곤충도 많이 연구하셨지만 진딧물
분류학자였습니다. 백교수님 업적이 이승환 교수님을 지나 저에게
연결되었다고 보시면 됩니다. 하이에 박사는 자신이 젊었을 때
백교수님으로부터 많은 도움을 받았는데, 아시아 지역에서 출판된
논문과 표본들을 받고 비교 연구를 할 수 있었다고 하였습니다.

그는 백교수님이 분류학자로서 정말 좋은 선배이자 스승이나

다름없었다고 회고했습니다. 그리고 학회 마지막 날 헤어질 때 "모르는
게 생기면 언제든 연락하라고, 파잌의 제자!"라고 하셨지요. 정말
놀라운 사실이었습니다. 아마 백운하 교수님이 살아 계시다면 백 세가
훨씬 넘으니 그도 그럴 만하지요? 1972년에 백교수님이 쓰신 문교부
도감에는 309종의 진딧물이 기록되어 있습니다. 진딧물의 정교한
묘사와 함께, 손수 그리고 색칠하신 진딧물의 그림들이 담겨 있습니다.
아무튼 제 책상에는 백교수님 책과 하이에 박사 책, 이승환 교수님 책,
그리고 보잘것없지만 제가 쓴 책 이렇게 네 권이 나란히 꽂혀 있습니다.
앞의 세 분의 지식을 통해 제가 이 자리에 올 수 있었던 것이지요.
이렇게 연구하다보니 난 내 연구의 어떤 결과가 나와도 그 결과가
과정으로밖에 생각이 안 됩니다. 이건 솔직한 제 심정입니다.

요새 뭘 연구해도 그건 다음 연구에서 서론이나 연구 방법에 써먹을
거리밖에 안 되겠다, 이렇게 말이죠…… 웃긴 소리지요. 저는
정도(正道)만이 진리를 깨달을 수 있게 해준다는 철학을 가지고
살아왔습니다. 저에게 있어 과정이 중요하다는 말은 나중에 결과가
잘못될까 하는 염려 때문에 과정을 중요하게 여긴다는 뜻이 아닙니다.
내가 정도를 걸어왔고 또 앞으로도 걸으려 한다는 그 사실 때문에
과정이 중요해진 겁니다. 그냥 얼렁뚱땅 과정을 거치면서 과정이
중요하다고 말하진 못하겠지요.

여기까지가 그의 이야기였다. 이 여행 이야기는 우리 눈엔 보이지
않지만 그래도 분명히 존재하는 어떤 것을 보여주었기 때문에

나를 사로잡았다. 우린 상상할 수도 없는 엄청난 다양성 속에 이미
살고 있음을, 나아가 그 다양성은 존재들이 저마다의 삶의 환경에
필사적으로 적응하려 함에서 비롯되었다는 것을 들려주었기 때문에
나를 사로잡았다. 이 이야길 듣는 동안 이 셀 수 없을 정도로 다양한
존재를 일일이 찾아다니며 세계를 재구성해보려 하는 자의 의지와
성실함이, 거창하면서도 소박한 사랑이 느껴져서 기뻤다.

하지만 동시에 살아 있는 동안 우리 인간의 마음으로 헤아릴 수
있는 생명의 경이로움이란 게 과연 얼마만큼일지, 결코 그 전부를 다
헤아릴 수는 없으리란 사실에 슬픔을 느끼기도 했다. 그러니 과정을
중시하라는 이 깊은 메시지는 결과에 연연하지 말라는 말이라기보다는
차라리 결과는 결코 알 수 없다는 말일 수도 있을 것이다. 결과 역시
하나의 원인, 하나의 출발점이며 결국 우리 삶 전체가 하나의 과정일
뿐이란 말일 수도 있을 것이다. 우리도 마치 진딧물이 그런 것처럼
끝없는 여행중에 있는 것이라면 그 여행의 하루 우리는 자신의 특별한
나무 그늘 아래서 이런 생각을 할지 모른다. "나는 도대체 왜, 어떻게
여기까지 왔을까?"

나는 오래전 로마에서, 서울에서 온 육십대 노부인 일행을 만났다.
그들은 로마에서 하루 더 머물며 쇼핑을 즐길 것인가 나폴리와 폼페이로
떠날 것인가 두 패로 나뉘어서 논란중이었다. 누군가 이렇게 말했다.
"나는 내가 살아 있는 동안 나폴리랑 폼페이를 두 번 보지 못할 거라고
생각해요. 내가 몇 년을 더 살진 몰라도 나는 나폴리랑 폼페이를 단

한 번 볼 수밖에 없어요. 내가 여기까지 얼마나 어렵게 왔는지 몰라요. 쇼핑하면서 로마에 있을 생각은 없어요." 우리는 여행지에서 가끔 이런 절박함을 갖는다. 내가 언제 또 이 도시를 찾을 것인가? 그 여행은 단 한 번 주어진 기회다. 그렇다면 우리 인생에도 같은 질문을 던질 수 있다. 내가 언제 또 이 모습으로 이 삶을 살아볼 것인가? 그 질문 속에서 우리 인생은 우리에게 주어진 단 한 번의 기회다.

나는 1밀리미터 정도의 진딧물 한 마리가 나뭇잎에 올라앉아 이슬에 깔려 죽지 않으려 조심하면서 더듬이를 쫙 펴서 기지개를 켜는 장면을 상상해본다. 관계를 중시하는 스피노자주의자 진딧물의 눈에 세상은 언제고 찬란하게 노랗게 보일 것이다. 그는 앙드레 지드 풍으로 이렇게 고함을 친다.

> 나는 지금 내가 차지하고 있는 이 공간적 지점에, 시간 속의 이 정확한 순간에 자리잡고 있다. 나는 이 지점이 결정적이지 않은 것을 허락할 수 없다. 나는 두 팔을 한껏 길게 뻗어본다. 나는 말한다. 여기가 남쪽 여기가 북쪽…… 나는 결과다. 나는 원인이 될 것이다. 결정적인 원인이! 두 번 다시 있을 수 없는 하나의 기회! 나는 존재한다. 그러나 나는 존재하는 이유를 찾아내고 싶다. 나는 내가 왜 사는가를 알고 싶다.
>
> — 앙드레 지드, 『지상의 양식』에서

그리고 마침 그 나무 앞, 자신의 존재 자체를 자신에게 주어진 단 하나의 기회로 받아들이고 최선을 다해 살아가는 진딧물 앞을 이화여대

에코학부 김효중 박사가 지나간다. "나는 왜 어떤 생각으로 여기까지 왔는가?" 생각하면서. 그러고는 문득 고개를 들고 그는 진딧물에게 이렇게 묻는 것이다. "너는 어떤 생각으로 여기까지 왔는가?" 그리고 그 자신 또한 오랫동안 누군가로부터도 그 질문을 받기를 고대해왔다는 사실이 그의 머릿속을 스친다.

여행중에 우린 수많은 여행자들에게 질문을 하곤 한다.

"당신은 어떻게 여기까지 왔지요?"

이 최초의 질문에서 서로 다른 존재들이 연결되고 하늘의 별자리 같은 심오한 관계들이 만들어진다.

김효중   서울대 농업생명과학대학에서 한국의 진딧물을 분류하여 박사 학위를 받았다. 현재 이화여대 에코과학부 연구교수로 재직하고 있다.

『떡갈나무 바라보기』, 주디스 콜·허버드 콜, 후박나무 옮김, 사계절출판사, 2002
『지상의 양식』, 앙드레 지드, 김화영 옮김, 민음사, 2007

11

—

제7의 인간, 높이 오르다

네가 이 세상에 나서려거든
일곱 번 태어나는 것이 나으리라
한 번은, 불타는 집 안에서
한 번은 얼어붙은 홍수 속에서
한 번은 거칠은 미치광이 수용소에서
한 번은 무르익은 밀밭에서
한 번은 텅 빈 수도원에서
그리고 한 번은 돼지우리 속에서
여섯 아기들이 울어도 충분치 않아:
너는 제7의 인간이 되어야 한다.

네가 생존을 위해 싸워야 할 때면
너의 적에게 일곱 명을 내보여라
한 명은, 일요일에 일을 쉬고
한 명은, 월요일에 일을 시작하고
한 명은, 돈을 안 받고 가르치고
한 명은, 익사하면서 수영을 배웠고

한 명은, 숲을 이룰 씨앗이 되고

한 명은, 원시의 조상들이 보호해주는 사람

그러나 그들 모두의 책략도 충분치 않아

너는 제7의 인간이 되어야 한다.

네가 어떤 여자 하나를 찾고 싶거든

일곱 남자를 보내어 찾게 하라

한 명은, 말만 듣고 자기 마음을 내주는 자

한 명은, 제 몸조심만 하는 자

한 명은, 몽상가를 자칭하는 자

한 명은, 치마 밑으로 그 여자를 만질 수 있는 자

한 명은, 단추와 여밈 고리에 훤한 자

한 명은, 그녀의 비단 수건을 밟는 자:

그들이 그녀 주위에서 파리 떼처럼 윙윙거리게 하라

그리고 너는 제7의 인간이 되어야 한다.

네가 글을 쓰고 또 그럴 힘이 있다면

일곱 명이 너의 시를 쓰게 하라

한 명은, 대리석 마을을 건설하는 사람

한 명은, 자면서 태어난 사람

한 명은, 하늘의 해도를 그리고 외고 있는 사람

한 명은, 글로 이름이 불리는 사람

한 명은, 자기 영혼을 완전케 한 사람

한 명은, 산 쥐들을 해부하는 사람
둘은 용감하고 넷은 현명하지만:
너는 제7의 인간이 되어야 한다.

그리고 모든 일이 씌어진 대로 되면
너는 일곱 명을 위해 죽어야 한다
한 명은, 요람에서 젖을 빠는 자
한 명은, 단단한 어린 젖가슴을 움켜쥐는 자
한 명은, 빈 접시들을 내던지는 자
한 명은, 가난한 사람들의 승리를 돕는 자
한 명은, 산산조각이 날 때까지 일을 하는 자
한 명은, 달만 마냥 바라보는 자
온 세상이 너의 묘비석이 되리니:
너는 제7의 인간이 되어야 한다.

— 아틸라 요제프, 「제7의 인간」 전문

지난번 진딧물 여행 때 과정과 결과에 대해 잠시 썼었지만 하지 못한
말이 있다. 과정과 결과라고 할 때 나는 언제부터인가 결과는 시간의
문제가 아니라 높이의 문제라고 생각하기 시작한 것 같다. 멀리 떠나는
여행 말고 높이 나는 여행이 그리울 때가 있다. 그 여행을 마치고 눈을
뜬 뒤에는 아주 새로운 인간, 여섯 명의 인간과 새로운 관계를 맺는,
여섯 명의 인간을 품고 다니는, 마치 여섯 생의 고통과 슬픔과 기쁨을
아는 것 같은, 제7의 인간이 되고 싶다.

나는 종종 차라투스트라의 여행을 생각한다. 『차라투스트라는 이렇게
말했다』에서 차라투스트라는 10년간의 고독 끝에 산에서 내려와
줄타기 광대의 재주를 본다. 그런데 그 줄타기 광대가 밧줄 한가운데
이르렀을 때 알록달록한 옷을 입은 익살꾼처럼 보이는 남자가
뛰어나와 재빨리 그를 따라갔다. 그러고는 이렇게 말한다. "빨리 가!
이 절름발이야! 넌 너보다 나은 사람의 앞길을 가로막고 있단 말이야."
그 익살꾼은 마침내 줄타기 광대 한 걸음 바로 뒤에 붙었다가는 고함
소리와 함께 그를 훌쩍 뛰어넘어버린다. 앞서가던 광대는 그 광경에
놀라 허둥거리다가 아래로 떨어져버렸다. 이것이 차라투스트라가
하산하는 여행길에 처음 본 것이다. 차라투스트라는 죽어가는 그
광대에게 묻어주겠다고 약속을 하면서 다시 길을 재촉한다. 나는 깊은
절망은 깊은 사랑에서 나온다는 것을 인정하지 않을 수 없다. 깊은
경멸도 깊은 사랑에서 나온다는 것을 인정하지 않을 수 없다. 그리고
사람이 자신의 위대함을 보여주는 것은 하나의 극단을 보여줄 때가
아니라 동시에 두 극단을 보여줄 때란 파스칼의 말과, 높이 날려는
자는 깊게 뿌리 내려야 하고 별을 동경하는 자는 가슴에 혼란을
간직할 수밖에 없다는 니체의 말을 생각해본다. 그래서 내게는 높게
오르는 여행, 별을 흠모하는 여행은 언제나 낮은 대지의 삶을 끌어안는
여행이다.

나는 순천만의 갈대밭을 좋아한다. 갈대밭을 걸을 때 해가 지는 것도
좋고 그 해가 지는 모습을 순천만이 그대로 담아내는 것도 좋고
철새가 올 때 멀리서 개 한 마리가 짖는 것도 좋다. 바람이 불어

갈대가 흔들리며 서걱거리는 소리를 내는 것도 좋고, 그러다가 모든
것이 바스락거리게 되는 느낌도 좋고, 확신하고 있던 것들이 하나씩
하나씩 의심스러워지는 것도 좋다. 파스칼이 인간을 그 갈대들과
연결시켜 인간은 생각하는 갈대라고 말한 것, 그리고 한 점에 불과한
인간일지라도 생각할 때에는 전 우주를 감쌀 수도 있다고 말한 것도
좋다. 그렇게 순천만을 걷다가 뒤돌아보면 누구도 입을 열어 말하지
않지만 누구나 뭔가에 귀를 기울이며 걷고 있는 것도 좋았다. 그러다가
내가 미처 생각해보지 못한 순천만을 상상하게 만든 시 한 수를 만났다.
이 시를 읽고 나니 순천만 갈대 소리가 차마 말로 표현하지 못한 어떤
탄식들이 모여서 내는 소리처럼 느껴졌다.

　　어려서는 왜 그렇게 서울로 가고 싶었을까
　　서울이 그리울 때면,
　　빈 철도 운동장을 스무 바퀴도 넘게 돌다
　　쓰러져 밤하늘을 보거나,
　　밤이슬에 젖은 순천만 갈대숲에 나가
　　스산한 갈매기 떼를 보곤 했는데……

　　텅 비어 있는 퇴근 후 공단거리
　　철망 사이 기웃거리며,
　　웅웅거리는 터번 소리를 듣거나

　　가리봉동 닭장집 골목 서성이다가

돼지껍데깃집 구석자리에 홀로 앉아
잔술에 어리는 눈물을 본다.

인생은 어디로 떠나거나
오래 걷는다고,
어딘가에 닿는 것이 아님을
이제는 안다.

— 송경동, 「세월이 가면」 전문

우리는 우리의 불행에서 달아나고 싶지만 별은 너무나 먼 곳에 있기
때문에 대신 가까운 별, 서울을 동경한다. 서울에 올라가고 싶어서
운동장을 스무 바퀴 돌고 밤의 순천만을 걷던 그 젊은이는 어떻게
되었을까? 가리봉동 어디쯤에서 공장 노동자가 되어 있는 걸까?
그러다가 한잔 거나하게 걸친 날 시 한 수씩 쓰는 걸까? 인생은 오래
걷는다고 해서 어딘가에 닿는 것이 아니란 말은 또 무슨 뜻일까?
그는 어디에 닿고 싶었던 것일까? 시를 읽고 몇 달 뒤 나는 이 시를
쓴 시인을 우연히 만났다. 가리봉동이 아니라 강남 한복판에서였다.
4대강 반대 집회 현장에서였다. 그리고 다시 며칠 뒤에는 그의 이름을
뉴스에서 읽었다. 뉴스에 따르면 시인은 여전히 서울에 있었고 그리고
포클레인 위에 올라가 있었다. 그는 비정규직 철폐 문제의 상징이
된 기륭전자 김소연 노조 위원장과 함께 포클레인 위에서 단식
농성중이었던 것이다. 나는 가만히 상상해보았다. 어느 날 순천에서
길을 떠나 서울에 도착한 그에게 무슨 일이 있었기에 그는 거기

포클레인 위에 올라가게 되었을까? 나는 순천에서 서울까지 이르는 고속도로와 국도와 샛길들을 생각해보았다. 그리고 멀리서 반짝이는 서울의 불빛들을 생각해보았다. 얼마 뒤 나는 한 잡지에서 감정 이입에 대한 글을 써달란 요청을 받았다. 그리고 이렇게 썼다.

내가 감정 이입이란 말을 듣자마자 왜 시인 송경동을 떠올렸는지를, 다른 많은 일들처럼 명확하게 설명해낼 자신은 없다. 다만 나는 송경동을 생각하면 어쩔 수 없이 전태일을 생각한다. 전태일의 감정 이입은 이랬다. "나는 언제부턴가 감정에 약한 편이다. 왜냐하면 그 사람들의 사정을 너무나 속속들이 알기 때문에." 그런데 이것은 내가 "나는 감정에 약한 편입니다"라고 말하는 것과는 다르다. 나는 내가 감정이 약하다고 느낄 때마다 내가 감상적이기만 한 것은 아닌지, 내 감정의 결과에 대한 성찰이 없어서 그런 것은 아닌지 의심스럽다. 우리의 감정 이입에는 뭔가 기형적인 요소가 있다. 우리는 너무나 속속들이 알아서 오히려 감정을 배신하기도 한다. 그리고 많은 경우 감정 이입은 '……척하는' 경우가 많다. 상대방이 상처 입는 게 싫어서, 좋은 사람이란 말을 듣고 싶어서, 사랑받고 싶어서, 사이좋게 지내고 싶어서, 다툼과 분쟁이 싫어서, 어떤 정체성을 원해서, 안주하고 싶어서, 행동보다는 말을 선호해서. 그런데 이 모든 것들은 감정 이입의 본질과는 아무런 상관이 없다. 이것은 내용 없는 감정 이입이고 감정 없는 감정 이입이고 감정이 있다고 해도 오히려 자기 자신의 감정에 이입하고 있다고 말하는 것이 옳을 것 같다. 감정 이입은 동정심과 달라야 하고 둘 사이의 평등한 감정이어야 한다. 그래서 어느 날

송경동에게 "감정 이입은 뭡니까?"라고 물었고 그는 오로지 삶으로
대답하기 시작했다. 그의 이야기다.

나는 벌교에서 태어나 자랐어요. 우리 어머니는 꼬막을 팔았고 우리
아버지는 읍내 오일장에서 장사하는 사람이었어요. 하지만 직업이
아주 자주 바뀌었어요. 언젠가 내가 한번 헤아려보니까 우리 아버지는
평생 서른 가지가 넘는 직업을 전전했던 것 같아요. 조청 장수, 우유
배달, 아파트 경비 같은 것들이었는데 참 무던히도 살아보려고 했던
사람이었던 거지요. 그런데 아버지는 도박을 좋아했어요. 엄마는
도박을 끔찍이 싫어하셨기 때문에 나는 어려서 엄마 아빠 사이를
오가는 온갖 욕설과 악다구니를 듣고 자랐습니다. 그렇지만 나는
나의 따뜻한 마음도 표현하고 따뜻한 말도 듣고 싶었습니다. 그리운
건 따뜻함이었죠. 그 탓이었는지 나는 한 여자를 무척 좋아하게
되었습니다. 그녀가 광주로 고등학교를 가겠다니까 나도 얼른
따라 했습니다. 자취를 하면서 그녀에게 쓴 사랑의 편지가 수백
통이었습니다. 그런데 무슨 잔인한 노릇인지 그녀는 나에게 냉담하기만
했습니다.

그녀는 나를 왜 그리 싫어했을까? 지금도 궁금하지만 그땐 더
괴로웠지요. 집에서도 여인에게서도 난 단 한 번도 애정을 받아보지
못했기 때문에 난 어디에도 안착하지 못했습니다. 외로움에 상처만
계속 쌓여갔습니다. 게다가 광주와 내가 자란 벌교의 분위기가 너무
달랐습니다. 밟히고 차이며 살아온 시골 장터의 지렁이나 다름없는

나 같은 놈에게 광주는 너무 높고 너무 깨끗한 도시였습니다. 나는
좀 어긋나기 시작했습니다. 뒷골목을 어슬렁거리기 시작했습니다.
디스코텍을 드나들며 마이클 잭슨 춤도 췄습니다. 돈이 없으니
사전을 내다팔고 나중에는 삥도 뜯었습니다. 그 와중에도 시를 좀
좋아했었습니다. 뭐, 특별한 시는 아니었고 그저 교과서에 나오는
김소월이나 한용운의 시 같은 것을 좋아했던 거지요. 문학반에도
들었습니다. 뒷골목을 어슬렁거리며 문학을 말하는 나는 어딘가
위악적인 데가 있었지만 외롭고 쓸쓸했던 것만은 분명했습니다. 모든
게 잘 풀리지 않았기 때문에 공부에 대한 열의도 없었고 전교에서 거의
꼴찌를 했습니다. 기말 고사 기간엔 아예 책상을 빼놓고 학교 밖으로
나가버리곤 했습니다.

그러던 어느 날 또 유흥비를 마련하려고 삥을 뜯다가 친구와 함께
붙잡혔습니다. 빼앗은 돈은 3만 원이 조금 넘는 액수였습니다. 주위에서
변호사 비용 50만 원을 마련하면 빠져나올 수 있다고들 했는데
나에겐 그런 돈이 없었고 결국 소년원에 가게 됩니다. 처음에는 광주
소년원에 있었는데 나중에 이감 신청해 전주 소년원에 있었습니다.
제가 이감 신청을 한 이유는 아마 이런 것일 것 같습니다. 그 지경까지
이르고 보니 마음속에 아차! 후회하는 감정이 일었습니다. 왜 자꾸만
삶이 비뚤어지나, 안타까움도 있었습니다. 그래서 일단 광주라도
벗어나야 할 것 같았고 또 광주는 기술 소년원이었는데 전주는 학과
소년원이어서 이제라도 공부를 좀 해보자는 마음도 조금은 있었던 것
같습니다. 그 소년원에서 나는 문맹반 반장이었습니다. 거기서 문맹반

학생들에게 가, 갸, 거, 겨를 가르쳤습니다. 소년원 문맹반 학생들은
소위 법자(법무부 자식들)들이었습니다. 무적자들, 한마디로 버려진
아이들이었습니다. 겨울이 되면 일부러 범죄를 저질러 그나마 잠자리와
먹을 것이 있는 소년원에 찾아 들어오는 아이들도 있었습니다. 그런
식으로 낙오된 자, 탈락자들 속의 한 명, 그것이 나였습니다. 나도 그들
중의 한 명이란 것을 어떻게 받아들여야 하는가?

나에게 '감정 이입'을 물었지만 그때 당시는 감정 이입이고 뭐고 그
낙오자들은 그냥 나였습니다. 내가 낙오자였습니다. 어찌어찌하다보니
바닥까지 이른 낭패감, 위기감 때문에 두려웠습니다. 나는 탈출하고
싶었습니다. 너도 저런 인생이 되고 싶냐,라고 수없이 되물었습니다.
변호사를 구해주지 못한 부모에 대한 원망, 돈 3만 원 때문에 십대
후반을 소년원에서 보낸 신세에 대한 한탄, 그런 것은 없었습니다. 모든
것이 내 탓이라고 생각했습니다.

내가 왜 그랬을까? 궁금했습니다. 나는 소년원에서 나가면
이번에야말로 제대로 잘해보자며 밤마다 일기를 썼습니다. 그리고
드디어 출소했습니다. 나는 기쁜 맘으로 고향으로 갔습니다.
그런데 고향에 가보니 집이 풍비박산이 나 있었습니다. 한마디로
처참했습니다. 엄마는 식당 찬모로 일하러 순천에 나갔고 형은 형대로
고무신 공장에 일을 하러 나가 집에 없었습니다. 그때 지금도 후회되는
일을 한 가지 저질렀습니다. 소년원에서 대학 노트에 썼던 일기, 그게
다섯 권 정도 되었는데 집안 꼴을 보고 뒷마당에 가서 태워버렸습니다.

착하게 살자는 결심, 재수라도 해서 공부를 더 하자는 결심, 이런 게
다 허황된 일처럼만 느껴졌습니다. 나는 왜 이리 복이 없을까? 조금
슬펐습니다. 결국 나는 광주로 옛 친구들을 다시 찾아갔습니다. 그리고
"여기선 안 되겠다. 우리 서울로 가자!" 하고 서울로 상경했습니다.
서울이 뭐하는 곳인지도 모르면서요.

그렇게 간 곳이 낙원동입니다. 그런 식으로 서울로 올라간 아이들의
삶은 대개 몇 가지로 코스가 정해져 있었습니다. 삐끼, 빠칭코, 룸살롱,
카바레, 이런 것들이죠. 나는 빠칭코 지배인이었습니다. 나는 멋쟁이가
되었습니다. 먼지 한 올 구두에 올라앉으면 큰일 나는 줄 알았습니다.
양복바지에 구김 한 줄 가면 큰일 나는 줄 알았습니다. 나는 바람머리를
좋아했기 때문에 머리도 길렀습니다. 그 세월을 1년쯤 보냈습니다.
지금도 종로 3가를 거닐면 그 시절 생각이 납니다. 그런데 신기한
것은 말입니다. 그렇게 밤새 빠칭코에 있다가 근처 포장마차에 가면,
무라도 썰어서 팔고 있는 사람들이 그렇게 부러운 겁니다. 해삼 멍게
리어카에서 국물을 뜨는 사람들의 단순한 노동도 좋아 보였습니다.
그런데 저만의 감정은 아니었습니다. 제가 관찰한 바에 따르면
너무 어린 날 일찌감치 유흥에 빠졌던 사람들일수록 오히려 노동을
그리워합니다. 내 친구 중에 최고로 멋진 놈이 있었는데 몸도 쫙 빠지고
싸움 짱인 그놈이 우리 중 제일 먼저 안양의 봉제 공장에 취직했습니다.
그러는 와중에 빠칭코의 손님들과도 친해져서 소주라도 나눠 마시며
속 이야기를 나누곤 했는데 그 손님들 중에 잘사는 사람들은 거의
없었습니다. 근처 샐러리맨들, 최소한의 돈을 버는 사람들, 하루의

노동을 마치고 허황된 일확천금을 노리며 오는 사람들이었죠. 그런 사람들을 1년 넘게 보면서 이렇게 사는 건 사는 게 아니라는 생각이 들었습니다. 나는 좀 다르게 살아보고 싶었습니다. 나는 평범함에 대한 그리움을 느꼈습니다. 눈 뜨고 나면 별일 없이 가는 하루가 다인 그저 그런 삶이 참 좋아 보였습니다. 빠칭코에는 내 삶을 위해 추구할 것이라곤 하나도 없었습니다. 겉만 꾸미고 사는 것은 허상이란 걸 뼈저리게 느꼈습니다.

나는 아예 꿈, 그것은 내 몫이 아니라고 생각했습니다. 갈 길은 노동자의 길 하나뿐이라고 생각했습니다. 그래서 모든 꿈은 저 어두운 도시 뒷골목에 날려 보내고 단지 글만은 언젠가 한번 써보고 싶단 정도의 마음만 품고 구두와 양복을 벗어놓고 다시 가방 하나 들고 고향으로 내려왔습니다. 내려와보니 우리 집 형편은 더 어려워져 있었습니다. 부모는 더이상 벌교에서 살 수가 없어서 순천으로 야반도주를 해 탁자가 세 개 뿐인 작은 식당을 열었습니다. 그리고 거기 딸린 방 한 칸에서 살고 있었습니다.

나는 건설 일용직 노동자가 되었습니다. 목수 보조였습니다. 처음에 아파트 건설 공장들을 다니며 일했습니다. 아침 7시에 일어나 하루 종일 나무를 꽉 움켜잡고 일하고 나면 저녁에 손이 펴지지 않았습니다. 여름엔 너무 더워서 팬티 하나만 달랑 입고 허리에 못 주머니를 차고 30분씩 교대로 일했습니다. 몸에서 한증막 속에 있는 것처럼 열기가 솟아올라서 교대할 때마다 소금을 집어 먹어야 했습니다. 그런데도

꿈은 야근 좀 하는 것이었습니다. 나에겐 돈, 평범하게 살 돈이
필요했던 겁니다. 아마 그때가 바로 순천만을 어슬렁거리던 때였을
겁니다. 서울에 다시 가고 싶은 마음도 있었지만 어쨌든 나는 돈만
좇았습니다. 그때 마침 여천 석유 화학 단지 공사가 진행중이었습니다.
나는 기술을 배울 셈으로 거기로 옮겼습니다. 아침 5시에 일어나
도시락을 싸들고 통근 버스를 타고 현장에 도착하면 6시 40분입니다.
그러면 7시부터 일을 시작합니다. 나는 그곳에선 배관공이었습니다.
석유 화학 단지는 관 작업이 많았습니다. 백 미터, 백이십 미터짜리
관들이었는데 한마디로 산재 천국이었습니다. 나도 원기둥이 가슴을
쳐서 붕 나가떨어지고 죽을 고비를 몇 번이나 넘겼습니다. 그런데도
나는 돈이 벌고 싶었습니다. 평범하게 살 돈 말입니다.

인부들 사이에서는 어디 가면 돈을 많이 벌 수 있다, 그런 소문들이
늘 돌았습니다. 나는 가방을 싸들고 전국의 공사 현장을 돌아다니기
시작했습니다. 그때는 또 서산 간척지 사업이 진행중이었습니다.
현대종합화학, 삼성종합화학 그런 공장들이었죠. 그때 우리들이
일하던 모습은 정말 대단한 장관이었습니다. 60만 평 정도 땅에 공사가
진행중이었고 전국에서 만 명이 넘는 건설 노동자들이 몰려들어
북새통이었습니다. 목수, 설비사, 배관공, 수도 없이 많은 직업들을
가진 노동자들이 있었죠. 그 당시 우리는 그곳을 한국판 엘도라도라고
불렀습니다. 나는 악착같이 배웠습니다. 열심히 일했고 싹싹하게
굴었습니다. 남들이 하기 싫어하는 일, 위험해서 피하는 일을 자청해
했습니다. 그렇게 해서 돈을 2천만 원까지 모아봤습니다.

그런데 건설 노동자들이 왜 돈을 모으지 못하는 줄 아십니까? 그건 우리가 인간이기 때문입니다. 우리가 기계라면 이야기가 달라질지도 모릅니다. 그렇게 몇 달을 먼지 구덩이, 쇠 구덩이, 모래투성이에서 일하다보면 한마디로 징글징글해집니다. 땀에 절고 땟국에 절고. 우리들도 몇 달을 그렇게 일하고 나면 좀 쉬고 싶어집니다. 우리는 사람이기 때문에, 기계가 아니기 때문에 못 견디는 겁니다. 몇 개월을 그렇게 일하면 몇 개월은 쉬어야지 겨우 다시 일할 수 있습니다. 몇 달 죽도록 일해 모아놓은 돈은 그런 식으로 떨어져나갑니다. 그러면 다시 일을 찾고 또다시 쓰기를 반복하게 됩니다. '이렇게 평생을 살 수 있을까?' '내 가게 갖고 장사라도 하려면 어찌해야 하는가?' 이제 이십대 초반인데 어린 마음에 너무나 무서웠습니다. 누가 평생을 노동자로 살고 싶겠습니까? 그 악다구니와 그 먼지들 속에서 말예요. 우리는 아파트를 짓고 세상의 온갖 것들을 다 만들 수 있지만 우리 중에 자기 집을 가진 사람은 한 명도 본 적이 없었습니다. 나는 차를 한 대 샀습니다. 중고차였는데 밤에 일 마치고 읍내에 나가 다방 가서 커피 한잔 마시고 당구 한 게임 하고 돌아오는 게 그나마 낙이었습니다.

그러던 어느 날 일이 터졌습니다. 그렇게 돌아오던 길에 교통사고를 내고 만 것이었습니다. 어둠 속에서 검은 형체 하나가 나타났는데 내가 그만 치고 만 것입니다. 내가 사람을 친 것입니다. 내가 친 사람은 본네트를 치고 검은 허공으로 붕 떠올라 차 뒤쪽으로 8미터를 날아갔습니다. 그가 부딪히는 순간 유리 조각이 산산이 부서져서 내 얼굴로 하얗게 쏟아져내렸습니다. 그 유리 조각들을 보면서 나는 그

사람이 죽었음을 직감했습니다. 내가 할 수 있는 일은 그저 핸들을
죽어라 꼭 잡고 있는 것뿐이었습니다. 아득하고 캄캄했던 순간이
지나자 눈앞에 길이 다시 보였습니다. 길을 확인한 순간 내 마음속에서
이런 생각들이 마구마구 떠올랐습니다. 도망가야지! 도망가야지! 내
인생은 왜 이러지? 내 돈 다 날아갔네. 또 징역 살아야겠구나. 이리
살아보려 해도 안 되는 거구나. 도망가야지! 그러자 전국의 도로
지도가 눈앞에 쫙 펼쳐졌습니다. 다음 순간 나는 내가 도망칠 수 없음을
깨달았습니다. 나는 도망칠 수 없다, 결국 나는 책임을 져야 한다.
그렇게 생각하자 내 마음은 이상하게 차분하고 서늘해졌습니다. 나는
체념했습니다. 나는 뭔가를 포기했습니다. 대신 내가 친 사람을 보러
갔습니다. 내가 친 사람은 다행히 죽지 않고 숨을 쉬고 있었습니다.
그래서 나는 미친 사람처럼 지나가는 택시를 잡고 병원으로 병원으로
돈은 얼마든지 드릴 테니 병원으로 가달라고 애원했습니다. 서산에
있는 병원으로 갔다가 큰 병원으로 가야 한다기에 응급 처치만 하고
그 밤에 천안으로 달려갔습니다. 어떻게든 살려만 달라고 이 사람 저
사람에게 애걸했습니다.

후에 보니 그 사람은 근처에서 자취하며 살던 현장 노동자였습니다.
그는 그날 밤 만취했었는데 어쩌면 그 덕에 살았을지도 모른다고
합니다. 나는 그 사건으로 다시 감옥에 들어갔습니다. 서산 감옥에
3개월 있었는데 내가 모은 돈 2천만 원은 합의금으로 다 날아갔습니다.
한마디로 다시 빈털터리가 된 거였죠. 돈을 위해서 아득바득 이를
갈며 살았던 시간들이 생각났습니다. 그 지긋지긋한 철야, 비루할

정도로 싹싹하고 열심히 일했던 것, 오로지 돈을 위해서만 살았던 그 시간들도 돈과 함께 날아갔습니다. 나는 이제 더이상 돈을 좇아서 살기 싫어졌습니다. 다른 걸 좇아서 살고 싶어졌습니다.

이십대 초반 나이에 나는 다시 고민을 시작했습니다. 서울로 갈까? 해외 근로자로 갈까? 그런데 어느 날 우연히 신문에서 한길 문학 강좌에 대한 광고를 보았습니다. 한국문학예술대학, 뭐 이런 이름이었던 것 같습니다. 정희성, 임헌영, 김남주, 이런 사람들의 이름이 강사진에 나와 있었습니다. 그런데 그 광고를 보자 내가 유일하게 해보고 싶었던 일이 글쓰기였다는 생각이 가슴 아프게 떠올랐습니다. 나는 내 지긋지긋한 타락과 낙오, 소외, 치욕, 내 삶의 지랄맞음에 대해 써보고 싶었습니다. 그래서 연락을 했습니다. 그리고 사우디 공사 현장에 가는 해외 근로자도 신청을 했습니다. 먼저 오라는 쪽으로 가자고 맘을 먹었습니다. 그것이 내 운명이려니 받아들이기로요.

그런데 한길사에서 먼저 연락이 왔습니다. 공부하고 싶으면 올라오라고. 그래서 나는 그때쯤이면 나를 아주 지긋지긋하게 보는 아버지에게 돈 3만 원을 꿔서 가방 하나만 들고 다시 서울로 올라왔습니다. 돈 3만원을 내주며 아버지는 "네깐 놈이 서울 가서 뭘 할래?"라고 경멸조로 물었는데 그때 나는 속으로 이렇게 대답했습니다. '문학이란 걸 하겠습니다.' 그것이 나의 2차 서울 상경입니다. 그리고 나는 다시 공사 현장을 돌아다니기 시작했습니다. "일할 사람 안 써요?"라고 묻고 촌에서 올라왔는데 방이 없으니 잠 좀 재워달라고 부탁했습니다.

낮에는 일하고, 밤에는 지하철 건설 현장 지하에서 스티로폼 깔아놓고
자고, 그리고 일주일에 두 번은 한길사에 가서 문학 공부를 했습니다.

그때 서울엔 지하철 공사가 한창이었습니다. 내가 만드는 데 참여한
역이 어디어디인 줄 아십니까? 천호역, 영등포 구청역, 마천역, 광명역,
남태령역. 아, 그리고 여의도 터널도 있네요. 그때 김씨 아저씨가
죽었죠. 새벽에 같이 일하기로 해놓고는 공사 현장에서 떨어져서 그만
죽고 말았죠. 나에게 감정 이입에 대해서 물었죠. 기억들, 기억들이
다 남아 있어요. 우리는 450볼트 피복 벗겨진 전선을 들고 공정
맞추라는 닦달을 받아가며 비 오는 날에도 일을 했습니다. "우리
이러다 그냥 갈지 모르것다"고 쓰라린 농담을 주고받으면서요.
그러던 김씨 아저씨는 정말로 죽었고요. 김씨 아저씨 상을 치르던
날도 오후에 빈소를 지키다 나는 문학 공부를 하러 갔었습니다. 그날
얼마나 취했던지 아침에 깨보니 옷이 다 찢겨나가 있었습니다. 그래도
기억들, 기억들이 내겐 너무나 뚜렷했습니다. (이 부분에서 그는 눈물을
참아보려고 했지만 그러다가 결국 눈물을 흘리고 말았다. 그는 김씨
아저씨 생각을 하고 있었다.)

그렇게 한길 문학 강좌에 1년 반 정도 다니다가 구로 노동자 문학회란
데로 옮겼습니다. 그때도 역시 사는 것은 똑같았습니다. 가방 싸들고 이
공사 저 공사 현장을 돌아다니며 공부도 하고 일도 했습니다. 몸이 너무
축나서 내복 두 벌에 바지 그리고 그 위에 솜바지를 입고도 한기에 벌벌
떨면서 일했습니다. 그러고도 뭔가 쓰고 싶으면 "화장실 다녀올게요"

소리치고는 두루마리 화장지든 종이든 뭐든 손에 잡히는 대로 들고는
화장실로 뛰어가서 뭔가 쓰고는 했습니다. 아마 시였을 겁니다.

버스 기다리는 척 벼룩시장이나 교차로를 슬쩍 뽑던 손
무담보 신용대출 854-2514 전봇대에 붙은 번호표를 뜯던 손
전철이나 버스 손잡이를 잡지 않던 손
악수하기를 꺼리던 손
손톱 밑에 검은 때가 끼어 있던 손
괭이가 박혀 있던 손

어이, 하며 저쪽 철골 위에서 환하게 흔들던 손
야, 임마 하며 반가워 손아귀를 꽉 쥐면 얼얼하던 손
H빔 위에서 떨어질 뻔한 내 등을 꼭 붙잡아주던 그 손

— 송경동, 「손」 전문

지하철 공사할 때도 죽을 뻔한 적이 한두 번이 아니었습니다. 언젠가
내 실수로 지하철 공사장에서 화재가 난 적이 있었습니다. 아주 깊은
지하였는데 바닥엔 포클레인이며 온갖 장비들이 있었죠. 우리들은 모두
비상계단을 통해 정신없이 지상으로 올라갔습니다. 매캐한 연기 속에서
나는 사람들에게 "도망가, 도망가"라고 목이 터져라 외쳤습니다. 내가
도망가는 게 문제가 아니었죠. 그런데 이상한 것은 그렇게 죽을 뻔한
일을 수도 없이 겪고 살고 이만큼 시간이 흐른 뒤에도 이상하게도 더
나은 사회에 대한 꿈을 버려야 할 이유를 찾지는 못했단 겁니다. 그것이

버티게 해주었던 것일까요? 꿈을 버릴 이유를 찾지 못한 것 말입니다.

그리고 어찌어찌하다가 나는 시인이 되었습니다. 서울에 올라올 때 나는 이미 문학이란 걸 하고 싶었습니다. 문학이 뭔지 시가 뭔지 부끄러울 정도로 몰랐어도 뭘 쓰고 싶긴 싶었습니다. 내가 쓰고 싶었던 것은 내 가슴을 치는 것, 나를 울게 하는 것, 내 가슴에 너무나 깊숙이 남아 있는 것. 나에게 시와 삶은 통일되어 있었습니다. 그렇게 사는 것만이 내가 살고 내가 해방되는 유일한 길이었습니다. 내가 살면서 그나마 배운 것 하나 이야기해드릴까요? 이렇게 힘들게 사는 사람이 많은 세상에선 누구도 함부로 좌절해서도 안 되고 함부로 미래와 타인을 재단해서도 안 되고 그러니까 아무것도 함부로 해서는 안 된다는 것입니다. 나는 이름 없이 정말로 최선을 다해 살아가는 사람들을 너무나 많이 봤습니다.

나는 요새 지하철을 타고 가면 우리들 사이에 돌았던 말, 5백 미터 터널을 뚫을 때마다 한 명이 죽는다는 말을 떠올립니다. 역과 역 사이가 천 미터 길이면 내가 지하철을 타고 역에서 역으로 가는 동안 두 명이 죽었을 수 있다는 생각을 합니다. 그때 내가 죽지 않고 다른 사람들이 죽었다는 것에 감사를 드려야 하겠습니까?

그는 이렇게 이야기를 마쳤다. 그리고 이것이 감정 이입에 대한 대답이 될까요? 라고 웃었다. 전혀 개인을 중시하지 않는 시대, 그런데 묘하게도 모두가 개인이 되어버린 것처럼 느끼는 시대가 우리

시대가 아닌가 그동안 생각해오고 있었는데 송경동의 이야기를 듣자
부끄러워졌다. 송경동은 관계를 보고 있었다. 송경동의 시도 관계를
쓰고 있다. 송경동이 손에 대한 시를 쓰면 그는 손의 아름다움과
형태를 쓰지 않고 어디 내 손이 하나 필요한 곳이 없는가에 관해 쓸
것이다(실제로 그렇게 했고). 송경동이 셔터에 대해 시를 쓰면 그
물질적 차가움에 대해 쓰지 않고 대신 내가 누군가에게 무겁게 닫힌
셔터였던 적은 없었는지에 관해 묻는 시를 쓸 것이다(실제로 그렇게
했고). 송경동이 사랑의 상처에 대해 쓴다면 외로움과 쓸쓸함에 대해
쓰지 않고 그때 붙잡고 울던 난간은 또 어디로 팔려가고 말았을까
라고 쓸 것이다(실제로 그렇게 했고). 송경동은 "나는 내 것이 아니다.
나만이 무엇이 되어야겠다고 생각하는 것은/ 의아한 일이다"라고
쓰고 있다. 이것이 그의 감정 이입의 시작점이었을까? 나는 내 것이
아니라는 생각. 나는 내 것이 아니라면 도대체 누구일까? 비극에는
적어도 두 가지 종류가 있다는 것을 나는 내가 읽었던 책들 속에서
배웠다. 하나의 비극은 자신이 완전히 혼자라고 느끼는 데서 오는 비극,
또 하나의 비극은 어떤 상황에서도 꺾이지 않는 인간의 의지에서 오는
비극. 그러나 두번째 비극은 결코 낭만적일 수도 없고 개인적일 수도
없는 것이다. 나는 송경동을 보면서 두번째 비극을 생각한다. 두번째
비극에서 오는 감정 이입도 가능할 것이라 생각해본다. 내가 예의
바르고 건전한 시민으로서 혹은 속물적 인간으로서 감정 이입을 하고
있는 동안에 송경동은 존엄을 가진 인간으로서 감정 이입을 했다.

아침이면 건강 센터로 달려가 호흡을 측정하고

저녁이면 영어 강습을 받으러 나간다

노동자가 아니기에 구조 조정엔 찬성하지만

임금 인상 투쟁엔 머리띠 묶고 참석한다

집주인이기에 쓰레기 매각장 건립엔 반대하지만

국가 경제를 위한 원전과 운하 건설은 찬성이다

한 사람의 시민이기에 광우병 소는 안되지만

농수산물 시장 개방과 한미 FTA는 찬성이다 학부모로서

학교 폭력은 안되지만, 한 남성으로

원조 교제는 싫지 않다 사람이기에

소말리아 아이들을 보면 눈물 나고

(……)

도대체 당신은 누구인가?

— 송경동, 「당신은 누구인가」에서

나는 송경동이 감정 이입에 대해 시를 쓰면 어떨까, 눈물에 대해 시를
쓰면 어떨까, 환희에 대한 시를 쓰면 어떨까, 스무 살의 비정규직에
대해 시를 쓰면 어떨까 계속계속 상상해본다. 변함없이 출발점이자
구심점은 삶에서 맺은 관계들이고 그 관계에서 배운 것들일 것이다.
우연한 경험, 우연한 만남이 어떻게 공통의 소망이란 이름으로
탄생하는가? 그와 이야기를 마치고 나니 무척 그리운 감정이 가슴
하나, 잊고 있었던 감정 하나가 속에서 올라온다. 그 감정에 대한 답이
바로 송경동의 이 시다.

어느 날

한 자칭 맑스주의자가

새로운 조직 결성에 함께하지 않겠느냐고 찾아왔다

얘기 끝에 그가 물었다

그런데 송동지는 어느 대학 출신이오? 웃으며

나는 고졸이며, 소년원 출신에

노동자 출신이라고 이야기해주었다

순간 열정적이던 그의 두 눈동자 위로

싸늘하고 비릿한 막 하나가 처지는 것을 보았다

허둥대며 그가 말했다

조국해방전선에 함께하게 된 것을

영광으로 생각하라고

미안하지만 난 그 영광과 함께하지 않았다

십수년이 지난 요즈음

다시 또 한 부류의 사람들이 자꾸

어느 조직에 가입되어 있느냐고 묻는다

나는 다시 숨김없이 대답한다

나는 저 들에 가입되어 있다고

저 바다물결에 밀리고 있고

저 꽃잎 앞에서 날마다 흔들리고

이 푸르른 나무에 물들어 있으며

저 바람에 선동당하고 있다고

제7의 인간, 높이 오르다

가진 것 없는 이들의 무너진 담벼락

걷어차인 좌판과 목 잘린 구두,

아직 태어나지 못해 아메바처럼 기고 있는

비천한 모든 이들의 말 속에 소속되어 있다고

대답한다 수많은 파문을 자신 안에 새기고도

말없는 저 강물에게 지도받고 있다고

— 송경동, 「사소한 물음들에 답함」 전문

여기까지가 내가 잡지 『1/n』에 그를 인터뷰하고 쓴 글이다. 나는 이
글을 쓴 뒤에도 여러 차례 그를 만났다. 그는 포클레인에서 떨어진
뒤 목발을 써서 걷기 때문에 우리는 오래 걸을 수 없었다. 그런데도
그와 이야기할 때 내 마음속 어딘가 바닷가에 닿지 않은 적이 없었다.
그의 길고 강한 싸움은 깊은 사랑의 다른 표현이었다. 세상은 마음을
버리라 버리라 비우라 비우라 한다. 그러나 그 버려야 할 것들이 내가
가장 갖고 싶은 것들이었다. 이 또한 여행지에서 내가 수도 없이 물은
질문들이다. 돌아가면 난 무엇을 버리고 무엇을 붙잡아야 하는가?
버려야 할 것들과 이루고 싶은 것을 나누고 일치시키는 기준점은
사랑이었다. 사랑 때문에 우리는 이룰 수 없어도 버리지 않고, 버리라
하는 것을 이루고 싶어한다. 그러니 사랑하지 않으면 우리가 싸우는
것이 무슨 소용이랴.

다비식도 열지 말고

지은 책들도 모두 절판하라곤

열반에 든 법정 스님은

생전 하루 한 가지씩만 버리며 살자 했다 한다

비슷한 때 다시 본 동화

『이상한 나라의 앨리스』는

반대로 하루 여섯 가지씩 이루어질 수 없는 꿈들이

이루어질 수 있다고 빌자고 한다

두 이야기 모두 내겐 절실해

먼저 오늘 버릴 한 가지를 떠올려본 후

오늘 가질 꿈 하나를 빌어보기로 했는데

오늘 버리고 싶은 그 한 가지가

내가 오늘 가장 이루고 싶은 한 가지다

이룰 수 없어도

버릴 수 없는 것은 어떡해야 하는지

그것은 아무도 가르쳐주지 않는다

— 송경동, 「이룰 수 없어도 버릴 수 없는 한 가지」 전문

그는 매번 여섯 명의 형제들과 출발하는 제7의 인간 같아 보였다.
그리고 나는 다른 무엇보다도 그에게 높이 올라가는 여행에 대해

제7의 인간, 높이 오르다

배웠다. 세상의 잔혹성을 받아들이고 자기 자신을 받아들이고 그리고 자신이 사랑하는 사람들 곁에 머무르고, 자기 자신과 사랑하는 이들의 그 모든 영혼들을 세상에 높이 던진 것이 송경동의 서울 여행이었다. 별은 아직도 그렇게 빛나건만, 사랑하지 않으면 우리가 싸우는 것이 다 무슨 소용이랴. 별은 아직도 그렇게 빛나기에.

송경동 　2001년 『실천문학』을 통해 등단했다. 시집으로 『꿀잠』 『사소한 물음에 답함』이 있다.

『제7의 인간』, 존 버거, 차미례 옮김, 눈빛, 2004
『꿀잠』, 송경동, 삶이보이는창, 2006
『사소한 물음들에 답함』, 송경동, 창비, 2009

12
—
너만의 지도를 그려보아라

나는 어느 해 설날, 휴가를 얻어 미 서부를 여행했다. 천사의 도시 LA에서 그랜드 캐넌으로 달리는 길은 비현실적인 느낌을 주었다. 만약 그 순간에 하늘에 신비로운 구름이라도 나타난다면 21세기를 사는 우리조차도 마치 『주홍 글자』 시대의 청교도들처럼 저것은 신의 계시라고 여길 수도 있을 만큼 자연은 초현실주의적으로 완고하고 거대해 보였다. 그렇게 한없이 달리다가 나는 마치 일곱 난쟁이의 집 같은 작은 집들이 연달아 나타나는 것을 보았다. 그 집들은 낮은 언덕에 한 채씩 따로따로 쓸쓸하게 서 있었다. 일곱 난쟁이의 집이 맞다면 아마 그 난쟁이들은 이제 두 번 다시 만나지 않기로, 이제는 이생에 서로 알고 지낸 적이 없었던 것처럼 무(無)로 돌아가기로 약속하였을 것만 같았다. 언덕 하나에 집 한 채, 쓸쓸한 울타리, 먹을 것 없는 땅을 파헤치는, 멀리서도 훌쩍 들어간 배가 보이는 비쩍 마른 한 마리 말. 그 풍경을 계속 지켜보고 있자니 인간은 자연이 만든 상처같이 느껴졌다.

나는 그곳이 인디언 보호 구역이란 걸 알아차렸다. 잠시 후에 셔틀 버스가 왔다. 버스가 한 번 설 때마다 학교 가방을 멘 어린아이가 한 명씩 내렸다. 한 꼬마 인디언이 한 고개를 터벅터벅 넘어서 한 채뿐인 집 안으로 들어갔다. 또 한 꼬마 인디언이 또 한 고개를 넘어서 한 채뿐인 집 안으로 들어갔다. 그 아이들을 기다리는 어른의 기척은 멀리선 결코 보이지 않았다. 달리는 차 안에서 그 아이들을 계속 지켜볼 때 아이들이 사라진 뒤에는 꼭 뿌연 먼지가 날렸다. 나는 셔틀버스가 달려온 직선으로 한없이 뻗은 길을 뒤돌아보았다. 앞길도 직선이었다. 그때 나는 미 서부 지도를 손에 들고 있었다. 그리고 인디언 꼬마 앞에 펼쳐진 삶의 지도를 생각해보았다. 그 지도 속에서도 길은 직선이길 나는 바랐던가? 그보다 나는 다른 지도를 생각했던 것 같다. 태어나기 전에 시작된 길, 그리고 죽기 전엔 끝나지 않을 길. 그 길 위에서 펼쳐지는 이야기 속에서 인디언 꼬마들이 적어도 자기 삶의 주인공이기를 바랐다. 그리고 카프카의 말인지 토마스 베른하르트의 말인지 그 둘의 말이 섞인 것인지 이런 문장이 생각났다.

삶이란 유형과 다름없다고 나는 자신에게 말한다.
너는 이 형을 견뎌야 한다, 죽을 때까지.
세상은 움직이는 자유가 별로 없는 감옥이다.
(……)
네 동료들과 감옥살이를 나누어라.
그러나 간수와는 절대 결탁하지 말라.

그리고 며칠 뒤에 꿈을 꾸었다. 그것은 마치 〈뻐꾸기 둥지 위로 날아간 새〉에 나오는 거구의 인디언이 병원을 탈출해 달려가는 순간과도 비슷한 꿈이었다. 그 인디언들은 지도 위에서 게임을 하고 있었는데 길 위에 뛰어내린 사람 중에 몸이 산산조각 나지 않은 사람만이 게임을 계속할 수 있었다. 이 세상 어딘가에 구원처가 있다고 믿는 자만이 외롭지 않을 것이다,라고 나는 꿈에서 깰 때 생각했다.

나는 언제부턴가 내가 왜 지금 여기에 있는가를 설명해줄 수 있는 단 하나의 지도를 꿈꾸게 되었다. 그것은 "생명을 파괴하는 데는 우연으로 충분하다. 생명이 존재하게 하는 데는 그 어떤 우연으로도 불충분한데"란 파스칼의 말을 연상시키는, 즉 내가 어떻게 여기서 이 모습의 생명으로 '살아 있게 됐는가'를 나타내는 지도이며 내가 거기에 있지 못함이 내가 여기에 있음에 어떤 영향을 줬는지를 보여주는 지도이다. 그것은 세상의 모든 길을 보여주는 지도가 아니라 내가 무슨 짓을 했는지, 무슨 일을 해야 하는지 보여주는 지도이다. 그리고 처음부터 지도였던 것이 아니라 세상 보는 법을 배우게 된 뒤부터 지도가 되는 그런 지도이다. 그 지도에서 나침반의 북쪽은 끝없이 떨리며 한 방향을 가리킨다.

그리고 나는 한 지도 제작자를 만났다.

저는 전남 벌교 태생입니다. 원래 벌교는 호남 육상 교통의 거점 도시였던 것 같습니다. 그런데 산업화를 겪으면서 쇠락을 했고 벌교 전체의 역사로 볼 때 정체기에 제가 고흥 출신 부모 밑에서 태어난 것 같습니다. 저희 부모는 저를 낳을 무렵에 벌교 시장에서 식당을

열었습니다. 국밥 같은 걸 파는 흔한 시장통의 식당이었습니다. 그래서
어려서의 첫 기억은 이른 아침부터 사람들이 바삐 오갔던 장면입니다.
시장의 소음들, 시장의 물건들이 제 기억 속엔 남아 있죠. 좀 자라서는
온 가족이 다 같이 모여서 텔레비전을 보면서 꼬막을 까던 것이
기억에 남습니다. 꼬막 껍질은 손으로 까는 게 아니라 숟가락으로
꼬막 엉덩이를 탁 쳐서 깝니다. 저희 집은 갯벌에서 가까웠습니다.
한 5분 정도 거리였던 것 같습니다. 저는 갯벌 갈대에서 숨바꼭질도
했고 바닷물과 민물이 섞이는 것도 보았고 좀 자라서는 제방에 앉아서
미술 숙제 같은 걸 했습니다. 그런데 갯벌은 저에게 많은 영향을 줬던
것 같습니다. 나중에 지도를 만드는 사람이 되면서 내 어린 시절의
놀이터였던 갯벌이 지도엔 등록되지 않는다는 것을 알게 되었습니다.

지도는 안정적이고 고정되고 굳어진 땅만을 대상으로 합니다. 갯벌은
일반적 지도에는 매핑(mapping)되지 않습니다. 70년대 갯벌은
간척 대상이었습니다. 그래서 그 간척 사업을 할 때 모토가 '지도를
바꾸자'였습니다. 갯벌은 그런 식으로 90년대 초까지도 바꿔야 할
대상, 지도화해야 할 곳으로 남아 있었습니다. 그렇지만 어린 시절을
갯벌에서 즐겁게 놀던 지도 제작자 입장에서 갯벌이 가지고 있는
이야기들, 그리고 갯벌의 가치를 발굴해서 지도에 담고 싶었습니다.

지도 제작자로서 제가 걸어온 길은 어렸을 때 갯벌의 기억과 무관하지
않은 것 같습니다. 지도화할 수 없는 땅을 개발하여 지도 안으로
포섭하기보다는 지도화할 수 없는 땅의 기억과 가치를 담아낼 수 있는

지도를 만드는 것, 지도를 재해석하고 재발견하는 것, 이것이 제 갈 길이라고, 아마도 저는 그렇게 생각한 듯합니다.

저는 서른 무렵에 심각하게 진로에 대해 고민한 적이 있습니다. 그때 생각은 첫째, 내 가슴이 떨리는 일을, 둘째, 내가 굉장히 존경하고 감탄할 만한 사람과, 셋째, 내가 원하는 방식으로 하는 것이었으면 좋겠다는 거였습니다.

그런데 전라도 시골 부모들의 교육열은 대단했습니다. 전두환 정권 시절에 호남권 최고 명문이었던 광주일고와 광주고가 평준화되어서 순천고가 각광을 받았습니다. 한 해에 서울대를 백몇 명씩 보냈던 것 같습니다. 그래서 그 당시 순천고에 들어가는 게 그 뒤 이어질 명문 학교의 관문으로 여겨졌습니다. 저는 순천고에 붙을 수도 있고 떨어질 수도 있는 애매한 성적이었는데 결국 떨어졌고 후기 고등학교에 입학했습니다. 벌교에서 순천까지 순천고와 후기고 아이들이 다 같은 버스로 통학하는데 두 학교는 교복부터 다릅니다. 같은 정류장에 내려서 이쪽은 순천고 저쪽은 후기고 이렇게 걸어가는데 그 걸어가는 아침마다 느꼈던 씁쓸함과 좌절감, 박탈감과 열패감은 가히 제 인생의 첫번째 핵폭탄이라고 할 만큼 강렬했습니다. 그것이 너무 강렬해서 다른 모든 일들은 다 잊을 지경이었습니다. 그러다보니 저는 후기 고등학교에 적응을 못했습니다. 그래서 순천에서 하숙하면서 독하게 마음먹고 공부해서 이듬해에 결국 순천고에 들어갔습니다. 그렇게 합격은 했지만 동기들보다 1년 뒤졌다는 생각에 『성문 종합영어』와

『수학의 정석』을 혼자서 떼고 순천고에 들어갔습니다. 이 일도 제겐
중요합니다. 왜냐하면 저는 제 평생 한 번도 수재였던 적이 없습니다.
영민하지도 않았습니다. 그래서 인생의 진로를 다시 정할 때 다른
기준은 세울 수가 없었습니다. 내가 굉장히 좋아하는 일을 열정적으로
한다, 오로지 그 기준밖에 다른 건 없었습니다.

저는 경희대 국문과에 진학했습니다. 시인이 되고 싶었던 겁니다.
그래서 여러 동아리 중에 시 창작부에 들어갔습니다. 당시 우리
학과의 분위기로 보자면 생일을 맞은 친구에게 선물로 이삼십 권의
시집을 주곤 했습니다. 또 유독 운동권이 많았습니다. 그렇게 운동권이
많다보니 저희 과 학생들이 여기저기 파견을 갔는데 저는 총학생회
기획부로 파견되었습니다. 거기서 저는 인쇄 일이나 대자보를 붙이는
일같이 몸으로 하는 잡일을 도왔는데 제법 소명 의식이 있었던 것
같습니다. 좋은 시인이 되고 싶다면 사회 문제를 제대로 이해하고
참여해야 한다는 것이 시대의 논리였고 제 도덕이기도 했습니다. 저는
총학 일을 하면서 계속 시를 썼습니다. 맥주를 마실 때면 왠지 불편했고
싼 술을 마시며 청자나 백자 같은 담배를 피워가며 시를 썼습니다.

그렇게 하다가 총학생회장이 되었고 그다음에 전대협 정책실에서
일했습니다. 총학생회장 임기가 끝날 무렵에는 이미 대략 일곱 가지
정도의 죄목으로 수배 상태였습니다. 우선 집시법 위반이 있었겠죠.
수배지 전단에는 총학 선거 때 찍은 두루마기 입은 사진이 실려
있었는데 사진은 비교적 잘 나온 것 같습니다. 경희대에서 광복절

행사 끝나고 나오다가 청량리 경찰서 정보과 요원에게 잡혔습니다. 친구랑 같이 잡혔는데 전국적인 수배자 두 명이 잡혔다고 정보부서는 잔치 분위기였습니다. 정말 기뻐하더군요. 우리가 선물 세트였던지 우리를 잡은 사람들은 모두 특진을 했습니다. 저는 국가 안전 기획부 남산 조사실로 잡혀갔습니다. 그렇게 일단 들어가면 조사관들은 가장 먼저 허름한 군복과 검은 고무신을 줍니다. 그리고 너는 지금부터 죄인이다,라고 말문을 엽니다. A팀, B팀이 교대로 24시간 조사를 하는데 나중엔 잠을 잤는지조차 알 수가 없어서 식사가 들어오면 몰래 우물 정 자로 날짜를 기록했습니다. 그 시간이 너무 길게 느껴졌습니다. 조사는 고도의 심리전으로 진행되었는데 언젠가 이런 날이 오겠지,라고 생각은 했었지만 그래도 굉장히 무서웠습니다. 실제로 조사를 받는 동안 많은 이들이 무너졌습니다. 그러다 서울 구치소 갔다가 형이 확정되어서는 의정부에서 실형을 살았습니다.

그렇게 구치소에 들어가니까 역설적인 기쁨도 있었습니다. 수배중일 때는 동아리 방이나 빈 강의실에서 불안에 떨면서 잤는데 구치소에선 잠은 편안히 잤고 무엇보다도 나를 돌아보기에 충분한 시간을 얻을 수 있었습니다. 그 안에서 참 다양하게 여러 책들을 읽었습니다. 이전 것은 없어지고 새로운 것은 아직 오지 않은 어떤 시간들이었습니다.

1991년 8월에 구속되어 93년 김영삼 대통령 석가 탄신일 특사로 풀려나왔습니다. 감옥 앞에는 학교 후배들이 잔뜩 나와 있었습니다. 그날 고려대에서 전대협 집회가 있었고, 식순에 내 시간도 있었고,

다들 제가 나와서 뭔가 발언하길 원했는데 저는 그날은 부모님
일정을 따르고 싶다고 했습니다. 나가서 뭘 할 것인지에 대한 고민이
있었고, 연단에서 마이크 들고 대중 앞에서 제가 한 말에 대한 부채
의식이 있었고, 저를 통해 영향을 받은 사람들에 대한 미안함과
책임감이 있었고, 매우 부족하고 불완전한 제가 해버린 말들에 대한
괴로움이 있었습니다. 저는 4학년으로 복학했고 이번엔 지극히
평범하게 익명으로 수업을 듣고 고민은 계속하되 눈에 띄지 않게
하고 싶었습니다. 그즈음 부모님이 투자를 잘못해서 집안 형편이
어려웠습니다. 저는 대학 식당에서 설거지하는 아르바이트를 했습니다.
그런데 하루는 식당에서 학생들에게 식판을 건네주는데 누가 그 식판을
꼭 잡고 잡아당기는 겁니다. 저랑 둘이 눈이 마주쳤지요. 전직 학생회
간부인데 잠깐 좀 보자고 하더군요.

"그래도 네가 전직 학생회장인데 이런 거 해야겠냐?"

저 역시 이전엔 학생회장은 어떤 모습이어야 하는지, 지도자의 덕목에
대한 자의식이 있었지만 그즈음 내면의 대답은 명료했습니다. 저는
지도자라는 몸에 맞지 않는 옷이 불편했던 겁니다. 결국 보습 학원에서
국어를 가르쳐가며 학비를 벌어 94년에 졸업했고, 김근태 캠프에
들어가 96년에 선거를 치렀고, 의원 비서관이 되었다가 97년 2월에
사표를 냈습니다. 사표 내기 전에 김근태 의원에게 한 달 휴가를
요청하고 앞날을 정리하면서 적어볼 요량으로 기자 수첩 하나 들고
산에 다녔습니다. 저는 그 기간 동안 하루도 행복하지 않았던 겁니다.

문제의식을 갖는 것도 좋고 열정이 뜨거운 것도 좋은데 나는 너무
실력이 없었던 겁니다. 나는 준비가 부족했습니다. 이를테면 당시
김근태 의원이 외교 통상부 소속이었는데 제가 영어를 모르니까 영어
문서 읽고 문제점을 찾고 대안 제시까지 하는 게 너무나 고통스럽고
힘들었습니다. 저는 부족함을 느꼈습니다. 정말 전문가가 되고
싶었습니다. 전문적인 식견, 역량을 갖고 싶었습니다. 그때 유학 갔던
친구가 잠깐 한국에 들어와서는 내 손을 꼭 잡고 "꼭 나와! 우리 사회를
한번 밖에서 봐봐"라고 했습니다. 나는 내가 살아온 날과 살아갈
날을 조합시켜본 결과 환경 정책을 공부하는 것이 좋겠다는 결론에
도달했습니다. 그렇지만 그때도 이미 알고 있었습니다. 내가 환경
정책에 크게 매료되지 않았다는 걸요. 그래도 나는 일산 대성학원에서
국어를 가르치면서 돈을 모으고 영어 공부를 하러 다녔습니다. 당시
학원 전단지에도 내 얼굴이 탁 박혀 나왔습니다. 그러니 수배 전단지에
이어 두번째로 전단지에 얼굴이 실린 셈입니다. 그리고 마침내 내
생애 첫 비행기, 첫 여행의 날이 다가왔습니다. 99년 가을에 첫 학기가
시작되었던 겁니다. 펜실베니아 대학, 필라델피아의 가을이었죠.

첫 학기는 그냥저냥 지나갔습니다. 그런데 드디어 2학기 때 그렇게
고대하던, 세상을 보는 새로운 창을 발견했습니다. 지리 정보
시스템(GIS-geographic information system)이란 수업을 들었는데요,
그 수업이 제게는 세계를 보는 새로운 창이었습니다. 그때까지의 삶이
저에게 일방적으로 제공하는 정보를 받아들이면서 살았던 것이라면
이제는 내가 그런 정보를 뒤집어보고 겹쳐보고 재해석해보며 살 수

있다는 사실을 그 수업을 통해 알게 되었습니다.

인간이 사용하는 데이터의 80퍼센트는 공간적입니다. GIS는 세상을
구성하는 80퍼센트의 정보에 대한 이해의 입구이며 해결책의
출구였습니다. GIS는 필요한 지리 정보들을 지도 위에 점, 선, 면으로
올려놓아 사람들에게 장소를 재발견, 재해석하게 하고 나아가 자신에게
유용하고 가치 있는 장소를 찾도록 도와줍니다. GIS를 통해서 사람과
사람, 분야와 분야를 연결하고 보이지 않는 중요한 것을 보여주는
지도를 만들 수 있습니다. 이를테면 서양 사람들에게 대나무는
재미있는 식물입니다. 대나무를 어디에다 키우면 제일 좋을까? 라는
질문을 가지고 지도를 그려보는 겁니다. 모든 땅이 대나무를 기르기에
좋은 것은 아닐 것입니다. 건조하고 물 빠짐이 좋은 곳이어야 하고
음지여야 합니다. 대나무의 최적지를 분석하기 위해서 식생, 토양,
주택, 지형, 도로 모든 걸 고려합니다. 스타벅스를 어디서 세우면 제일
좋을까? 같은 질문도 마찬가지입니다.

모든 장소는 GIS를 통해 새로운 점, 선, 면으로 재발견, 재해석됩니다.
나는 지도 공부를 하다가 하나의 지도를 누가 어떤 이유로 쓸 것인가?
하는 문제가 얼마나 중요한지 알게 되었습니다. 지도의 근원은 이런
겁니다. 논란은 있지만 가장 오래된 지도는 만사천 년 전 석기시대
돌멩이 지도입니다. 스페인 동굴에서 다른 유물 6백여 점과 함께
발견된 사냥 지도입니다. 누군가 돌멩이에 주변 지형, 봉우리, 습지,
강을 그렸습니다. 그리고 그 위에 사슴을 그렸습니다. 도대체 누가

그 지도를 그린 것일까요? 만사천 년 전에 그 지도를 그린 석기시대
사람은 사슴을 독점할 수도 있었는데 아마도 함께 사냥을 가자는
의미로 그 지도를 그렸을 겁니다.

긴 역사를 통해 볼 때 사람들에게 지도는 어떻게 쓰였을까요?
일차적으로는 매우 실용적이고 경제적인 이유, 먹고사는 문제와
관련되었을 것입니다. 지도는 혼자 힘으로 결과를 낼 수 없는 것을
위해 주변의 도움을 얻어 만들어서 공동으로 사용합니다. 예를 들어
저에게 대동여지도는 그 정확도 때문이 아니라 그 마음 때문에 더
중요하게 느껴졌습니다. 소수의 지배층이 읽던 지도를 모든 사람들이
읽게 한다는 마음 말이죠. 공부를 마치고 돌아오기 전에 저는 한
한국인 이민자를 위한 특별한 지도를 만들었습니다. 그 사람은 7년
동안 세탁소 일을 하면서 돈을 모았고 그렇게 모은 돈으로 자신의
가게를 열기 위해서 어디에 있는 가게를 인수하면 좋을까, 고민을 하고
있었습니다. 전 오로지 그 한 사람을 위한 특별한 지도를 만들기 위해
우선 그 사람이 일하고 있는 세탁소에 가서 일을 했습니다. 주말을
같이 보내며 세탁을 끝낸 옷들을 정리하고 누가 세탁물을 맡기러
오는지 관찰했습니다. 굉장히 중요한 의사 결정을 눈앞에 둔 사람을
위해 지도를 그리려면 그 사람의 노동을 이해하는 작업 공정이 꼭
필요합니다. 그 사람이 중시하는 것, 꿈을 실현시켜줄 최적지를 찾아야
하니까요. 최적의 세탁소 입지를 찾기 위해 저는 싱글족들이 많은 곳의
정보, 한꺼번에 대량으로 맡길 유니폼을 입는 호텔 등 기관의 정보,
도시의 인구 분포, 교통, 접근성 등의 모든 정보를 지도에 표기합니다.

'그리고(AND) 그리고(AND) 그리고(AND)'는 지도에서 점, 선, 면의
화소로 표현됩니다.

그 한국인 이민자는 그때 내가 만들어준 지도를 보고 세탁소를
인수했습니다. 저는 그때 내가 누군가에게 정말로 실질적인 도움을
주었구나 싶어서 기뻤습니다. 그리고 그 뒤로 "우리 형은 가끔씩 소파에
앉아 그때 당신이 만들어준 지도를 보곤 한다"는 그 이민자의 이야길
듣고 또 기뻤습니다. 모든 지도에는 히스토리가 있습니다. 세상의
어떤 보통 명사도 사람과 결부되면 고유명사가 됩니다. 그래서 사람과
그 사람의 지도는 한 세트입니다. 이런 상상을 해본 적이 있습니다.
이순신 장군은 물길을 어떻게 이해했을까? 저는 남해안 전적지를
매핑해봤습니다. 정말 그 지역은 조력 발전소가 세워질 정도로 물이
하루에 두 번 크게 바뀝니다. 국토 해양부에는 조류값을 측정한 자료가
있습니다. 명량해전 날짜를 양력으로 환산해서 보니 그날 조수간만의
차이가 컸습니다. 이순신 장군은 그걸 정확히 읽고 물이 역류할
때 역공을 했던 겁니다. 그런데 만약 대동여지도를 그린 김정호가
이순신의 부관이었다면 그는 이순신에게 전해줄 지도에 어떤 메시지를
그려넣었을까요? 내가 만약 칭기즈 칸의 지도 제작자라면 칭기즈
칸에게 결정적인 도움을 줄 지도엔 무엇을 담아야 할까요? 결국 그
일은 이순신과 칭기즈 칸을 아는 데서 출발할 겁니다.

저는 지도를 매개로 많은 새로운 사람을 만나 매번 새로운 관점으로
세상을 보게 되었습니다. 지도를 매개로 사람을 만나는 것 자체가 제겐

여행이었습니다. 늘 적절한 설렘이 있었습니다. 이번엔 어떤 사람을 만날까? 누가 어떤 이유로 지도를 필요로 할까? 이런 호기심에서 오는 설렘도 있고 데이터를 지도에 올려놓기 전의 설렘도 있습니다.

지도를 의뢰한 사람을 인터뷰하고 그 사람과 더 많은 시간을 보낼수록 좋은 지도가 나옵니다. 정말 괜찮은 지도 한 장을 만들기 위한 작업 공정이 있습니다. 제일 먼저 할 일은 사람 마음을 매핑하는 겁니다. 지도를 필요로 하는 그 사람 마음에 뭐가 담겨 있는지 끄집어내야 특별한 지도를 그릴 수 있습니다.『그리스인 조르바』에서 조르바는 "당신이 최근에 뭘 먹었는지 알려달라. 그러면 당신이 어떤 사람인지 알려줄게"라고 합니다. 사람은 어떻게든 재발견될 수 있습니다. 꿈과 욕망이 집약될수록 지도 위의 색깔이 짙어집니다. 꿈과 욕망이 지도의 픽셀(화소)입니다. 지도의 기호 체계 하나하나가 인생입니다.

그렇게 지도를 그리기 위해 사람들을 만나 이야기를 하다가 느낀 것이 있습니다. 세상은 정보로 넘쳐나는데 사람들은 대부분 자기 자신에 대한 정보에는 취약하다는 겁니다. 눈이 바깥으로만 향해 있지 자기 자신의 내면을 보고 있지 않습니다. 자기가 어디 있는지, 어디로 가고 싶은 건지, 지도를 그리려는 사람은 자기 자신을 섬세하게 보아야 합니다. 하지만 사람들은 자기 스스로 좌표와 나침반을 갖지 못한 경우가 많습니다. 많은 이들이 자신의 정북향이 어디인지 모릅니다. 그때 저는 앞서 말한 석기시대의 돌멩이 지도를 던져놓습니다. 혼자 힘으로 결과를 낼 수 없는 것을 위해 주변의 도움을 얻어 만들어서는 공동으로 사용하려는 그 마음이 담긴 지도 말입니다. 그런데 생각해보면 이렇게 마음을 매핑하는 지도의 좌표가 X축 Y축으로 구성된다는 것 자체가 모순이기도 합니다. 둥근 지구에서 일어나는 복잡한 3차원의 일을 2차원으로 옮기는 것이 좌표인데, 이 말은 인간이 복잡한 의사 결정을 할 때는 결국 중요한 두세 가지로 할 수밖에 없단 말이기도 합니다. X축 Y축을 무엇으로 할 것이냐? 돈으로 할 것이냐? 명예로 할 것이냐? 혹은 다른 것으로 할 것이냐? 이 좌표가 나와야 출발할 수 있습니다. 그런데 우리는 확고부동한 정북향을 가질 수 있을까요? 생각해보면 나침반에 있어 정북향의 본질은 떨림입니다. 결국 우리는 떨면서 가는 것입니다.

지도를 그리면서 몇 가지 알게 된 것이 있습니다. 어느 날 의사 선생님 둘이 찾아왔습니다. 전국 119 구급 체계를 보니 몇몇 특정 지역에 구급차 출동이 늦어서 그곳의 사람들이 죽을 확률이 높아진다는 거죠. 구급 체계를 어떻게 조정하면 구급대원들이 응급 콜에 응할 시간을 줄일 수 있는지 새로운 지도를 그려달라는 부탁을 했습니다. 이런 지도 제작에 참여할 때는 내가 모르는 누군가의 목숨을 살릴 수도 있다는 사실 그 자체가 중요한 동기 부여가 됩니다. 또 하나 깨달은 게 있습니다. 동일한 데이터를 이용해 지도를 만들어도, 이를테면 심야 유흥업소가 몰려 있는 지역 같은 정보를 사용해도 누구의 어떤 욕망을 실현하기 위한 것인가에 따라 지도는 너무나 달라진다는 겁니다. 제가 그린 지도에서 유흥업소의 위치 정보는 구급대가 가장 먼저 출동할 수 있어야 하는 곳 중 하나로 해석됩니다. 왜냐하면 유흥업소는 늦은 밤에 응급 콜을 가장 많이 부르는 지역이기 때문입니다.

또 한번은 기자가 찾아왔습니다. 전국을 떠들썩하게 한 전염병 실태를 분석하기 위해 지도를 만들어달라는 것이었습니다. 그때 제가 만든 것이 〈묻지도 따지지도 않은 죽음의 지도 구제역 매몰지〉 지도였습니다. 저는 의원실을 통해서 동물들의 실제 매몰지 위치, 매몰된 동물 두수 등의 데이터를 확보하여 매몰지 4천 개를 지도 위에 찍었습니다. 그리고 물이 흐르는 수계를 파악하고, 매몰지와 물과의 거리를 재고, 상수원 보호 구역을 표시하고, 지하수를 표시하고, 역대 침수 지역 같은 그 지역의 히스토리를 표시하고, 물 빠짐 등의 토양 특성을 표시했습니다. 우리가 이 지도를 왜 그렸을까요? 이 지도를 기억하라고 한다면 무엇을 기억하란 말일까요? 그리고 이런 생각도 듭니다. 만약 이마트를 위한 최적의 입지를 지도로 그린다면 그 지도는 누군가에게는, 예를 들어 그 지역의 소상인들에게는, 죽음의 지도가 될 수도 있습니다.

지도의 가치는 남이 볼 수 없는 것을 발견하여 그것을 다시 사람들에게 되돌려주는 데서 나옵니다. 그때도 저는 돌멩이 지도를 던집니다. 지도 제작자는 지도의 소유권을 주장하지 않습니다. 화가의 그림엔 사인이 들어가도 지도에는 서명이 들어가지 않습니다. 내가 그리는 지도들은 소장용이 아닙니다. 나를 통해서 누군가의 손에 들어간 지도는 해석하는 사람에 따라 다르게 쓰입니다. 내 이름을 빼고 내밀어서 이젠 당신이 한번 생각해보라고 하는 직업입니다. 나의 종교는 사람입니다. 가고자 했던 땅, 이르고자 했던 땅도 사람입니다. 가장 상처도 받지만 가장 갈망하는 것도 사람이고 가장 위로를 주는 것도 희망을 주는 것도 또한 사람입니다. 그런데 어찌 보면 제 총학생회장 시절까지의 삶은 원하지 않던 서명을 하던 삶이었습니다. 이제 저는 박지성의 말을 이해합니다. "축구는 잘하고 싶지만 유명해지고 싶지는 않다." 저도 익명으로 사람들의 삶에 기여하는 것의 기쁨을 알게 되었습니다.

이렇게 지도를 그리면서 저의 삶과 기억도 축적되었습니다. 제 내부에도 전에 없던 층들이 더 생겨났습니다. 가끔 강의를 할 때 사람들에게 백지를 나눠주고 회수하지 않을 테니 지도를 그려보라고 합니다. 우리가 살면서 이력서도 쓰고 경력도 쓰지만 살아온 흔적을 지도로 그려보는 것은 아마 흔치 않은 경험일 겁니다. 자기에게 중요했던 장소들을 점점이 잇는 것이 기억입니다. 수많은 사람들이 각기 대한민국을 그리면 그 사람 수만큼 다 다른 지도가 나옵니다. 나도 지도를 그려봅니다. 지도엔 수많은 길이 있습니다. 길은 따로 주인이 없기 때문에 길은 걷는 자가 주인이라는 말이 있습니다. 신영복 선생님은 길 도(道) 자를 풀어 해석하면서 사람이 머리카락을 휘날리며 생각하면서 걷는 형상이라고 했습니다.

나는 감히 지도공(工)이라 나 자신을 칭합니다. 평생 하나의 완벽한 지도를 추구하며, 그러나 완벽한 지도란 존재하지 않는다는 것을 알면서, 끝없이 지도를 그리는 사람이라고 말하면 너무 과한 걸까요? 그렇다면 지도 만드는 사람으로서의 자부심, 그거 하나면 족하다는 말로 바꿔도 좋을 것 같습니다.

여기까지가 지리 정보 시스템 분석가이자 지도공인 송규봉의
이야기였다. 내 나침반의 바늘은 언제 떨리는가? 나의 X축 Y축은
무엇인가? 나는 그의 이야기를 듣고 궁금해졌다. 그리고 나만의 지도를
그려보고 싶었다. 우리는 여행지에서 자기만의 지도를 그리고 그것을
소중한 자랑거리로 여기지만 정작 삶에선 내가 그리는 지도란 없다는
듯이 군다. 메를로 퐁티는 인간성이란 죽음과 공포를 비롯해 자신에게
일어난 일들의 의미를 찾는 것이라 했는데 나는 그런 맥락에서
저마다의 지도가 인간성의 지도, 내면의 지도일 거란 생각이 들었다.
그 지도는 내가 살아온 날에 살아갈 날을 덧붙이면서, 살아갈 날이
지나온 날의 의미를 끝없이 수정하면서 완성되어갈 거란 생각이 들었다.
그 선의 끝부분은 아직 미지의 고장에 있다.

어느 날 아침, 아무 일도 없던 평범한 아침, 단지 새 한 마리가 날고 있을
뿐인 그날조차도 나의 길은 그려지고 있으니, 나의 길은 결코 몰랐던
새로운 세계로 이어지고 있으니, 나의 길은 그 다음날 아침에 눈을 뜨면
홀연히 지워지지 않으니, 길을 잃었다고 생각될 때조차 길은 이어지고
있으니, 어딘가 갇혀 있는 것 같다고 느껴지는 순간에도 길은 이어지고
있으니, 이렇게만 말하고 싶다. 그대가 한 일을 슬퍼하지 말지니, 그대가
걸어온 길도 슬퍼하지 말지니.

네가 이타카로 가는 길을 나설 때,
기도하라, 그 길이 모험과 배움으로 가득한
오랜 여정이 되기를.

라이스트리곤(식인 거인)과 키클롭스(외눈박이 거인),

포세이돈의 진노를 두려워 마라.

네 생각이 고결하고

네 육신과 정신에 숭엄한 감동이 깃들면

그들은 네 길을 가로막지 못하리니.

네가 그들을 영혼에 들이지 않고

네 영혼이 그들을 앞세우지 않으면

라이스트리곤과 키클롭스와 사나운 포세이돈

그 무엇과도 마주치지 않으리.

기도하라, 네 길이 오랜 여정이 되기를.

크나큰 즐거움과 크나큰 기쁨을 안고

미지의 항구로 들어설 때까지,

네가 맞이할 여름날의 아침은 수없이 많으니.

페니키아 시장에서 잠시 길을 멈춰

어여쁜 물건들을 사거라,

자개와 산호와 호박과 흑단

온갖 관능적인 향수들을.

무엇보다도 향수를, 주머니 사정이 허락하는 최대한.

이집트의 여러 도시들을 찾아가

현자들에게 배우고 또 배우라.

언제나 이타카를 마음에 두라.

네 목표는 그곳에 이르는 것이니.

그러나 서두르지는 마라.

비록 네 갈 길이 오래더라도

늙어져서 그 섬에 이르는 것이 더 나으니.

길 위에서 너는 이미 풍요로워졌으니

이타카가 너를 풍요롭게 해주길 기대하지 마라.

이타카는 너에게 아름다운 여행을 선사했고

이타카가 없었다면 네 여정은 시작되지도 않았으니

이제 이타카는 너에게 줄 것이 하나도 없구나.

설령 그 땅이 불모지라 해도, 이타카는

너를 속인 적이 없고, 길 위에서 너는 현자가 되었으니

마침내 이타카의 가르침을 이해하리라.

— 콘스탄티노스 카바피, 「이타카」 전문

모든 지도는 말없는 의미로 가득한 꿈결 같은 별자리 지도이다. 미로가
지도이고 지도가 미로이다. 가장 신비로운 지도는 어느 날 두 장의
지도가 겹쳐져 탄생하는 지도일 것이다. 그대의 지도가 어떤 이의
지도와 어느 날 어디선가 만나리란 걸, 그 누가 알랴? 그러니 그대가
한 일을 슬퍼하지 말라. 그대가 걸어온 길도 슬퍼하지 말라. 차라리
길 위에서 춤을 추며 나침반같이 떨고 있는 심장 박동에 귀를 기울일
일이다. 우리의 심장이 떨고 있는 나침반이다. 보르헤스가 날아가는

화살인 동시에 활, 동시에 과녁인 한 사람을 상상했던 그 인간성에 대한 신념을 생각해본다면 길 위에 사는 우리 여행자들은 지도를 읽는 사람이며 지도 제작자이며 동시에 지도를 바꾸는 사람이기 때문이다.

그리고 AND 그리고 AND 그리고 AND…… 내가 지금 여기에 있음.

송규봉   미국 펜실베이니아대 환경학 석사과정에서 GIS(지리정보시스템)를 전공했다. 필라델피아 소재 GIS 연구소에서 CML 연구원으로, 하버드대에서 GIS 컨설턴트로, 와튼경영대학 부설 Wharton GIS Lab에서 연구원으로 일했다. 현재 연세대에서 GIS 분석에 기초한 건축기획과 디자인정보분석을 강의하고 있으며 (주)GIS 유나이티드의 대표를 맡아 GIS 분석가로 활동하고 있다. 저서로 『비즈니스 GIS』, 『미국 인터넷산업의 지도』, 『지도, 세상을 읽는 생각의 프레임』 등이 있다.

『오 자히르』, 파울로 코엘료, 최정수 옮김, 문학동네, 2005

13

—

카르페 디엠
Carpe diem

나는 눈앞에 다 보이는데도 여전히 수수께끼인 이야기가 좋다. 이를테면 이런 이야기. 행성이 돌 때 궤도는 타원형이라고 말한 케플러는 어느 날 거울을 가지고 실험하느라고 온기에 대해선 전혀 신경 쓰지 않았는데 누군가가 입김을 불어넣어주는 듯한 느낌을 받았다. 케플러는 하는 수 없이 주위를 둘러보다가 그 온기가 달에서 온 것을 깨달았다.

나는 수수께끼 같은 시간 여행자 이야기를 들은 적이 있다.

대략 10년쯤 전에 나는 아우슈비츠에 다녀왔다. 그리고 누군가에게 여행 가방에 대한 이야기를 들려주었다. 여행 가방들은 큼지막하게 써놓은 주소로 뒤범벅되어 있었다. 그 가방은 수용소에 끌려온 유대인들의 가방이었다. 가장 필요하고 가장 소중한 것들—이를테면 흑백 가족 사진, 결혼 사진 같은 것을 담았던 가방일 것이다. 그 가방의 주인들은 그 주소로 돌아가지 못했을 것이고 이젠 죽고 없을 것이다. 내 이야길 듣던 사람이 폴란드 바르샤바에 대한 다른 이야길 들려주었다. 한국전쟁 중 혹은 전쟁이 끝난 후 동유럽 여러 나라는 북한의 전쟁고아들을 맡아서 위탁 교육을 하기로 했다. 다섯 살에서 열세 살가량의 북한 전쟁고아들이 기차를 타고 동유럽으로 출발했다. 그들은 바르샤바에 도착한 다음 뿔뿔이 흩어졌다. 그리고 세월이 흘러 주체사상을 강화하던 김일성은 그들을 다시 소환한다. 수십 년 전 기차를 타고 평양을 출발했던 전쟁고아들은 청년이 되어서 다시 북한으로 돌아갔다. 그들 중 몇 명이 기차에서 뛰어내려 탈출했을 수도 있었을까? 그로부터 몇 년 뒤 바르샤바 대학의 한 교수가 평양의 세미나에 참석한다. 그는 나와 함께 공부를 했던 내 친구를, 폴란드어를 할 줄 아는 한국인을 만날 수 있느냐고 물어보지만 한 명도 만나볼 수가 없었다. 그들은 어떻게 되었을까?

그리고 또 세월이 흘러 동유럽은 개방되었다. 한국의 기업들이 바르샤바에 진출했고 그때 정체불명의 신비로운 사나이가 나타난다. 그는 한국말을 할 줄 알았고 폴란드어를 할 줄 아는 수수께끼의 사나이였다. 그는 누구인가? 그날 밤 북한으로 돌아가는 기차에서 뛰어내린 전쟁고아 중 하나일까? 다시 수년이 흘러 한 학생이 바르샤바에 유학을 갔다가 문서 보관소에서 당시 폴란드에 왔던 전쟁고아들에 대한 기록을 발견한다. 몇 명이 왔고 각각 어디서 자랐고 그들 중 누가 무슨 상을 받았고 그리고 어느 해 돌아갔는지. 거기까지가 기록에 담긴 내용이다. 돌아온 사람에 대한 기록은 어디에도 없었다.

나는 이 남자를 찾아가는 방송 특집안을 기획했지만 결국 이루지 못했다. 그렇지만 마치 기억을 찾아가는 〈본〉 시리즈의 제이슨 본처럼

뒤돌아 낯선 사람들 속으로 뛰어가는 한 남자의 이미지는 내 마음에
언제고 살아 있다. 그를 만나려면 우선 시간 여행을 할 수밖에 없다.
여행이 공간의 이동만 있는 것은 아니다. 시간 여행도 있다. 기억이란
주제로 잡지에 이런 글을 쓴 일이 있다.

독자여, 주저하지 마십시오.

당신이 타고 있는 배는, 정말로, 방향타도 용골(龍骨)도 가지고 있지 않습니다.
돛도 없습니다.

오래전에 닻을 감아올리는 장치는 녹슬었고, 소금이 뿌려진 대구(大口)처럼
갑판은 썩어버렸고, 선원들은 방황하고 있습니다.(……)

배에는 나침반도 없으며, 지도는 오래전에 불타버렸고 망망대해를 바라보느라
시력은 약해졌습니다. 그리고 모든 것들은 소멸되어버렸습니다.

하지만 배에는, 선장과 망원경을 들어올릴 사람과 본 것을 일기장에 적을
사람이 있습니다.

그리고 어느 날, 2141년 4월 6일 새벽녘에, 선장은 놋쇠로 만들어진 망원경을
통해 무언가가 배를 향해 항해해오고 있는 것을 발견했습니다. **무언가가**……
그것은 그를 매우 두렵게 했습니다. 그것을 발견하고, 그의 손은 떨리기
시작했습니다. ― 하지만 그것에 관해서는 나중에 이야기하기로 합시다.

독자여, 만약 당신이 그 망원경을 통해서, 2백 년 전에 살았던 사람들을
목격하고 보게 된다면

하지만, 그에 대해서는 나중에 이야기하기로 합시다.

— 두산 코바체비치, 『옛날 옛적에 한 나라가 있었지』에서

나는 오늘 "하지만, 그에 대해서는 나중에 이야기하기로 합시다"로
끝맺은 이야기 하나를 소개하려고 한다. 그 전에 오늘 우리 이야기
주제는 기억이다. 기억이 무엇일까, 궁금한 순간에 별다른 이유 없이
손바닥의 손금을 내려다본다. 기억에 대한 최고의 은유는 끈 달린
화살일 듯하다. 오래된 중국의 신화 그림에서 한 사람은 끈 달린 화살을
들고 서 있었다. 우리는 부메랑이 되어 돌아온 어떤 화살에 맞아
쓰러질까? 지나가는 수많은 것 중 어떤 것이 되돌아오는 것인가? 아마
이 세계에서 이미 저 세계를 경험한 사람은 알 것이다. 이 세계에서
저 세계를 경험하는 방법 중에는 오래된 언어를 공부하는 것도
포함될 것이다. 오늘 우리가 만날 안재원 선생은 라틴어를 전공했다.
그는 서울대 인문학 연구소 HK 연구 교수이다. 내가 아는 라틴어는
하나뿐인 것 같다. Carpe diem. 여기서 이야기는 시작된다.

저는 처음부터 라틴어를 공부하려고 언어학과에 갔습니다. 라틴어에
대한 관심은 고등학교 때 영어 단어를 공부하면서 그 어원들에 흥미를
느끼면서 시작되었습니다. 대학 입학까지 저는 착하고 공부 잘하는
학생이었던 것 같습니다. 조상 가운데에 가장 잘나갔던 분은 조선
중종 때 좌의정을 지냈던 안당 어른입니다. 안당이란 분은 중종 때
조광조를 천거하고 끝까지 지지했다가 결국 사형을 당합니다. 그런데
안당 어른은 안기라는 분의 작은아버지입니다. 그 안기라는 분이 아들
안처순을 낳았고, 안처순은 기묘사화 후에 지리산 구례 현감을 했고,
『근사록』이란 책을 편찬했습니다. 이분의 호는 사제당입니다. 사제당
안처순은 후에 낙향해서 남원에 살았는데 그래서 그 머나먼 후손인

저도 남원에서 태어나게 된 겁니다. 『근사록』은 보물로 지정되어
있습니다. 제사 때마다 입에 오르는 유명한 할아버지가 한 분 계십니다.
사제당 안처순이 세상을 뜨시자 그 아들은 돈이 없어 남원 구례 일대를
떠돌며 살다가 소씨 집안에 머슴으로 들어갑니다. 그런데 소씨 어른이
머슴을 좋게 보고 큰 딸과 논 여덟 마지기를 줍니다. 그분이 음력 5월에
농사를 짓고 있는데 어떤 사람이 등짐을 지고 가기에 새참 먹고 가라고
불렀습니다. 그러다가 "그 등에 지고 가는 것은 뭐요?" 물었죠.

"책입니다."
"뭔 책이오?"

"사서삼경입니다"라고 했고 우리 고조할아버지의 아버지는 "그걸
나한테 파시오"라고 했습니다. 그러자 나그네는 턱도 없는 소리
말라고 책 한 권당 논 한 마지기 값이라고 했답니다. 그러자 우리 조상
어른은 그 자리에서 책과 논 여섯 마지기를 바꿔버렸습니다. 그것이
고종 4년 1867년의 일입니다. 그 책들은 남원칠서라고 해서 지금도
남원향토박물관에 보관중입니다. 그 책으로 그분의 아들이 대과에
급제합니다. 안병탁이라는 분입니다. 제 생각에 집안의 많은 이야기
중에 책과 논을 바꿨다는 이야기가 이상하게 제 귀에 남아 있습니다.

훗날 생각해보니 그게 그러니까 논과 책을 바꾸는 것이 인문학 정신
아닌가 하는 생각이 저에게 있었던 것 같습니다. 어쨌든 저는 소위
말하는 몰락한 토반 집 여섯 형제 중 막내로 태어났습니다. 그런데

집안 형님 중에 안재준이란 분이 있었습니다. 그분은 내가 라틴어를
공부하고 싶다고 하니 정말 잘 선택했다고 하면서 브리태니커
전집 그레이트 북스 백 권을 선물해줬습니다. 그 책은 동아일보
기자였던 그분이 인도 특파원이었다가 귀국하면서 사온 것인데 김포
공항 검색대에서 『칼 마르크스』 한 권을 뺏겨서 99권인 그 상태로
지금도 내가 갖고 있습니다. 대학에 입학하자 저는 교보문고에 가서
『Wheelock's Latin』이란 책을 샀습니다. 라틴어 문법책인데 그것을
하루에 한 페이지씩 베끼며 지냈습니다. 대학 생활 내내 거리를
쏘다니며 놀았지만 어쨌든 빼놓지 않고 그것을 하루에 한 장씩 옮겨
쓰는 게 유일한 공부였습니다. 그렇게 옮기는 데 3년 걸렸습니다.
그리고 군대에 가서 희랍어 문법책을 독학으로 공부했습니다.
대학원까지 한국에서 마치고 독일로 유학을 갑니다. 거기서 울리히
쉰델이란 교수님에게 서양고전문헌학을 배웁니다. 제 인생에서
결정적인 배움은 라틴어 필사본을 읽는 것이었습니다. 라틴어 필사본을
읽을 땐 우선 막무가내 방식으로 필사본에 도전해야 합니다. 가장 좋은
방법이 라틴어를 한 페이지 놓고 우선 그걸 연필로 옮기는 것입니다.
그런데 필사본의 텍스트는 대개 띄어쓰기가 없습니다. 그래서 도대체
어디서 잘라서 옮겨야 하는지 모릅니다. 해서 온갖 상상력을 다
동원해서 읽는 겁니다. 두 문장 옮겨 적는 데 하루 종일 걸릴 때도
있습니다.

한번은 우리 선생이 필사하라고 넘겨주는데 딱 한 글자에 먹물이 튀어
있었습니다. 도대체 이 단어가 무엇일까? 하나의 단어를 추측하기

위해선 그 페이지, 그 책 전체를 알고 있어야만 합니다. 빈자리 하나
메우는 데도 그 책 전체에 대한 승부를 거는 겁니다. 그리고 더 크게는
그 학문 전체에 대한 승부를 거는 것이기도 합니다. 그렇지만 그 승부를
걸기 위해서 할 수 있는 일은, 일단 거기에 집중하는 것뿐입니다. 아마
이것이 고전을 대하는 자세일 것 같습니다. 아무리 급해도 어느 것 하나
건너뛸 수 없습니다. 한 구 한 구 최선을 다할 수밖에 없습니다.

유학중에 일어난 일입니다. 학위 논문을 마무리하기 위해서
프랑스 왕립도서관을 잠시 방문했습니다. 프랑스의 왕립도서관은
프랑수아 1세 때부터 모은 그리스와 로마의 필사본이 많이 수집된
곳으로 유명하기 때문입니다. 진기한 문서들도 많습니다. 이곳에는
10세기경 카롤링거 왕조 때, 아마도 958년이나 960년쯤 될 것
같습니다만, 그리스 아토스 산에서 흘러들어온 파리 사본 1741번도
포함되어 있습니다. 이 문서 전체는 수사학에 관한 건데 그 안에
아리스토텔레스의 시학과 수사학이 포함되어 있습니다. 텍스트들은
양피지에 적혀 있는데 하루 세 시간밖에 열람할 수 없고 할머니 한 분이
옆에서 지켜보는 가운데 장갑을 끼고 만져야 합니다. 보름 정도 그렇게
파리 문서 보관서에 드나들면서 논문을 쓰는데 그 필사본을 만질
때의 기분이란, 경건함 자체인 것 같습니다. 마음이 어떤 경건함으로
물드는 것입니다. 파리 사본 1741번에 전해지는 텍스트들은 1893년에
책으로 편집되어 출판되었습니다. 그런데, 이 텍스트들은 원래는
기원전 4세기나 5세기 때 것일 겁니다. 아리스토텔레스가 시학을
썼다면 그 시학 원본은 세월의 흐름과 함께 누더기가 되어서 사라지고

수많은 주석을 달고 필사본으로만 전해집니다. 아마 아리스토텔레스가 직접 쓴 양피지가 발견된다면 세계가 발칵 뒤집히겠지요. 하지만 아리스토텔레스의 필적이 어떤지 누가 알겠습니까?

어쨌든, 박사 논문을 쓰기 위해 그렇게 필사본을 정리하고 편집하는 중에 저는 뜻밖의 소식을 듣게 됩니다. 그러니까, 로마 바티칸에는 비밀 문서 보관소가 있습니다. 그 문서 보관소는 천 년에 한 번 열립니다. 1999년 12월 밀레니엄을 앞둔 시점에서 그 문서 보관서가 일주일간 열렸습니다. 문서들이 천 년 만에 빛을 본 거죠. 그 문서 보관소에 들어간 한국인이 있습니다. 당시 바티칸의 도서관장이었던 추기경이 평소에 친분이 있었던 이탈리아 시에나 대학 중세 문헌학 이득수 교수에게 연락을 했던 겁니다. 이득수 교수는 얼른 뛰어가서는 그것 중 일부를 마이크로 필름으로 만들어 갖고 나왔습니다. 그 뒤 2월에 그는 그 사실을 내게 편지로 알렸습니다. 내용인 즉, "바티칸 문서 중에 한국에 관한 것이 있다. 내용은 1700년대 말부터 1900년대 초까지 천주교 신도 박해에 관한 것이고 오천칠백 장이다. 3분의 2는 라틴어고 3분의 1은 불어다. 그리고 이탈리어도 일부 섞여 있다." 그리고 몇 년 뒤인 2003년경에 이득수 교수가 나에게 메일로 천 년 문서의 일부를 보냈습니다. 라틴어가 많기 때문에 이득수 교수는 저에게 같이 연구할 것을 제안했습니다. 그 문서들은 한국 그리스도교 초기사에 관한 문서면서 그리스도교로 상징되는 서양 문명과의 접촉 과정에서 한국에서 일어났던 일에 대한 일차적인 자료가 될 것입니다. 그런데 그만 그가 돌아가시고 만 것입니다. 그리고 저는 그 문헌의 운명은

카르페 디엠

거기까지인가 생각하다 공부를 마치고 한국에 귀국했습니다.

그러다가 지난해 저는 경성제국대학 시절 라틴어 문헌이 어떤
것이 보관되어 있는가 서울대 도서관 6층을 조사했습니다. 그리고
다시 놀라움 속에 빠져들었습니다. 경성제국대학 도서관에 소장된
라틴어 그리스어 문헌은 총 767건입니다. 가장 오래된 것은
구텐베르크의 고향인 슈파이어에서 1482년에 출판된 책입니다.
저는 그중에서 한국과 관련된 라틴어 서양 문헌은 무엇인지
그리고 동양과 서양 교류에 대한 보고를 담고 있는 책은 무엇인지
찾아보았습니다. 1605년에 출판된『이아포니아(일본) 인디아(인도)
페르바니아(필리핀)에 대해 서술한 새로운 편지 모음』이란 책이
있습니다. 이 책은 도요토미 히데요시의 죽음과 코라이 전쟁(bellum
corai, 조일전쟁 즉 임진왜란)에 대해 적고 있습니다. 그 책에선
코라이 전쟁을 소개하면서 지상전에서는 이아포니아가 코라이에
앞서지만 해전에선 코라이가 이아포니아를 앞선다고 기록하고
있습니다. 아마 예수회 신부들이 이순신 장군에 대한 소문을 접한
모양입니다. 발표 연도를 보면 이것이 코라이가 서양에 체계적으로
소개된 최초의 일이 아닐까도 싶습니다. 코라이 왕국을 침범한 사람은
이아포니아인들이지만 그들을 이끌었던 장군인 고니시 유키나가와
아리마 하루노부는 독실한 그리스도 신자였습니다.

콜럼버스가 1492년에 아메리카를 발견했고 정확히 그 백 년 뒤에
코라이 전쟁이 발발했습니다. 이 전쟁이 발발한 근본적인 배경에는

코라이를 통해 중국으로 들어가려는 이아포니아와 그들이 받아들인
서양에서 수입된 무기의 위력, 그리고 어쩌면 종교적 염원도 있었을
겁니다. 이런 걸 고려해보면 혹시 코라이 전쟁은 동양 세계와 서양
세계가 묘하게 한바탕 승부를 벌인 최초의 사건일 수도 있지 않을까요?
그런데 이 전쟁 때 이아포니아에 포로로 끌려간 코라이인들의 많은
수가 기독교로 개종했습니다. 그렇다면 코라이 전쟁은 코라이인에게
새로운 정신 세계를 소개해준 사건이 될 수도 있습니다.

그다음 책으로는 1615년에 로마에서 나온 『그리스도교 중국 원정』이란
책이 있습니다. 1610년에 마테오 리치*가 죽자 그를 기리고 성인으로
추대하기 위해서 트리고 신부와 다른 몇몇 신부가 리치의 글과
그의 중국에서의 활동을 기록한 책입니다. 16세기 말부터 중국에서
동양 고전과 서양 고전의 번역이 매우 체계적으로 이뤄졌습니다.
서양 고전은 한자로 동양 고전은 주로 라틴어로 옮겨졌습니다.
아리스토텔레스의 『니코마코스 윤리학』 일부, 유클리드 『기하학』,
키케로의 『우정론』 일부가 한자로 옮겨졌고 사서오경 중 일부가
라틴어로 옮겨졌습니다. 특히 공자의 글들이 서양인들의 관심을 끌었고
이 글들은 놀랍게도 루이 14세의 칙령으로 왕립출판사에서 나왔습니다.
그렇다면 루이 14세가 왜 중국의 사서오경 번역에 관심을 보였을까요?

---

*   마테오 리치(1552-1610). 이탈리아 예수회 소속의 선교사. 명대 말기에 최초로 중국에 선교를
한 인물로 전교를 위해 서양의 학술을 중국어로 번역하기도 했는데, 특히 『천주실의』는 한국 천주교 성립에
결정적인 영향을 끼친 바 있다.

루이 14세는 '황제'에게 관심이 있었을 겁니다. 짐은 태양왕이라고 선언했던 루이 14세 이전 왕권이란 어떤 것일까요? 셰익스피어의 『햄릿』을 생각해보십시오. 비록 착각해서 다른 사람을 죽이긴 했지만 왕인 줄 알고 햄릿은 칼을 휘두른 겁니다. 국왕 시해를 무대에 올렸던 것이 『햄릿』입니다. 지금으로 치면 상상을 초월한 사건입니다. 당시 왕권은 그리 강력하지 않았던 것입니다. 이처럼 나약한 왕권을 극복하고 절대 왕정을 세우고자 했던 루이 14세는 중국이라는 그 엄청나게 큰 나라를 황제가 어떻게 다스리는지, 그 통치의 근간인 중앙집권적 관료제와 과거제에 관심이 있었고, 그래서 사서오경 번역을 열렬히 후원했을 겁니다. 루이 14세는 궁금했을 겁니다. 충성을 그렇게 시적으로 아름답게 표현하는 나라는 대체 어떤 나라인가? 루이 14세는 강희제에게 열일곱 통의 편지를 받았다고 알려져 있습니다. 그렇다면 그 편지는 어디로 갔을까? 어떤 내용이 있을까? 아직도 밝혀지지 않고 있습니다. 명나라 만력제에게 세계지도를 그려 보인 마테오 리치의 책 앞 백 페이지도 중국 관료제 이야기입니다. 이렇게 번역된 책들은 볼테르에게 영향을 미쳤고 결국 볼테르와 루소가 갈라서는 계기도 됩니다. 그렇다면 이것은 코라이 한국에는 어떻게 영향을 미쳤을까요?

한 예로 정약용이 수원성을 축조할 때 쓴 기중기의 도면은 테렌츠의 『기기도설』의 도면과 유사합니다. 테렌츠는 갈릴레오 갈릴레이의 절친한 친구였습니다. 어쩌면 갈릴레이의 과학 사상이 테렌츠를 통해서 다산에게 흘러들어갔을지도 모를 일입니다. 그렇다면 르네상스가 서양에서만 진행되었다고 볼 수 있을까요? 실은 동양에서도 동시에 진행된 것 아닐까요?

『그리스도교 중국 원정』에는 명나라 만력제가 마테오 리치 신부에게
세계지도를 제작해달라고 부탁하는 내용도 나옵니다. 바로
'곤여만국전도'입니다. 이 지도를 본 중국인들은 큰 충격을 받았습니다.
중국이 세계 영토의 10분의 1도 되지 않는다는 것에 충격을 받고
낙담했습니다. 이 곤여만국지도를 본 영조 시절의 역관 이언진은
이런 시를 짓습니다. "지구의 같고 다른 차이와 바다의 섬들이 크고
작음은/ 서양 선비 리마두가 치밀하고 엄격하게 갈라놓았다네." 어쨌든
마테오 리치의 공적을 인정한 명의 만력제는 그 보상으로 예수회
신부들을 북경에 머물게 하고 마테오 리치가 죽자 그를 위해 봉분을
하사했습니다. 그 건물은 어쩌면 최초의 서양식 건물이자 천주교
성당이었을 겁니다. 그건 1611년의 일로 기록에 남아 있습니다.

아담 샬** 신부와 인토르체타가 지은 『중국 포교사』에도 코라이가
나옵니다. 이 책은 1672년에 나왔고 신성 로마 제국의 황제 레오폴드
1세에게 헌정되었습니다. 아담 샬이 누구입니까? 바로 인조 때
명나라에 볼모로 끌려간 소현 세자***를 만난 인물입니다. 이 책 12장에

**　　　아담 샬(1591-1666). 독일 예수회 소속의 선교사이자 신부. 역대 외국인 가운데 중국에서 가장 고위
관직까지 올랐던 인물이다. 천문·역학 등에 뛰어났던 그는 병자호란 당시 볼모로 잡혀가 있던 소현 세자와
친교를 맺으면서 그에게 많은 서구 문물을 폭넓게 소개했다.
***　　　소현 세자(1612-1645). 인조의 장자이자 효종의 형. 병자호란 당시 청나라에 인질로 끌려가 머무는
동안 독일인 신부 아담 샬 등의 예수회 선교사와 친하게 지냈으며, 그들을 통해 로마 가톨릭과 서양 문물을
접하였다. 1645년 귀국하고 얼마 지나지 않아 돌연, 숨을 거뒀다.

바로 소현 세자가 등장합니다. 소현 세자가 아담 샬 신부에게 편지를 보냈는데 소현 세자가 한문으로 쓴 것을 아담 샬 신부가 감동해서 라틴어로 번역했습니다. 소현 세자는 1644년 9월경에 아담 샬 신부를 만났습니다. 아담 샬이 전하는 바에 따르면 소현 세자는 고국 조선으로 돌아가면서 아담 샬에게 두 통의 편지를 보냈습니다. 그 편지엔 아담 샬이 선물한 천주상 같은 예민한 선물을 처음엔 거절하지만 결국엔 그 선물들을 모두 가지고 조선으로 돌아간다는 내용이 들어 있습니다. 소현 세자는 떠나면서 자신의 수행원이었던 조선인 환관 한 명을 북경에 남겨둡니다. 아담 샬로부터 서양의 종교와 학문을 체계적으로 배우고 돌아오라고 명했는데 이 환관은 세례를 받았고, 기억력이 아주 비상했고, 오랫동안 북경의 아담 샬 곁에 남았습니다. 아담 샬은 죽을 때가 되자 이 환관을 불러 자신의 생애와 활동을 정리했습니다.

이것은 신부들에겐 아주 중요한 일이었습니다. 이 기록에 따라서 성인으로 추대될 수 있기 때문입니다. 이 책 296페이지에는 이런 문장이 나옵니다. "아담 샬 신부가 죽기 세 달 전에 기억이 아주 좋은 코라이 환관을 불렀다." 그 환관이 누구겠습니까? 바로 소현 세자의 수행원이자 소현 세자가 남겨두고 간 환관입니다. 아담 샬 신부는 1669년에 죽었습니다. 아담 샬 곁에 있었던 소현 세자의 환관은 조선의 서학 수용과 관련해서 중요한 역할을 했을 것입니다. 그 환관의 이름이 무엇인지, 조선의 어떤 지식인들을 만났는지 추적해본다면 조선의 서학 수용 과정에 뭔가 중요하고 새로운 단서가 나올 겁니다. 소현 세자는 볼모로 끌려갈 때 수행원 3백 명을 데리고 갔습니다. 이 사람들은 누구였을까요? 돌아와서 이 이름 없는 사람들은 어떤 역할을 했을까요? 소현 세자는 독살되었을지 모르는 비운의 왕세자이기만 했을까요? 만약 소현 세자가 귀국 후 두 달 뒤에 죽어버리지 않았다면 조선 역사는 어떻게 달라졌을까요? 서양 학문과 서양 종교를 수용하려던 소현 세자의 노력은 어떻게 역사를 바꿔놓았을까요? 경성제국대학 도서관 라틴어 문서를 읽다가 나는 다시 바티칸 문서를 생각하지 않을 수가 없게 되었습니다. 바티칸 문헌에 나오는 초기 순교자들은, 꿈과 기적과 고문과 죽음과 탈출과 성스러운 사랑과 회개에 대해 말하던 그들은, 어떻게 천주교를 받아들였을까요? 우리 천주교 성인 중에는 궁녀가 서른 명이나 됩니다. 왜 궁녀가 많을까요? 돌아온 소현 세자 수행원들, 궁녀이고 환관이었던 그들과 초기 천주교 순교자들 사이에 어떤 연결 고리가 있지 않을까요? 소현 세자의 죽음 이후에 벌어진 일들이 바로 바티칸 천 년의 비밀 문서에 나오는 게 아닐까요?

저는 이런 라틴어 문서들을 찾아 읽으면서 이런 생각이 듭니다. 우리의 정체성도 실은 동양과 서양 교류의 역사적 맥락 안에서 봐야 하지 않을까요? 그런데 정체성이 뭡니까? 내게 라틴어를 공부한다는 것은 우리 안에 우리도 모르게 축적된 것을 밝혀가는 과정이었습니다. 기억이 뭐라고 생각하십니까? 기억의 본질은 알아본다입니다. 본다와 알아본다의 차이가 무엇일까요? 본다와 알아본다 사이엔 연속성의 문제가 있습니다. 우리가 어떤 사람에게 기억나! 라고 말할 때 그건 그 사람이 전에 내가 알던 그 사람이라고 알아본다는 의미입니다. 어떤 연속성이 있단 겁니다. 그런데 알아본다의 앎이 바로 정체성입니다.

카르페 디엠

모든 학문은 그 알아봄, 기억에서 시작되었습니다. 언어에 대해서도
생각해봅니다. 언어란 무엇입니까? 바람에 단어를 싣는 것입니다.
우리가 누군가의 귀에 대고 말할 때 그것이 어떻게 귓불을 때리지요?
바람과 리듬입니다. 바람이 전하는 것을 영혼에 남기는 것입니다.
영혼에 들어가 영혼을 깨우는 것입니다. 기억 역시 우리 영혼을 깨우는
것입니다.

우리는 뭘 기억할까요? 라틴어의 모든 단어는 동사에서
시작되었습니다. 거기에 사유와 학문이 개입해서 명사가 나온 겁니다.
명사는 잊어버리고 동사는 기억합니다. 동사는 삶입니다. 동사는
움직임이고 움직임이 삶인 겁니다. 삶은 어떻게 살아야 하는 걸까요?
라틴어의 '카르페 디엠', 그날 그날 즐겁게 살라고 우리가 흔히 말하는
카르페 디엠의 철학적 의미는 매 순간 매 순간이 축적되어 역사가
된단 것입니다. 그 순간들이 모여 나의 역사가 되는 것입니다. 그 말을
크게 보면 하나의 순간에 모든 것을 걸 수도 있다는 말입니다. 라틴
속담에 한 방울의 물방울이 바위를 뚫는다는 말이 있습니다. 이건 한
방울의 물이라도 떨어져야 한다는 말입니다. 한 걸음이라도 나아가라는
말입니다. 라틴어에 Festina lente, 천천히 서둘러라 라는 말이 있습니다.
아우구스투스 황제의 말입니다. 천천히 서두른다는 것은 뭐지요?

어쨌든 뭔가를 해야 한다는 말입니다. 한 걸음 한 걸음씩 나아간다는
말입니다. 우리가 문헌을 읽을 때는 뛰어넘을 수도 없고 서둘러 읽을
수도 없습니다. 돋보기를 들고 수도 없이 온갖 마음을 상상하면서 거의

모든 마음을 상상하려 하면서 읽습니다. 그렇게 기억하는 거고 그렇게
사는 겁니다. 또 그런 것을 기억하는 겁니다. 매 순간을 사는 것이고,
매 순간을 내 영혼 안에 축적하는 것이고, 그 매 순간들을 알아보는
것입니다.

우리는 무엇을 기억 속에 남겨놓고 죽게 될까요? 우리가 죽고 난
뒤에라도 절대로 해체되지 않을 것은 무엇일까요? 아까 말한 내 형님
안재준은 2004년 2월 4일에 별세했습니다. 그 전에 마지막으로 만났을
때 그는 송나라 시인 육방옹의 시 한수를 내게 들려줬습니다. 그 시를
풀자면 "육십 평생 시 공부를 했지만, 결국 공부를 하다보면 나만 혼자
알고 간다(六十平生妄學詩, 工夫深處獨深知)"입니다. 이 말은 죽기
전에 아! 그렇구나, 무릎을 치고 갈 만한 진짜 자기 공부, 자기 깨달음이
있어야 한단 말입니다. 나만 아는 거 하나 남겨놓고 갈까 말까 한 게
인생입니다. 그 인생길 내 욕망 다스리다가 끝내고 싶지 않습니다.

하루하루 공부를 하는 것은 거대한 어떤 것의 어깨를 딛고 올라가는
겁니다. 텍스트들이 머릿속의 눈이 됩니다. 그 눈으로 흘러가는 것들을
봅니다. 그 눈으로 볼 때 내가 제일 좋아하는 라틴어 구절은 Amor
vincet omnia, 사랑이 모든 것을 극복하리라, 입니다.

여기까지가 그의 이야기다. 그의 이야기는 나에겐 헤르쿨라네움의
장서의 발굴과 『마테오 리치, 기억의 궁전』을 읽던 날들을 환기시켰다.
1752년 헤르쿨라네움에서 천칠백 개의 두루마리로 된 에피쿠로스의

장서가 발굴되었다. 도시를 뒤덮었던 뜨거운 용암 때문에 가장자리가
모두 타버린 것들이었다. 두루마리들은 말라붙어서 펼칠 수조차
없어 각각의 두루마리를 종단으로 잘라낸 다음 그 조각들의 끝과
끝을 잇대어 다시 맞추어 읽어야 했다. 대부분의 글은 에피쿠로스의
친구였던 필로데모스의 것이었다. 필로데모스는 "길든 짧든 인생에는
더이상의 시간이란 없다. 중요한 것은 충만하게 현존하는 순간의
최대치이다. 그런데 순간은 점증적인 것들이 아니다"라고 썼고 이 말은
말할 것도 없이 카르페 디엠을 연상시킨다. 파스칼 키냐르는 카르페
디엠을 이렇게 해석했다. "우리는 매 순간에게 말해야 한다. 멈춰라!
라고." 삶은 바로 그런 식으로 재생되어야 한다고. 멈췄다가 매 순간에
솟구치고 매 지점마다 불쑥불쑥 솟아올라야 한다고. 매번 남김없이
타올라야 한다고. 인간은 현재를 진하게 농축시켜야만 한다고. 그러니
카르페 디엠이란 찰나의 쾌락에 관한 말이 아니라 매 순간의 최선에
대한 말일 것이다. 가장 좋은 순간뿐 아니라 가장 어려운 순간에조차도.

기억의 궁전에서 마테오 리치가 고국 이탈리아로 편지 한 통을 보내고
답장을 받는 데는 보통 육칠 년씩 걸렸다. 그래서 마테오 리치는
"아버님이 이 편지를 지상에서 받아보실지 하늘에서 받아보실지 저는
알 수가 없습니다. 그렇더라도 저는 부모님께 이 편지를 꼭 부치고
싶습니다"라고 썼다. 그 편지가 고향에 도착했을 때 그의 부친은 이미
죽은 다음이었고 부친의 부음이 리치에게 닿았을 때는 리치 역시 숨을
거둔 뒤였다. 이것이 리치의 카르페 디엠이었을까? '그래서' 그렇게
부친 편지들은 어떻게 되었을까?

안재원의 이야기와 필로데모스의 장서와 마테오 리치의 편지는 다
같이 나를 그 뒷이야기를 알고 싶어 조바심치게 하고, '그래서' 어떻게
되었을까요? 라고 묻게 한다.

> 옛날에 있었던 무엇(**그것이 있었다**)의 이야기를 들으려고 조바심치는 모든
> 이들의 애간장을 태우기. "그래서?"라는 말은 아마도 신석기시대의 끈 달린
> 화살에 묶이게 될 끈(fil)이리라. 나 자신은 이야기의 실마리(fil)를 놓치지
> 않도록 조심할 것. 인간은 출발 지점으로 돌아와서 자신의 표적, 쓰러지는
> 먹잇감, 흐르는 피를 이야기하는 화살이다. "그래서?"
>
> — 파스칼 키냐르, 『옛날에 대하여』에서

한 개인의 기억이 그 개인에게 어떤 일을 해줄 수 있을까? 우리는
무엇을 기억하는지 알 수 없어도 기억이 어떤 일을 할 수 있는지는 알 수
있을지 모른다. 내게 일어난 일이 날아간 화살만큼, 그만큼 거리를 두고
돌아올 때 그것은 사건이면서 이야기가 되는 것이다. 우리에게 일어난
가장 슬픈 일조차도 "그래서?"라고 물을 수 있는 이야기가 될 때, 우리는
우리 스스로를 조금은 냉정하고 차분하게 구원할 수 있을지 모른다.

오래된 이야기를 기억함의 의미는 무엇일까? 다만 보이는 존재는
보이지 않는 것들의 도움을 받고 있고 기억도 못하는 존재를 품고
있다고만 말하고 싶다. 내 안에는 내가 짐작도 할 수 없는 수세기의
전통, 혈통, 전쟁, 이민, 기근, 슬픔, 만남과 헤어짐, 국경의 밤, 모험,
하룻밤의 사랑 이야기가 쌓여 있다. 나의 존재가 기억도 하지 못하는

것들로부터 출발했다는 사실을 나는 이제 내 어린 시절에 가봤으나 영영 잊어버린 장소들을 이해하는 것처럼 이해할 수 있다.

"하지만, 그에 대해서는 나중에 이야기하기로 합시다."

안재원   서울대 언어학과를 졸업하고 동 대학교 대학원에서 서양고전학을 전공했다. 이후 독일 괴팅겐대로 유학, 서양고전문헌학을 전공하여 박사학위를 받았다. 역서로 『수사학』 등이 있다. 현재 서울대 인문학 연구소 HK 연구 교수로 재직하고 있다.

『옛날 옛적에 한 나라가 있었지』, 두산 코바체비치, 김상헌 옮김, 문학과지성사, 2010
『옛날에 대하여』, 파스칼 키냐르, 송의경 옮김, 문학과지성사, 2010

14

—

너는 내 영혼이 되리

여행을 기억함이란 무엇일까? 그건 사진을 들여다보기, 지나간 일정을 회고하기 이상의 의미가 있을 것이다. 그건 그 여행이 이미 내 영혼의 일부가 되었단 뜻이다. 나에겐 내 영혼을 만든, 이미 내 일부가 된 여행의 시적 순간들이 있다. 이를테면 몰디브에 갔을 때 나는 인도양 무인도 투어를 한 일이 있다. 바다에 비치는 인도양의 별빛과 그 별빛을 등에 받은 검푸른 물속의 물고기들은 빛의 조각들처럼 아름다웠다. 그런데 그 섬은 태곳적 암석으로 이뤄지지 않았다. 그 섬은 변덕스러운 파도가 만들어놓은 모래섬이었다. 한순간 바다가 출렁거렸다. 섬도 크게 출렁거렸다. 나는 고래 등에 올라탄 신드바드가 된 듯했다. 그러나 섬이 흔들리는 동안에 하늘에 가득한 별빛이 내 눈에 들어왔다. 다음 순간 이런 기분이 들었다. 내가 살아가는 도시에서 내가 지각 변동이 일어난 것처럼 사정없이 흔들릴 때, 나는 이 섬에서 흔들리는 동안 내가 영원한 것, 별빛을 봤음을 기억하겠구나!

또 하나 잊을 수 없는 것은 몽생미셸 수도원의 야간 조명이 꺼졌을 때 일어난 일이지만 그 이야긴 이미 나의 전작『세계가 두 번 진행되길

원한다면』에 써버렸기 때문에 여기선 더 쓰지 않겠다. 그러나 눈에
보이는 모든 것이 사라졌을 때 눈에 보이지 않는 세계, 은하수가
나타났던 순간을, 수도원에서 인간의 마을로 길게 이어졌던 그
은하수가 나타났던 순간을 내가 어떻게 잊을 수가 있겠는가? 눈에
보이는 세계 뒤에는 눈에 보이지 않는 세계가 있으니.

필리핀의 한 가난한 행상 아낙이 거리에 쪼그리고 앉아 젖먹이에게 김
빠진 코카 콜라를 먹일 때, 내가 그 여인을 기억할 때, 나는 그 여인이다.

이스탄불 한 소년이 아버지를 찾아 술집 문 앞에 서 있을 때, 내가 그
소년을 기억할 때, 나는 그 소년이다.

내가 도착하는 모든 여행지에서 만났던, 결코 내가 살아보지 못한 삶을
사는 사람들을 내가 기억할 때, 나는 내가 알지 못하는 사람이다.

책을 읽을 때 읽는 나는 나지만 또 나는 내가 아닌 것처럼, 보르헤스가
셰익스피어를 읽는 자는 그 순간 셰익스피어고 호머를 읽는 자는 그
순간은 호머라고 했던 것처럼, 여행지에서 우리는 우리지만 우리가
아니기도 하다. 우리는 하나지만 수없이 많은 영혼이다.

　항상 우리의 영혼을 세상 사물에 따라 부으면서 존재하지 않는 곳에서
　어른거리는 영혼의 그림자를 보고, 또 마법과도 같은 우리의 감성에 형식을
　부여할 줄 알아야 한다. 그럼으로써 우리는 세상을 이해하게 된다. 예를 들어

우리는 인적이 드문 쓸쓸한 광장에서 그곳을 지나쳐간 수많은 옛 영혼을 볼 수 있어야 한다. 그리고 사물이 지닌 모든 색조를 느낄 수 있으려면, 유일한 동시에 수많은 존재가 되어야 한다.

— 로르카, 『인상과 풍경』에서

그래서 마치 여행지에서 그런 것처럼 회사에서 어두워져가는 거리를 내려다보며 어린 시절의 나처럼 어리숙해 보이는 여자아이를 볼 때, 출입국 관리 사무소를 묻는 이민자들을 볼 때, 나는 속으로 이렇게 되뇌는 것이다. 너는 내 영혼이 될 것이다. 너는 내 영혼이 될 것이다.

『인상과 풍경』, 페데리코 가르시아 로르카, 엄지영 옮김, 펭귄클래식코리아, 2008

Epilogue

—

너 또한 하나의 여행지니

누군가 내게 이렇게 물었다.

해발 3820미터, 하늘과 가장 가깝다는 남미 티티카카 호수엔 섬이 하나
있다. 그 섬의 허름한 숙소에 묵다가 밤에 오줌을 누러 나간 한 남자는
뭔가 코에 쾅 부딪히는 느낌이 들었다고 한다. 그의 코에 쾅 부딪힌
것은 뭐였을까? 그는 코를 비볐지만 아무것도 잡을 수가 없었다.
그것은 별빛이었다. 정말로 하늘과 가장 가까운 섬에선 별이 코에
부딪힐 수도 있는 것일까? 당신이 알고 있다면 내게 말해달라.

그 남자는 또 로맹 가리의 소설 『새들은 페루에 가서 죽다』에 나오는
해변을 가봤다고 한다. 그 해변엔 정말로 자신의 죽음을 예감한
새들이 몇 킬로미터를 날아와 마지막 여행을 마치고 모래에 고요히
앉아 죽음을 기다린다. 그러면 사람들은 그 새에 경의를 표하여 그
새를 방해하지 않는다. 새들도 정말로 자신의 죽음을 가슴으로 느낄까?
당신이 나보다 먼저 가봤다면 내게 알려달라.

노르웨이의 저 끝, 외지고 추운 곳, 옛날 바이킹 전사들이 갔던 곳.
서리와 눈의 고장. 그곳에 가면 끝까지 달려온 난류와 한류가 만나는
장면을 볼 수 있다고 들었다. 난류와 한류가 딱 마주쳤을 때 그들은
어떻게 밀어내고 섞일까? 그들은 마지막으로 울부짖을까? 혹은
기진맥진해 서로가 서로에게 순종하듯 섞일까? 당신이 난류와 한류가
부딪히는 소릴 들었다면 나에게 알려달라.

그는 또 갈라파고스 제도에 사는 바다 이구아나에 대한 이야기도
물었다. 육지의 방해를 받지 않아서 아주 높고도 큰 파도가 생기는
태평양의 갈라파고스 제도에 사는 바다 이구아나, 지구상의 유일한
해양 파충류인, 오래전 쿡 선장도 보고 다윈도 봤을 바다 이구아나의
후손들인 그들은 조하대 바위에서 자라나는 해초를 뜯어 먹으면서
세찬 파도에 맞서는 것 외에는 별도리가 없다. 변온동물인 파충류
이구아나는 체온을 올리고 바닷가로 기어내려갈 힘을 얻기 위해
아침마다 햇볕을 기다린다. 당신이 아침 햇볕을 쪼고 있는 바다
이구아나를 보았다면 내게 말해달라. 나는 벌써 오래전부터 아침 햇살
속의 바다 이구아나 이야길 애타게 기다리고 있다.

당신은 혹시 콜럼버스가 어느 해안에 착륙했는지 알아낼 수 있는가?
당신은 조개껍데기 하나를 주워서 그 조개들이 사는 섬에 닥친 운명을
이야기해줄 수도 있는 사람인가? 혹시 당신은 밤새 알을 낳고 바다로
돌아가는 어미 거북의 등딱지 위로 새벽이 밝아오는 것을 본 적도
있는가?

그래서 나는 이렇게 답했다. 그런데 당신은 혹시 이런 이야길 들어본
적이 있는가?

칸이 폴로에게 물었다.

"다른 사신들은 내게 기근이나 착취, 역모 들에 대해 미리 주의할 것을
보고하거나 새로 발견된 터키석 광산, 좋은 값으로 거래할 수 있는 담비 가죽에
대한 정보를 알리거나, 다마스쿠스 검의 보급 계획 같은 것을 보고한다네.
그런데 자네는 다른 사신들과 똑같이 먼 고장을 다녀왔는데도 나에게 하는
말이라고는 저녁에 집 현관 앞에 앉아 시원한 바람을 쐴 때 찾아드는 생각 같은
게 전부일세. 그렇다면 자네의 여행이 무슨 의미가 있는가?"

— 이탈로 칼비노, 『보이지 않는 도시들』에서

폴로는 칸에게 무엇이라고 대답했던가? 우리는 기껏해야 어느 고장의
미인들, 그 고장 아이의 눈동자, 계단에서 먹은 바게트 빵, 달러나 유로
위안화, 한 잔의 맥주, 슬픈 카페의 웨이트리스 같은 이야길 하려고
머나먼 여행을 하는 걸까? 진리 탐구나 역사에 남을 획기적인 보물의
발견, 이국적인 이야기가 아니라면 우리의 여행은 보잘것없는가?
이 무한히 넓은 세계 앞에서 우리는 무엇을 위해 작은 발걸음을
내디디는가? 이 긴 여행 뒤 우리에겐 무엇이 남는가?

밤이 되면 시장 주변에 환히 밝혀지는 모닥불 가에서 자루나 통 위에 앉아
혹은 양탄자 뭉치 위에 누워 누군가 '늑대', '누이', '숨겨진 보물', '전투', '옴',
'연인'이라는 말을 할 때마다 다른 사람들도 각자 늑대, 누이, 숨겨진 보물,

전투, 옴, 연인에 얽힌 자기 이야기를 하기 때문이었습니다. 그리고 폐하도 아시다시피, 긴 여행 도중 흔들리는 낙타 등이나 정크 선에서 잠을 이루지 못할 때면 폐하께서는 지난 추억들을 모두 하나씩 곱씹기 시작하실 것입니다. (……) 돌아오실 때면, 폐하의 늑대는 다른 늑대가 되고 폐하의 누이동생은 다른 누이동생이 될 것이며 폐하의 전투는 다른 전투들이 될 것입니다.

— 앞의 책에서

이런 식으로 매번 여행이 끝날 때마다 우리는 조금씩 다른 영혼이 되어 돌아오기를 꿈꾼다. 내 사랑하는 사람은 더 사랑하는 사람이 되고, 내 기억도 조금씩 다른 기억이 되고, 나도 조금씩 다른 사람이 되고, 할 수만 있다면 더 좋은 사람이 되고, 그런 식으로 세상의 일부가 되고. 하지만 세상 끝 허름한 기차역 나무 한 그루라도 사랑해본 적이 있는 사람이라면 자기 자신 또한 아무리 보잘것없이 여겨져도 사랑할 수 있어야 할 것이니.

여행자가 마주하는 필연성은 무엇인가? 세상 모든 곳을 돌아다녀도, 그곳이 어디라도, 사람들은 비슷한 고민을 하고, 비슷한 미소를 짓고, 밥을 먹고, 잠을 자고, 새로운 날을 맞이한다는 것을 발견하는 일 아닐까? 그 와중에 나는 세상이 아무리 참혹하고 불친절해도 눈물 흘리는 자가 있고 올바른 행동을 하려는 자가 있음에 번번이 놀란다. 아무리 어려운 곳에서도 이렇게 외치는 자들이 있음에 놀란다. "우리는 이렇게 살기 위해 태어난 존재가 아니다. 이쯤에 머물며 포기하려고 여기까지 살아온 것이 아니다. 그렇지 않은가, 친구여!"

인간 영혼은 결코 사라지지 않는다. 거기에 아름다움이 있고 그
아름다움을 본 자들은 지혜로워진다. 그렇지만 반대로 여행지에서
돌아와서는 인간 영혼을 까맣게 잊고 있음에 또 번번이 놀란다.
그렇다면 우리가 여행자의 태도로 사는 동안 우리는 마치 여행지에서와
같은 필연성을 마주할 수도 있지 않을까? 그리고 이렇게 사는 동안
우리 또한 다른 여행자의 눈에 들어온 하나의 풍경, 하나의 낯선
여행지가 아닐까?

이 삶에서 한 여행자가 나를 여행지의 풍경처럼 바라볼 때 나는
가장 아름다운 모습으로 그를 맞이하고 싶다. 나 또한 가장 아름다운
여행지의 풍경을 바라보듯 그를 바라보고 싶다. 살아 움직이는 세계의
육체를.

『보이지 않는 도시들』, 이탈로 칼비노, 이현경 옮김, 민음사, 2007

여행, 혹은 여행처럼

ⓒ 정혜윤 2011

1판 1쇄 2011년 7월 20일
1판 3쇄 2011년 11월 23일

지은이 정혜윤

펴낸이 강병선
편집인 김민정

편집 정세랑   독자 모니터 전혜진   디자인 스튜디오 [밈](본문) 이기준(표지)
마케팅 신정민 서유경 정소영 강병주   온라인 마케팅 이상혁 한민아 장선아
제작 안정숙 서동관 김애진   제작처 영신사

펴낸곳 (주)문학동네   출판등록 1993년 10월 22일 제406-2003-000045호   임프린트 난다

주소 413-756 경기도 파주시 문발동 파주출판도시 513-8
전자우편 nandabook@nate.com   트위터 @nandabook
문의전화 031-955-2656(편집) 031-955-8890(마케팅) 031-955-8855(팩스)

ISBN 978-89-546-1560-0 (03810)

www.munhak.com